戦士の一人が、家屋の屋上を突き破っていた。
四肢が逆向きに折り畳まれ、地面に転がる者がいた。
血を吐き悶絶する者、武器や手足を折られた者はその数十倍にもなった。
そして池の畔には、それを成した下手人が——少なくともそれを見たと思しきものがいた。

「粘獣《ウーズ》。名はサイアノプ。
僕は約束を果たしに来た。二十一年前の約束を」

無《む》尽《じん》無《む》流《りゅう》のサイアノプ

数多の武術を極めた粘獣《ウーズ》の武闘家。
“本物の魔王”の討伐に向かった伝説の
“最初の一行”と関係があるようだが——。

「【果ての光に枯れ落ちよ——】」《cyulcasscarz》
冬《ふゆ》のルクノカ
実在を疑われていた最強の竜《ドラゴン》。
英雄殺しの伝説。

全試合の内で最大規模の戦闘となったその試合は、同じく最強である者のどちらが勝者となったかを除いては、見る者の予想を何一つ覆すことはなかった。

即ちその戦いは日没すら待たぬ内に、この地を永遠に壊滅させるものであった。

最強という二文字の恐ろしさを、誰もが知る結末となる。

星馳《ほしは》せアルス、対、冬《ふゆ》のルクノカ。

「……。ふざけてるね……あんた……」

星馳《ほしは》せアルス
あらゆる財宝を手にしてきた鳥竜《ワイバーン》。

伝説殺しの英雄。

「一人でやるのがポリシーなの。

英雄として、世界への責任を果たさないとね」

黒《くろ》い音《ね》色《いろ》のカヅキ
弾道すらも思いのままに操つる客人《まろうど》の銃兵。

とある目的からオカフ自由都市を襲撃する。

どこかの時点で、大きな変動があったはずだ。カヅキはその正体を確信している。世界のこの現状へと至る、大多数の者が知らぬ謎を。

異修羅 III

絶息無声禍

珪素

ILLUSTRATION
クレタ

あらすじ
STORY

地平の全てを恐怖させた世界の敵、“本物の魔王”を何者かが倒した。
その勇者は、未だ、その名も実在も知れぬままである。
“本物の魔王”による恐怖は、唐突な終わりを迎えた。

しかし、魔王の時代が生み出した英雄はこの世界に残り続けている。

全生命共通の敵である魔王がいなくなった今、
単独で世界を変えうるほどの力をもつ彼らが欲望のままに動きだし、
さらなる戦乱の時代を呼び込んでしまうかもしれない。

人族を統一し、唯一の王国となった黄都にとって、
彼らの存在は潜在的な脅威と化していた。
英雄は、もはや滅びをもたらす修羅である。

新たな時代を平和なものにするためには、
次世代の脅威となるものを排除し、
民の希望の導となる“本物の勇者”を決める必要があった。

そこで、黄都の政治を執り行う黄都二十九官らは、
この地平から種族を問わず、頂点の能力を極めた修羅達を集め、
勝ち進んだ一名が“本物の勇者”となる上覧試合の開催を
計るのだった――――。

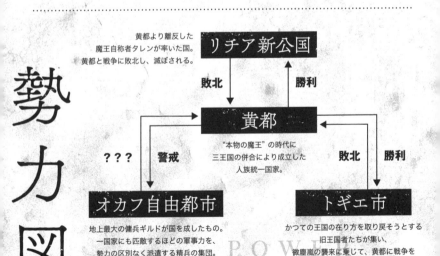

勢力図
POWER RELATIONSHIPS

“本物の魔王”の時代に
三王国の併合により成立した
人族統一国家。

警戒
敗北
勝利
オカフ自由都市
地上最大の傭兵ギルドが国を成したもの。
一国家にも匹敵するほどの軍事力を、
勢力の区別なく派遣する精兵の集団。
トギエ市
かつての王国の在り方を取り戻そうとする
旧王国者たちが集い、
微塵嵐の襲来に乗じて、黄都に戦争を
しかけるも敗北する。

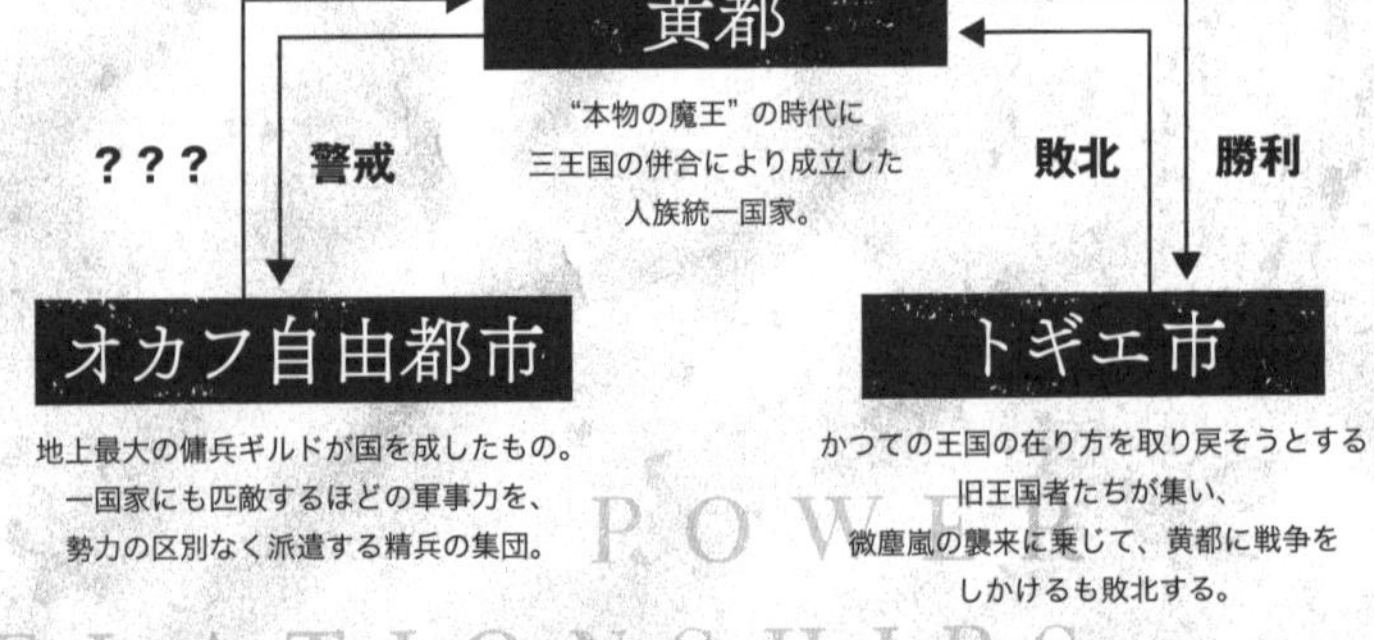

リチア新公国
黄都より離反した
魔王自称者タレンが率いた国。
黄都と戦争に敗北し、滅ぼされる。
敗北
勝利

用語説明

GLOSSARY

◈詞術《しじゅつ》

①巨人《ギガント》の体の構造など物理的に成立しないはずの生物や現象を許容し成立させる世界の法則。
②発言者の種族や言語体系を問わず、言葉に込められた意思が聞き手へと伝わる現象。
③また、その現象を用いて対象に“頼む”ことにより自然現象を歪曲する術の総称。
いわゆる魔法のようなもの。力術、熱術、工術、生術の四系統が中心となっているが
例外となる系統の使い手もいる。作用させるには対象に慣れ親しんでいる必要があるが、
実力のある詞術使いだとある程度カバーすることができる。

力術《りきじゅつ》

方向性を持った力や速さ、いわゆる
運動量を対象に与える術。

工術《こうじゅつ》

対象の形を変える術。

熱術《ねつじゅつ》

熱量、電荷、光といった、方向性を
持たないエネルギーを対象に与える術。

生術《せいじゅつ》

対象の性質を変える術。

◈客人《まろうど》

常識から大きく逸脱した能力を持っているがために、“彼方”と呼ばれる異世界から
転移させられてきた存在。客人は詞術を使うことができない。

◈魔剣《まけん》・魔具《まぐ》

強力な能力を宿した剣や道具。客人と同様に強力な力を宿すがために、
異世界より転移させられてきた器物もある。

◈黄《こう》都《と》二十九《にじゅうきゅう》官《かん》

黄都の政治を執り行うトップ。卿が文官で、将が武官。
二十九官内での年功や数字による上下関係はない。

◈魔《ま》王《おう》自《じ》称《しょう》者《しゃ》

三王国の“正なる王”ではない“魔なる王”たちの総称。王を自称せずとも大きな力をもち
黄都を脅かす行動をとるものを、黄都が魔王自称者と認定し討伐対象とする場合もある。

◈六《りく》合《ごう》上《じょう》覧《らん》

“本物の勇者”を決めるトーナメント。一対一の戦いで最後まで勝ち進んだものが
“本物の勇者”であることになる。出場には黄都二十九官のうち一名の擁立が必要となる。

黄都二十九官

第一卿
基図のグラス
初老に差し掛かる年齢の男性。
二十九官の会議を取り仕切る議長を担う。
六合上覧においては派閥に属さず中立を貫く。

第二将
絶対なるロスクレイ
英雄として絶対の信頼を集める男性。
自らを擁立し六合上覧に出場。
二十九官の最大派閥のリーダー。

第三卿
速き墨ジェルキ
鋭利な印象の文官然とした眼鏡の男性。
六合上覧を企画した。
ロスクレイ派閥に所属する。

第四卿
円卓のケイテ
極めて苛烈な気性の男性。
窮知の箱のメステルエクシルの擁立者。
屈指の武力と権力を有し、ロスクレイ派閥に対抗する。

第五官
空席

第六将
静寂なるハルゲント
無能と馬鹿にされながらも権力を求める男性。
冬のルクノカの擁立者。
星馳せアルスと深い因縁がある。派閥には属さない。

第七卿
先触れのフリンスダ
金銀の装飾に身を包んだ肥満体の女性。
財力のみを信ずる現実主義者。
各派閥から交渉金をもらうため、勇者候補を欲する。

第八卿
文伝てシェイネク
多くの文字の解読と記述が可能な男性。
第一卿　基図のグラスの実質的な書記。
グラスと同じく中立を貫く。

第九将
鏨のヤニーギズ
針金のような体格と乱杭歯の男性。

第十将
蜘花のクウェル
長い前髪に眼が隠れている女性。
無尽無流のサイアノプの擁立者。
常に怯えており、気が弱い。

第十一卿
暮鐘のノフトク
穏和な印象を与える年老いた男性。
通り禍のクゼの擁立者。
教団の管轄を担う。

第十二将
白織サブフォム
鉄面で顔を覆った男性。
かつて魔王自称者モリオと刃を交え、現在は療養中。

第十三卿
千里鏡のエヌ
髪を全て後ろに撫で付けた貴族の男性。
奈落の巣網のゼルジルガを擁立する。感染により黒曜リナリスの手駒となった。

第十四将
光暈牢のユカ
丸々と肥った純朴な男性。
野心というものが全くない。

第二十五将
空雷のカヨン
女性のような口調で話す隻腕の男性。
地平咆メレの擁立者。

第二十六卿
囁かれしミーカ
四角い印象を与える厳しい女性。
六合上覧の審判を務める。

第二十七将
弾火源のハーディ
戦争を本心から好む老いた男性。
柳の剣のソウジロウの擁立者。
軍部の最大派閥を従える重鎮。

第二十八卿
整列のアンテル
暗い色眼鏡をかけた褐色肌の男性。

第二十九官
空席

第二十卿
鎹のヒドウ
傲慢な御曹司であると同時に才覚と人望を備えた男性。
星馳せアルスの擁立者。
アルスを勝たせないために擁立している。

第二十一将
紫紺の泡のツツリ
白髪交じりの髪を後ろでまとめた女性。

第二十二将
鉄貫羽影のミジアル
若干十六歳にして二十九官となった男性。
物怖じをしない気質。

第二十三官
空席
警めのタレンの席であったが、彼女が離反した現在、空席となっている。

第二十四将
荒野の轍のダント
生真面目な気質の男性。
北方方面軍を率い、旧王国主義者をけん制している。
女王派であり、ロスクレイ派閥に反感を抱いている。

第十五将
淵藪のハイゼスタ
皮肉めいた笑みを浮かべる壮年の男性。
素行不良が目立つ。

第十六将
憂いの風のノーフェルト
異常長身の男性。
不言のウハクの擁立者。
クゼと同じ教団の救貧院出身。

第十七卿
赤い紙箋のエレア
娼婦の家系から成り上がった、若く美しい女性。
諜報部門を統括する。
世界詞のキアを切り札として隠し持っている。

第十八卿
片割月のクエワイ
若く陰気な男性。

第十九卿
遊糸のヒャッカ
農業部門を統括する小柄な男性。
二十九官という地位にふさわしくなるため気を張っている。

CONTENTS

五節　絶息無声禍

六節　六合上覧Ⅰ

ISHURA

AUTHOR: KEISO
ILLUSTRATION: KURETA

五節

絶息無声禍

一◆無尽無流のサイアノプ

東の辺境に位置する、広大なるゴカシェ砂海《さかい》。その座標定かならぬ地点に、半ば沈下した砂の迷宮があるという。

それは〝彼方《かなた》〟の蔵書を収めた〝図書館〟なる知識の蔵であり、仮に膨大な書物を運び出し、正しく読み解ける者がそこを訪れたなら、収められた知識の価値は一国にも値する、とされている。

その証言者である女は一介の商人であったというが、砂の迷宮から持ち帰った七冊の本がもたらした知識を基に、中央王国の貴族にまで成り上がっている。

砂の迷宮自体は、ただ書物が散乱し、あるいは書架に並ぶのみの廃墟《はいきょ》だ。特段に侵入者を惑わせ排除する類の建造物ではない――しかしその攻略が難攻不落であるからこそ、この世界では迷宮と呼称されるのだ。

ゴカシェ砂海には、砂の迷宮の探索をことごとく妨害する者達が存在する。

そして今。総勢二百八名の武装隊商が、この剣呑《けんのん》なる知識を探し求めている。これは小七ヶ月ぶりの大規模編成であり、多数の護衛は妨害者との交戦を前提としたものである。

——その長大な隊列を崖上より狙い定める二名がいた。人のような衣服を身に纏《まと》ってはいるが、全身は硬い毛皮に覆われ、頭部は狼《おおかみ》のそれである。狼鬼《リカント》であった。

「……十八といったところか。できる輩《やから》は十八人。これは久方ぶりの大物だな」

灰毛で大柄の狼鬼《リカント》、浅歩《あさある》きヘングが覗《のぞ》き込む遠見の望遠筒は、過去にこの類の隊商や冒険者が所持していた品である。奪ったものだ。

砂の迷宮の探索を阻む妨害者は、ゼーエフ群を名乗る屈強無比なる狼鬼《リカント》の群れだ。彼らは全員が武術の探求者であり、砂の迷宮の蔵書などに興味を持たぬ。そのような宝はむしろ無用無価値な代物だとすら感じている。

ただし、砂の迷宮に引き寄せられて定期的に現れる人間《ミニア》や山人《ドワーフ》は——わけても、彼らが不毛の砂漠に運び来る探索物資は別だ。故にこそ、ゼーエフ群はこの砂海の只中《ただなか》に拠点を構えている。

隊を見つめるヘングの後ろには、やや大柄な体格の、白と茶の毛の狼鬼《リカント》が控えている。ヘングよりもかなり若い個体であるようだった。

「兄貴、すげェ数だ……！　隊列の後ろが、う、後ろが……岩場まで延びてて見えねえ！」

「落ち着けカヌート。見た目の数に惑わされるな。相手取るべき輩は十八。この〝浅歩《あさある》き〟の修練を試す日が来た。私だけで十八人全て殺す」

「兄貴だけで！」

カヌートはかっと目を見開いて、尊敬する兄貴分の言葉を問い返した。

「じゅっ、十八——十八人を!?」

わななきの余り、カヌートはまた舌をしまい忘れていた。

「フ……できぬと思うか」

「あ……兄貴！　見届け役つかまつりましたッ！」

ヘングは、背負った得物を重々しく抜いた。両端に刃を持つ薙刀《なぎなた》めいた武器だ。敵を見極め最適の戦術を組み立てるまで、全てを一人で行う。彼らゼーエフ群の試練は戦闘前から始まっている。

「ゴルッ」

ヘングの喉奥から獣の唸《うな》りが響いた。その時には加速している。そして。

◆

——ヘングが戦闘に要した時は、隊列の最後尾まで駆け抜ける時間とほぼ同じである。

馬車の真下の狭い間隙をすり抜け、歩法による幻惑を織り交ぜて矢の雨を躱《かわ》し、護衛の大半に抵抗の暇《いとま》を与えることなく、両断して始末している。

だが、最後に交戦した二名は違った。

異常な機械仕掛けの曲刀を操る小人《レプラコーン》、刻《きざ》み三針《さんしん》のルック。

この世ならざる短刀投擲《とうてき》の技を持つ人間《ミニア》、五月雨《さみだれ》のアルバート。

油断ならぬ強者二名であった。浅歩《あさある》きヘングとて、あと僅か幸運の天秤《てんびん》が傾いていたなら、このゴカシェに横たわる無惨な骸《むくろ》の一つと化していたであろう。

「ごほっ、なんて、野郎」

ヘングの一撃で吹き飛ばされた刻《きざ》み三針《さんしん》のルックは今、引き裂かれた上半身が片側の肋骨《ろっこつ》のみで繋《つな》がっている。死闘の結果であった。

「——喜ぶがいい。貴様らの首級、七年先まで誉れとなろう」

「こ、こんな技。どこの、何者だい……」

「積んだ研鑽《けんさん》が違う。我らは〝最初の一行〟、彼岸《ひがん》のネフトの薫陶を受けた仔《こ》だ。死の国で釈明に困る事もあるまい」

「ヘッ……〝最初の〟……。そういう、こととは…………」

ゼーエフ群は、単なる狼鬼《リカント》の群れではない。それはむしろ流派に近しい。

生きながらにして骸と化した伝説の狼鬼《リカント》、彼岸《ひがん》のネフトを本尊と拝し、かつて彼が遺《のこ》した闘技の、飽くなき研鑽と実践に明け暮れている。

このような命懸けの試練も、当然の通過儀礼。

ルックやアルバートの如《ごと》き無双の護衛を雇い、砂海の脅威に備えてすら誰一人迷宮へと到達できぬ理由は、その誰もゼーエフの狼鬼《リカント》に勝ることがない故だ。

「すげえよ兄貴ッ！　兄貴はやっぱり最強だッ！　アオーン!!」

「フ……心配は無用だと言った……が、略奪の作業は貴様がやれ。人族《じんぞく》どもに持ち逃げさせるなよ」

流血しながらもヘングは笑った。彼の右半身には、無数の短刀が毛皮を貫いて突き刺さっている。

「お、俺ッ……俺、いつか兄貴みたいになりますぜ！」

「馬鹿者が……どれだけかかると思っているやら。フフフ……」

未熟なカヌートは残る者達を首尾よく脅しつけ、この二百八名の武装隊商が持ち込んだ積荷《つみに》は丸ごとゼーエフ群の糧となった。

鬼族《きぞく》として分類される狼鬼《リカント》は無論人も喰《く》うが、際立ってその嗜好《しこう》が強いというわけではない。

彼らゼーエフ群が殺戮《さつりく》行為に求めるのは突出した強者を練習台とした修行成果の確認であり、残る弱者、あるいは非戦闘員は無傷で返す法度を敷いている。

この地点はゴカシェ砂海のほんの序の口だが、それでも街に戻る道中、体力に劣る者が何人か渇きに死ぬやもしれぬ。その可能性まではヘング達の知ったことではない。

この地に踏み込んだ以上、弱者もまた危険を承知で知識を求める冒険者である。僅か一匹で軍勢へと挑む狼鬼《リカント》の戦士と同様、自らの命を天秤に乗せる運命だ。

人里なきゴカシェ砂海にて、法とは彼ら狼鬼《リカント》の弱肉強食の法である。

◆

「……妙だな」

「どうしましたか、兄貴！」

異変は、ヘングらが里に戻る道の最中であった。

「血の臭いがしないか」

「へえ、言われてみれば……」

二名は、はたと駆け出した。右手脚を負傷したヘングはカヌートにやや遅れたが、それでも全速で走った。遠目からも、見張りの戦士の姿がないように見えたからだ。

「ぬう」

見張りの所在はすぐに分かった。

彼らは土壁に埋まっていた。白目を剥《む》き痙攣《けいれん》し、泡を噴いている。叩《たた》きつけられた衝撃で、分厚い土壁そのものが破砕している箇所すらある。

「何が起こった」

恐るべき加速度で叩きつけられたことは間違いない。ヘングの頭には爆薬の可能性がよぎったが、火薬の匂いはない。里の守りを担う彼らが爆薬程度に遅れを取ることもあり得ぬ。

門を越えた中の様子は、さらに恐るべきものであった。

「あ、兄貴」

「うむ。これは」

戦士の一人が、家屋の屋上を突き破っていた。

四肢が逆向きに折り畳まれ、地面に転がる者がいた。

血を吐き悶絶《もんぜつ》する者、武器や手足を折られた者はその数十倍にもなった。

里の戦士の全てがとうに意識を失っているか、あるいは呻《うめ》き声しか上げられぬ有様《ありさま》であった。確認できる範囲の全員が戦闘不能であろうことは間違いない。

（なんということだ）

番獣どもに至っては、完全なる絶命に至らしめられている。

師範代の二人がかりでも手を焼く長大な蛇竜《ワーム》が、灰褐色の不気味な液体をおびただしく吐いて死んでいるのである。即《すなわ》ち――

（ゼーエフの戦士は、そうするまでもなかったというのか。この数の戦士を生かして倒せる敵だとでもいうのか？　まさか。あり得ぬ）

技量も身体能力も人族《じんぞく》の兵を遥《はる》かに凌駕《りょうが》する狼鬼《リカント》である。隊商や討伐隊を一人で相手取る儀礼も、ヘングより上級の戦士であれば全員が通過していた。

そのような里の精強の戦士が――即ち住人の全てが、血海の中へと沈んでいた。ヘングとカヌートが今日の試練へと向かっていた時間は半日よりも短い。

ヘングはその中で、辛《かろ》うじて意識ある一人の頬を叩いた。

「何が起こった。目が見えるか。浅歩《あさある》きヘングだ」

「……あれ、あれは」

彼の友は、折れた歯で喘《あえ》ぎながら答えた。

「あれは……まともな……生き物じゃ、ない……」

「身のあることを言え。まともな生き物がこれをやったら、それこそ一大事だ」

「し、しかし。あれは本当に、まともな形をしておらんのだ」

「〝来客〟か」

「……ああ、だが、砂海の外から……ではない、内から……」

時には〝図書館〟を目指すのではなく、この里そのものを排除すべく訪れる酔狂者がいる。

例えばゴカシェ砂海の外の都市が差し向ける討伐隊などが〝来客〟と呼ばれる——しかし無論、ここまでの甚大な被害を受けた試しは歴史上ない。

しかも砂海の中から、それが来たというのか。

「おのれ」

ヘングが苛立《いらだ》ちで奥歯を噛《か》んだその時、カヌートが飛び上がって叫んだ。

「……ヒッ、師範!?」

「カヌート？」

「師範が……池に浮かんでる！」

「馬鹿な。あの師範のことだ、新しい修行法を思いついたのやもしれぬ」

「な、なるほど、左腕が折れてもできる修行ですかね」

確かに、村の中央の貯水池には、彼らの恐るべき師範が仰向けにぷかぷかと浮かんでいる。

カヌートの言う通りに左腕は関節の反対方向に捻転し、破壊されていることが明白であった。

(さすがは師範)

いつもながら、なんと凄《すさ》まじき思いつきで動く老師であろう。ヘングはそう思い込もうとした。

(さすがは……)

そして池の畔《ほとり》には、それを成した下手人が——少なくともそれを見たと思《おぼ》しきものがいた。

ほぼ球体の、水のように透き通った薄緑色の実体であるが、生物である。

「……粘獣《ウーズ》」

「如何《いか》にも」

それは答えた。限られた知性しか持たぬはずの粘獣《ウーズ》が、流暢《りゅうちょう》に意志を伝える言葉を発したのだ。どころか、その仮足で古びた書物らしきものをめくっている。

「粘獣《ウーズ》。名はサイアノプ。それを云《い》えば、分かる者が必ずいるはずだ。僕をその者のところに案内してもらいたい」

「世迷言《よまいごと》を。未来を自由に選ぶがいい。浅歩《あさある》きヘングの刃の露となるか。疾《と》く立ち去るかの、二つに一つだ」

「兄貴……！」

「三つ目が抜けている」

「なんだと」

口答えをする間もなく、ヘングの両膝に鋭い違和感が走った。

パタリ、と書が地に落ちる音は、その後響いた。

――速い。速すぎる。神経の反応すら追いつかぬ。

サイアノプは……愚鈍な種族であるはずの粘獣《ウーズ》は、既にヘングの後方へと這《は》い抜けている。

その姿を振り向いて見ることもできず、薄い悪寒だけがじわりと走る。外傷もない。まるで見えない錐《きり》を差し込まれたように、膝の靭帯《じんたい》のみを切断されたことが分かっていた。

カヌートが絶叫した。

「兄貴ィーッ!?」

「……最初の一歩の重心で分かった。正中をずらす套路《とうろ》か。左斜め前方に二歩。右に一歩。僕の防御方向を幻惑し、左爪で必殺。これで正しい見立てか？」

「馬鹿な」

左斜め前に一歩。ヘングはそこまでしか動けていなかった。

粘獣《ウーズ》にあるまじき速さであった。しかもヘングの脳裏にしか存在しないはずの、組み立てた戦闘の流れまでを、僅か一歩の移動を見て取っただけで察したというのか。

ヘングが膝に受けた攻撃が打撃であったことは間違いない。だが、それ以上はどのような術理なのか。読心か。それとも未来の予知か。そのどれであろうと、ただの粘獣《ウーズ》が扱える道理がない。

「僕は約束を果たしに来た。二十一年前の約束を。そうである以上、道理は僕の側にある。茶の毛のほう、やるか」

「クウーン……お、俺だって……！」

「――そこまで。勝負あった」

割り込んだのは、地の底より響くような重々しい囁《ささや》きの声であった。

「お……！」

ヘングは即座に地に伏せて、本殿の方角を畏れた。師範が斃《たお》れた今、それ以上の戦士など一人しか考えられなかった。

仮にそれが本当に生きて、活動し得るのであれば。

「まったく、まったく。礼儀を知らぬ……ゴホ、呆《あき》れた狼藉者《ろうぜきもの》よ」

本殿の闇より現れた狼鬼《リカント》には、毛の一本もなかった。

乾燥しきった黒い皮膚は皺《しわ》に覆われ、骨と見紛《みまが》うほどに痩せさらばえた体躯《たいく》は、ヘングの背丈の三分の二にも満たぬ。

だが、それでもヘングは……その負傷でもなお、存在に向かい、伏した。

その時に意識のあったゼーエフの戦士の誰もがそうした。

「久しいな。サイアノプ」

「……二十一年ぶりになる。彼岸《ひがん》のネフト」

「この体なのでな。年月など数えてはおらんよ」

「無用だ。僕が数えている」

彼岸《ひがん》のネフト。全てのゼーエフ群の戦士は、この伝説の骸の前で修行を積み重ねてきた。

動かずとも厳しいその眼差《まなざ》しに恥じぬよう鍛え、無言の圧力を全身に感じ取り、故にゼーエフ群はこれほど強くなった。

……だが、まさか。そのようなことが。

「――動けたのですか、御屋形様ァァッ⁉」

「喧《やかま》しいぞ」

心底煩《うるさ》そうに、生ける本尊は耳を振った。

そして、遥か下等の粘獣《ウーズ》に向かって言った。

「望みは」

「今。この場で僕と立ち会え」

彼岸《ひがん》のネフト。

この世で初めて〝本物の魔王〟に立ち向かった、〝最初の一行〟である。

挑んだ七名の内、生還者として数えられる者は僅かに二名。星図《せいず》のロムゾ。彼岸《ひがん》のネフト。

(――ならば)

ならばその生ける伝説と対等に仕合おうという、あまりにも異質な粘獣《ウーズ》は。

果たしてどこから来た、何者だというのか。

◆

「……今、目覚めている者」

ネフトは、むしろ煩わしげに言った。

「貴様らには見込みがある……あると、そのように思うことにしよう」

彼は厚い円盤を半分に割ったが如き形状の得物を両手に携えている。斧《おの》のようだが、円盤内を握り込む持ち手があるだけの、極めて原始的な造形である。ゼーエフ群の技全てを生み出した武器でありながら、原型となった双斧で十全の技を発揮できる戦士は、開祖のネフト以外に存在しない。

「よもや開祖の技を前に惰眠を選ぶ愚か者は……おるまいとな」

ゼーエフ群の誰一人として、意識を失うことは許されなくなった。

彼岸《ひがん》のネフトが、戦う。

サイアノプもまた意識を深く研ぎ澄ませる。両者は既に白兵戦の間合いだ。

「下段への蹴りと」

サイアノプの呟《つぶや》きと同時に、始まりの狼鬼《リカント》はゆるやかな水面蹴りを放ち、粘獣《ウーズ》の〝足〟──接地面を薙《な》ぎ払《はら》っていた。その動きははっきりと見えたが、気付けば終わっている。

サイアノプは僅かに後退し、回避している。ネフトが動き出すよりも先に、攻撃軌道の外にいなければならない。ネフトの体捌《さば》きには一切の無駄がない。

初動を見てから回避していては、遅いのだ。サイアノプは次なる受け手を構える。

「──見せて、回転の速度のまま、背の斧で叩く。それが」

ネフトの攻撃動作は終わっていない。回避直後のサイアノプを切断すべく、後ろ手からの斧が奇襲した。鈍く叩《たた》き切ることを目的とする、円盤めいた厚い刃。

ヘングの薙刀がそうであるように、それはゼーエフ群の流派の骨子──矛にして盾となる、腰から手首までの回転運動を伝える武器だ。

「二連」

タタン、と、水を打つような音が二つ弾《はじ》けた。

一つの回転のうちに左右二連で繰り出された斧は、何をどのように受けたか、粘獣《ウーズ》の表面を滑ったのみで、無傷である。

返しの打突音が響く。回転の途切れる刹那を狙ったか、目にも留まらぬ、粘獣《ウーズ》の交差の一撃。

痩せた狼鬼《リカント》は木の葉のように吹き飛んだ。こちらも、無傷である。

ネフトの着地点の大地には、彼の不可思議な受け手を示す、複雑怪奇な波紋の如き幾何学の軌跡が刻まれている。恐るべき衝撃を完全に殺したのだ。

「この見立てで正しかったか、〝彼岸《ひがん》〟。老いた力は僕には通用しない。全てで来い」

「こちらの言い草よ、粘獣《ウーズ》。この年月如きで儂《わし》が老いたと、衰えたと思うてか」

「その体捌きで、そうではないと云うつもりか」

「クゥ、クゥ……生術《せいじゅつ》の神髄を知らぬな」

糸の張るような緊張の中、地獄めいた低い声が、詞術《しじゅつ》を紡ぐ。

「【ネフトの鼓動へ《weft wogm》。煙は冷雫と帰せ《wymuf wonffeer》。淡い新緑《wwrhey wat》。陽光逆軌《wengefhornef》。——巡れ《wutzeiheart》】」

サイアノプは詞術《しじゅつ》詠唱の明白な隙を突かずにいる。それが無意味であるか、あるいは誘いに乗った結果の敗着に行き着くことを知っている。

……何より、全ての力を出させなければ無意味だ。そのネフトを倒さなければならない。

「御屋形様っ！」

「御屋形様……！」

「喧しい」

狼鬼《リカント》達は畏れ、本能の呻きを上げた。

その姿はほぼ、痩せさばらえたまま変わらぬ。それどころか正常の生体活動を取り戻した結果として、皮膚はさらに老人めいて垂れ、ますます衰えたかのように見える。

姿だけであれば。

発せられる闘気は別物であった。ゼーエフ群の全ての戦士を合わせたより、なお巨大な。

浅歩《あさある》きヘングは、弟分のカヌートを見た。絶命していないかを案じたのである。彼の危惧は遠からず、カヌートは頭を垂れた体勢のまま泡を噴いて失神していた。

「御屋形様……！」

……それは、外に顕《あらわ》れる生命力ではなかった。皮膚。内蔵。味覚。戦闘に不要な全ての機能を、内なる肉体の制御と強化へと偏らせているのか。

〝最初の一行〟の内でも究極の、不死なる生術《せいじゅつ》使い。

彼岸《ひがん》のネフトは、二十年来微動だにせず蓄え続けてきた生命力を全身に循環させている。

「曝《さら》けた通りだ。……今から八百と十五を数える間は、儂を、貴様の知る頃の彼岸《ひがん》のネフトと思え」

「――ならば全霊。五度は殺すぞ」

「クゥ、クゥ。不死者は一度も死ねぬ――」

つぅ、と。

粘獣《ウーズ》の円い体躯が、静かに地を滑った。

ネフトが一歩踏み込む動作と完全に機を合わせていた。接触の距離。

――そして、砲撃。

仮足が、ひたとネフトに接触した刹那、そうとしか思えぬ重音が響き、しかし今度はネフトが吹き飛ぶことはなかった。

否。吹き飛べなかった。

押し寄せる津波が、大樹に全衝撃を伝えるかの如く。ネフトの尋常ならぬ技量がなくば、五体が跡形もなく爆散する威力であったはずだ。

だが、衝撃を受け切った大樹もまた破壊の威力を受けて、あり得ざる動きを見せた。

粉砕された背骨から左腕にかけてが、回り込んで、しなり。

強いて表わすなら、ブズズズ、という音だった。

それは地面ごと、粘獣《ウーズ》の体積の八分の一を寸刻みに消し飛ばした。

あまりにも速すぎる回転の連撃が重なり合い、そのような音を発したのであった。

「……カッ！」

「……！」

両者はよろめき、壮絶な打ち合いを仕切り直す。

同時に宣告した。

「【巡れ《wutzeiheart》】。——双《ふた》つ斧《ふ》〝瞼《まぶた》〟」

「〝八極貼山靠《はっきょくてんざんこう》〟」

ネフトの骨格は、その一語で瞬間に接合される。やはり先の一撃は敢えて受けたということになる。深い一撃をサイアノプが捌き切れなかった理由は、尋常の生命体ならば即死の攻撃の後手を取る、埒外《らちがい》の反撃故だ。

これほどの高速治癒でありながら、如何なる奇形も発さず、ショック症状ももたらさぬネフトの生術《せいじゅつ》は、それを目の当たりにする誰しもの理解の外にあるものである。

だが、たった今サイアノプが繰り出した技も同じく、誰しもの理解の外にある体系であった。

「知らぬ技だな。クゥ、クゥ……それが二十一年、貴様の積んだ力か」

「そうだ。その年月、砂の迷宮で学び鍛えた」

この十数年、砂の迷宮へと到達した人族《じんぞく》は存在しない。

狼鬼《リカント》達も、その迷宮に何が存在するのかに興味を払ったことはない。

ならばその場所に、既に何者かがいたとすれば。

そこから一歩も外に出ることなく、一国にも値するという知識をひたすらに蓄え続けた存在があったとすれば。

「初めの一冊に、二年を費やした。……だが、全てを学んだ」

——この世界の知的生物は、文字を残し、解読する能力に劣っている。

過去に幾人もの〝客人《まろうど》〟がこの世界への統一文字の定着を試みたが、民の間で用いられているのは、未だに簡易な教団文字のみだ。

〝彼方《かなた》〟の者達に詞術《しじゅつ》の真の力を用いることが能《あた》わぬのと同じく、個々人が異なる言語体系を有しながら話せば通じてしまう理《ことわり》の中に生きる者にとっては、体系的な文字言語の定着は、実用上、極めて困難な概念であったのだ。

古の〝客人《まろうど》〟がその逸脱の知識を書物に残したとして、読み解くことが可能であるのは、例えばナガンの学士達のような、ごく僅かな知識階級のみとされる。だが。

限られた知性しか持たぬはずの不定形の原始生物が、それを成した。

「――愉快だ。見上げた執念よ、サイアノプ！」

「僕は貴様より強い！」

ブウン、と空気が鳴った。双斧の回転が発する音。

回避不可能のネフトの武技が、さらに全盛の身体能力で繰り出されている。

サイアノプはその連撃を受けた。不定形の肉体が削り取られ、それでも粘体の深奥の核を失わぬ回避を継続している。

受ける。受け流す。肉が刻まれて散る。

嵐の隙間を通して一撃必殺の突きを放つ。寸前に狼鬼《リカント》が回転する。狙った内臓の位置を逸《そ》らす。

乾いた皮膚と肉が散る。命には届かない。両斧が死角から迫る。サイアノプは回避を試みる。

その瞬間、蹴りが粘獣《ウーズ》を踏み砕く。

踏み砕けない。ネフトの足裏を狙って触れた仮足は、衝撃で彼の腰までを逆に砕いた。

またも、読み切っている。

呼吸すら許されぬ戦闘の、先の先までを。

「〝冷勁《れいけい》〟」

「……ッ、【巡れ《wutzeiheart》】」

これほどまでの体技の極みにある〝最初の一行〟の彼岸《ひがん》のネフトが、何故《なぜ》こうまで反撃を許しているのか。

浅歩《あさある》きヘングですら、あまりにも遅れて結論に至る。

（四肢が、ないのだ）

――認め難い事実である。これほど恐るべき武術家があろうか。

サイアノプの技には、足運びが見えぬ。それは接地面の全てが大地の作用を生む足であって、二本の足に制約されず予測外の方向へと踏み込むことができる。

その打撃には関節がない。それは流体の如き流れであって、可動域の限界が、打撃の予兆が、どこにも存在しない。

彼岸《ひがん》のネフトはずっと、神域の第六感のみでこの恐るべき格闘戦に追従している。

下等な粘獣《ウーズ》の身体《しんたい》にその可能性が秘められていたことを、この戦の以前に誰が知っていただろう。

長い歴史においてそれを発揮し得た者は間違いなく、このサイアノプただ一匹だけなのだ。

どのような執着があれば、このような研鑽を。

「クゥ、ククク……見事……あの足手纏《あしでまと》いが、ここまで至るか……」

「……。左の斧を投げる。打ち払ったその間に、重ねて蹴撃――」

バチン、と、粘獣《ウーズ》が吹き飛ばされた。それは背後、二階の石壁を割った。

サイアノプが斧を打ち払ってから蹴りに吹き飛ばされるまでの過程を知覚できた者は、誰もいなかった。先程までとは次元の異なる速度。

「――その見立てで合っているぞ」

強くなっている。ただでさえ誰も及ばぬ〝最初の一行〟が、それ以上に。

長く溜《た》め込《こ》んでいた生命力を徐々に巡らせ、彼岸《ひがん》のネフトは一時的に、全盛を越える身体性能を獲得している。

切断と打撃から紙一重で核を守った粘獣《ウーズ》は、ビシャリと地に落ちた。

「何故……だ」

「……クゥ、クゥ。耳が遠い。聞こえんよ」

「…………何故……僕を置いていったんだ」

伝説の戦士は答えぬ。その皺だらけの顔をさらに歪《ゆが》めて、嗤《わら》った。

当然の決断だったとネフトは信じている。サイアノプにも再び、理解させなければならぬ。

遥かに時を経た今も、ネフトは〝最初の一行〟の仲間達を覚えている。もはや失われて二度と戻らない者達の顔を、思い浮かべることができる。

……無明《むみょう》の白風《はくふう》アレナがいた。色彩《しきさい》のイジックが。移《うつ》り皺剣《かくけん》のユウゴが。

彼らは時に友であり、時に敵ですらあったが、伝説として語り継がれる七名の名前と声を、今でも思い出すことができる。思想も目的も異なる彼らは――その旅の終わりに、ただ一度だけ力を合わせた。〝本物の魔王〟を討つために。世界ではそのように信じられている。

真実は違う。そうではなかった。

八匹目がいたのだ。その者の名も、一時たりとて忘れたことはない。

「過去の忠告をもう一度言わせるか、――サイアノプ。貴様は〝本物の魔王〟に及ぶべくもない」

「【サイアノプの鼓動へ。《popoperopa》停止する波紋。《parpepy》連なり結べ。《pecp porppe》満ちる大月。《por pupeon》巡れ《perpipeor》】……それは」

粘獣《ウーズ》は再生の詞術《しじゅつ》を唱えた。疑うべくもなく、彼岸《ひがん》のネフトと同種の術である。かつて見た頂点の強者の技をも、彼は修めていた。

「それは間違いだ。彼岸《ひがん》のネフト。過去も現在も」

二十一年。かつてあった日々を想《おも》っていたのは、ネフトただ一人ではなく。

「……」

「……僕なら、勝てる。あの時……あの場に僕がいたなら、僕達は勝っていたはずだった。そうだろう、ネフト！　今こそ、そう思いたい！」

「――痴《し》れ者《もの》が！」

必殺の斧を再び浴びせるべく、ネフトは駆けた。

僅かに珍しいだけの、少しだけ言語が流暢な、脆弱《ぜいじゃく》な粘獣《ウーズ》に過ぎなかった。

それは当然の決断だったと、あの一行の皆が信じていた。

――伝説に取り残された者は、何を想って果てなき研鑽を続けることができたのだろう。

〝最初の一行〟は、〝本物の魔王〟に敗北した。後に続いた多くの英雄と同じように、あまりに無力なままに。当時の民が抱いていた希望とともに、ただ潰《つい》えた。

「双《ふた》つ斧《ふ》〝困《くる》し星《ぼし》〟！」

それでも、彼にとっては……八匹目の、サイアノプにとっては。

「ネフト。僕は云《い》ったぞ」

まだ、あの戦いが終わっていないのだ。

とうに〝本物の魔王〟が討ち果たされた今となっても。

終わった時代が、彼だけの中で終わっていないのだ。

繰り出されたサイアノプの仮足が、回転に巻き込まれて散った。

違う。仮足だ。攻撃を欺瞞《ぎまん》する腕すらも、無限に生やすことができる。無限の分岐を強要する格闘の選択肢。彼岸《ひがん》のネフトは、あまりにも絶大な思考負荷の下で戦い過ぎた。

(踏み込みすぎたのか。儂が)

失着。

最大限に神経が強化された今は、ネフトが終着までの流れを読むことができる。

踏み込んだ足を、一足早く延びた仮足が踏む。これからの一撃に吹き飛び、逃れることができぬように。繰り出したもう片手の斧は、むしろ攻撃方向に引かれるように、急所への狙いを外される。

サイアノプはこの時点で、三つの腕を使っている。

粘獣《ウーズ》にとっては、それで終わりではないのだ。

四本目の腕が今、ネフトの腹部に触れていた。

「——五度殺すと云ったぞ!」

ズル、という震動が、狼鬼《リカント》の内にのみ響いた。

打撃をこすりつけるように、重力に逆らい、斜め上方へ。

それは激烈な打突音も、爆発的な運動加速度も与えることはない。

何故ならその衝撃の全ては、生体の内側に伝導しているからだ。

「ガハ——ッ！」

彼岸《ひがん》のネフトは、灰褐色の液体をおびただしく吐いた。

その必殺の一撃を、今の今まで繰り出すことなく——サイアノプが加減していたことを知った。

彼が吐いたものは、液化した内臓器官である。

「脳を吐け。〝嘯液重勁《しょうえきじゅうけい》〟……！」

「【巡れ《wutzeiheart》】……」

ネフトも理解している。この後の攻防で反撃に転じられる瞬間は、ない。

「〝底掌《ていしょう》〟！」

「グゥ……【巡れ《wutzeiheart》】」

サイアノプは変わらず至近の距離にいる。

一方のネフトは、その埒外の生術《せいじゅつ》で回復し続けたとて——

「〝螺旋手刀《らせんしゅとう》〟！」

「【巡れ《wutzeiheart》】……」

「〝連環腿《れんかんたい》〟！」

「……【巡《wutze》】」

「〝十三歩《じゅうさんぽ》〟！」

「…………」

陽が、地平線に赤く沈もうとしている。

その日、ゼーエフ群の戦士達は、信じ難《がた》い光景を二つ見た。

真なる伝説。彼岸《ひがん》のネフトが、生きて動いたこと。

そしてそのネフトが……訪れた一匹の粘獣《ウーズ》に圧倒され、ついには崩れ落ちたこと。

「……今こそ約束を果たしに来たぞ。彼岸《ひがん》のネフト」

砂風の吹く中、その一匹は言った。

過去、確かにこの世で最強だと信じた者の一人を、彼は打ち倒していた。

「いつか。……いつか君らに追いつけるまで、強くなると」


——もはや〝本物の魔王〟はいない。

二十一年の研鑽の果てに倒すべき相手はこの世から消えてしまった。

大二ヶ月前に迷宮を訪れた一羽《わ》の鳥竜《ワイバーン》から、サイアノプはその事実を聞いていた。

彼らが逃したこの一匹の粘獣《ウーズ》の隠遁《いんとん》を守るためにネフトが砂海に築いた群れも、もはや意味を失っている。サイアノプが砂海の外に出たところで、魔王に挑み死んでいくこともないのだから。

何もかもが、とうに終わってしまった時代だった。

「……見事だ」

仰向けに倒れた始祖の狼鬼《リカント》は、満面に笑っていた。

喜ばしい敗北を、失われた歳月の分まで味わっているようであった。

「……」

活動限界に達した彼を運び上げるべく、未《いま》だ動けるゼーエフ群の戦士達が、這って集った。

無残な敗北を晒《さら》した後でも、最初から〝本物の魔王〟に負けていた勇者だとしても、彼岸《ひがん》のネフトは彼らが最も尊敬する、武術の師である。

サイアノプにとってもそうであった。

「――僕は誰を倒せばいい。次は誰を。どうすれば、あの日の後悔を取り戻せる」

「黄都《こうと》だ」

ネフトは答えた。外界から遮断されたこの群れにあっても、その噂《うわさ》は届いていた。

……曰《いわ》く、誰も知らぬ〝本物の魔王〟を倒した勇者が、その王城試合には現れるのだという。

「黄都《こうと》に向かえ。貴様が〝本物の魔王〟に勝てたと信ずるのなら……〝本物の魔王〟を倒した者を倒せるのだと……次は、示してみせよ」

「……」

「サイアノプ。二つ目の名はあるか」

サイアノプは僅かに止まって、答えた。

「……ない。貴様らと旅したあの日より、僕はずっと、ただのサイアノプのままだ」

「そうか」

弟子達の神輿《みこし》で運ばれながら、ネフトは笑った。

皺に覆われ、見る影もなく衰えたとしても、それはあの日の笑みと同じだった。

「今日より〝無尽無流《むじんむりゅう》〟を名乗れ」

サイアノプは、彼の師を振り返りはしない。

落ちた書物を拾い、次に倒すべき相手を目指しはじめている。

――故に、ただ背中越しに答えるのみである。

「……ありがたく！」


それは世界から喪《うしな》われた、膨大なる〝彼方《かなた》〟の武術の数々を究めている。

それは打撃も、投げも、絞めも、読みすらも通用しない、無限の戦闘分岐を持つ。

それは尋常の身体構造には不能の、真に必殺の打撃を放つことができる。

誰もが栄光を知る〝最初の一行〟の、未だ敗北を知らぬ最後の一匹である。

武闘家《グラップラー》。粘獣《ウーズ》。

無尽無流《むじんむりゅう》のサイアノプ。

二　ゴカシェ砂海

熱砂の海をただ一人歩む人間《ミニア》の輪郭が、逆光で色濃く浮かび上がっている。

その男は小さな木箱を背負い、さらに首からは奇妙な器械をベルトで吊《つ》り下《さ》げていた。

やや肥満気味の丸顔は、日差しを防ぐ旅装束の頭巾に隠れている。先程の狼鬼《リカント》に襲撃された隊商の一員であろうが、人里にまで引き返した他の集団から完全に取り残されていた——隊商の中にあって彼だけが、襲撃を受けた地点から引き返さず、別の方角を目指していたためだ。

「ふー……いやあ、この気温はまずいなあ。死んじゃうよ。体力もつかなあ」

半ば習慣的にハンカチで額を拭うものの、浮かんだ汗は熱く乾いた空気にすぐさま蒸発している。

「来なきゃ良かった。取材はできないしキャラバンは襲われるし、こんな失敗は久しぶりだ」

「……あの粘獣《ウーズ》は大丈夫なのかな？　こんな環境なのに」

単なる独り言かと思われた言葉に、返答があった。それは背中の木箱の中から響く声だ。

このゴカシェ砂海はラヂオ通信も届かぬ僻地《へきち》であり、小柄な男が背負っている箱には、小人《レプラコーン》が入れるほどの容積もない。異様であった。

「僕も詳しいわけじゃあないんだけど、粘獣《ウーズ》も気化熱で細胞の温度を下げているのは動物の発汗システムと同じらしいんだよね。だけど粘獣《ウーズ》の場合その調節機能が自動的じゃないから……乾燥地帯に慣れていない粘獣《ウーズ》だと、半日も持たずに干からびたりすることがあるらしい。あの粘獣《ウーズ》がどうかは分からないけどね」

「ふーん。物知りなんだね？」

「まあ、長いことこの仕事やってるからね。プロですから」

「でも失敗したでしょ」

「ははは。長いことやってるんだから、そりゃ少しは」

彼は粘獣《ウーズ》を目撃している。誰もが知る〝最初の一行〟の力すら凌駕した、驚くべき修羅を。武装隊商が襲撃されたその地点から、巧妙に消し去られた狼鬼《リカント》の痕跡を追跡し……そしてゼーエフ群の里にまで辿《たど》り着《つ》いたユキハルは、この取材が無駄足に終わったことだけを知った。

情報を聞き出すべき相手が打倒される様を、遠くから見ていることしかできなかった。

「……彼岸《ひがん》のネフト。一足遅かったな」

「〝最初の一行〟の生き残りはもう一人いるんでしょう？　星図《せいず》のロムゾが黄都《こうと》で暮らしているって聞いたことがあるよ」

「ロムゾね。ははは。あれは……あっちは、駄目だ」

木箱からの声に、男は乾いたように笑った。交渉や取引という点において、星図《せいず》のロムゾはある意味で彼岸《ひがん》のネフト以上に危険な存在であろう――彼はそう確信している。

「〝最初の一行〟の生き残りが駄目となると……やっぱり、〝最後の地〟だな。いやだなあ、できれば行きたくないんだけどなあ」

「ロムゾが駄目なら、他に〝本物の魔王〟の手がかりはないんじゃないかな。直接魔王を見たのなんて……それでまともに生きて帰ってきたのなんて、〝最初の一行〟しかいない」

「……怖いんだよね。〝最後の地〟は」

〝本物の魔王〟が没したとされる〝最後の地〟。得体の知れぬ怪物がそこには潜んでおり、黄都《こうと》や新公国の調査隊をことごとく阻んできたのだという。

「アリモ列村《れっそん》って知ってる？　〝最後の地〟のすぐ近くの村なんだけどさ。だいぶ惨《むご》い事件が起こったばかりだし……でも、やっぱりなあ。手がかりがそこしかないからなあ」

「弱気だなー」

正体不明の木箱の声は、呆れのような色を帯びていた。

「……でもそんなこと言う時は、大抵やるよね。ユキハル」

「ははは、まあね」

英雄と伝説が相争い、黄都《こうと》が人の世を支配しつつある、世界の転換点。そんな時代の激動を圧倒的な力で押し留《とど》めていたのは、誰一人知ることのない――同時に誰一人忘れることのできない、ただ一つの恐怖だ。

この世界には〝本物の魔王〟の正体を調べようとする者がいる。

「プロですから」

――男は〝客人《まろうど》〟だ。黄昏潜《たそがれもぐ》りユキハルという。

三　不言のウハク

このアリモ列村ではとても珍しい、大雪が降った日の翌日でした。

扉を開けると、救貧院の広場は見たこともない白い輝きに埋め尽くされていて、老境の目にその雪景色はひどく堪えたものです。

今でも私は、その日のことを思い出すことができます。


私が起きたのは太陽が昇るより前でしたが、その時にはもう、白い庭に一本の道が作られていました。雪をかき分けて作られた、街へと遠く続く道。

山人《ドワーフ》や巨人《ギガント》も含めて、私は多くの者を見てきましたが、私の知る限り、そのようなひどく根気と力のいる、それでいて地道な働きができた者は一人しかいません。うず高く積もる雪の厚みは、そのまま彼の献身の深さを示しているようでした。

たった一人で街まで拓《ひら》いた道を歩んで、その灰色の肌の大鬼《オーガ》が帰ってくる様子が見えていました。

ウハク。ただ一人の、私の家族。

「――ああ、ありがとうウハク。寒くはなかった？」

私はいつもウハクに話しかけていました。

それが正しいことだったかどうか、今となっては分からないことですが。

帰ってきた彼は、白い狼の仔を抱えていました。目を閉じて震える、小さな命を。

「そう……これを見つけてきてくれたの。素晴らしい働きだわ。これで、狼に怯《おび》える誰かがきっと安心できるでしょう」

私は彼の行いの正しさに感嘆して、その大きな掌から仔を受け取りました。

……それを石段に叩きつけて殺すために。


割れた頭蓋から温かい血が溢《あふ》れて、白い雪を溶かしていく様子を覚えています。

その時のウハクの目が、今も私の頭の内から離れないためでしょう。

——どうしてウハクは哀《かな》しんでいたのか。私はずっと考え続けています。


いずれ人を襲うであろう獣の仔を駆除することなど、当然の成り行きであったはずです。

この世界の誰もが、慈悲をかけずにそうするであろうことをしただけでした。

それは……詞術《しじゅつ》の祝福を与えられた私達とはまったく別の、心持たぬ獣であるはずだったのに。

◆

ウハクと出会ったのは、空気の乾く季節のことでした。

礼拝の時間に、アリモ列村の村人の相談に応じたことが全ての始まりだったのでしょう。

「……神官様。環座《かんざ》のクノーディ様、どうか。力なき我々に代わって、どうか彼らに、詞術《しじゅつ》の御加護をお授けいただきたいのです」

「ええ。ともに集う隣人のためとあらば、勿論《もちろん》のことです。詳しいお話をお聞かせ願えますか？」

「街道の森に、大鬼《オーガ》が現れるのです。男達の背丈の倍にもなる、人食いの怪物です。村の中から勇気ある者が集い、明日の朝、討伐に向かいます。クノーディ様……〝教団〟の詞術《しじゅつ》の御力で、失われるべきでない命が護《まも》られるよう、お計らい願えますでしょうか」

もちろん、〝教団〟の神官達が詞術《しじゅつ》を深く学ぶのは、この世に遍《あまね》く通ずる言葉をもたらした詞神《ししん》の奇跡を知るためであって、その力を争いや護りに用いるためではありません。

しかし、救いを求める信徒にそのように説くことは私にはできませんでした。〝本物の魔王〟の時代には、生きる誰もが流血と闘争から逃れられず、誰もが、善く生きるための力を戦いに用いたのです。〝教団〟の者達も例外なく。

魔王が果てた〝最後の地〟に最も近いこの村には、闇の時代の傷跡が深く刻まれていました。神官達は〝本物の魔王〟がもたらした争いと狂乱の中に倒れ、救貧院を賑《にぎ》やかした子供達の声も静まり返って、私だけが、この小さな村落の教会にただ一人残った正式の神官でした。

信徒にとっては、この貧しい一人の老婆だけが心を支えるよすがであって、また、私にとっても、彼らの存在だけが、自らの信仰を繋《つな》ぎ止《と》める光であったのでしょう。

「分かりました。この老いた身で、あなたがたや、また私自身の思うように皆を助けられるかは分かりません。しかし僅かでもあなたがたの心が安らぐのなら、行かぬ理由はないでしょう」

「ああ……ありがとうございます。ありがとうございます。クノーディ様」


大鬼《オーガ》。鬼族《きぞく》の中で、最も強く大きく恐ろしい、人食いの怪物。

幼い頃に、一度だけその姿を間近に見たことがあります。木登りをして遊んでいた森で、大きく赤黒い肌の怪物が、私達の眼下を横切っていった姿を。それは、樹上からでもはっきりと分かるほどの憤怒《ふんぬ》と飢えに満ちていました。もしも私達に気付いていたのなら、私達が隠れている大木をも、太い腕で容易《たやす》く折り倒したでしょう。

その大鬼《オーガ》の口の端から何かが垂れ下がっているのを見つけて、私の隣に隠れる友人は、二日前に帰らなくなった狩人《かりうど》のジョクザのものではないかと囁きました。私は……初めての死の恐れの中、夕暮れの赤に染まった森の奥へと孤独な捕食者が消えていくまでを、ただ見つめていました。

その時の空は夕暮れではありませんでした。街道の森には明るい朝の陽が差し込んでいて、野《の》兎《うさぎ》や鹿がのどかに草を食《は》んでいました。

狩人達は私のように先行きを恐れてはいないようで、私が驚くほどに早く、身軽な足取りで、横たわった倒木や小川をひょいひょいと飛び越えていきました。

私はというと、彼らの足取りに追いつくどころか、土の柔らかさに足を取られて転んでしまわぬよう、それだけで精一杯でした。

「大鬼《オーガ》は知能が高いからな」

彼らのうちの一人が一度、仲間に注意を呼びかけました。

「待ち伏せをしているかもしれない。木の上から襲ってきた奴《やつ》の話を聞いたことがある」

その忠告を受けるまでもなく、狩人達は周囲の全てに気を払っていて、神官の私が危険に晒されぬよう守ってくれていました。

なので最初にその姿を捉えたのも私ではなく、彼らのうちの一人でした。注意を促した彼らの視線を目で追うと、大木の下に座る、灰色の大鬼《オーガ》がそこにいました。

何かを食べている最中のようで、私達に背中を向けていました。

あの日に見た赤い大鬼《オーガ》よりも幾分小さいようでしたが、座り込んでいても私達の誰よりも背丈があって、その傍らには、使い古された木製の棍《こん》が無造作に転がされていました。

「こちらから撃ち掛けて、あの大木を盾にさせる。何人か向こうに回って、奴が木の後ろに逃げ込んだところを仕留めよう。クノーディ様は……彼がこちらに飛び込んできた時のために、詞術《しじゅつ》でお守りいただけますか」

「……ええ。けれどあの大鬼《オーガ》、どこか様子がおかしいように思えて」

「どうしたのですか？」

「本当にあれは、人を害する大鬼《オーガ》なのでしょうか」

人を害する大鬼《オーガ》。自分の言葉を思い出しても、ひどく混乱していたようにしか思えません。大鬼《オーガ》といえば、それだけで人を害する者と同義であるのに。

だからこそ、それは私にも説明のつかない違和感でした。

私も村人達と同じに人食いの大鬼《オーガ》を恐れていたはずなのに、その時には何故か、そのような考えが心に浮かんだのです。

「待ってください。私が、もう少し近づければ……」

「クノーディ様！　気付かれます、危険です！」

大鬼《オーガ》に近づいて違和感の正体を確かめようとしたのは、愚かな行いだったのでしょう。私一人のために、勇敢な村人をも犠牲にしかねないことだったのだと、後になって気付きました。恥ずべきことです。

それでも私がその直感に従っていなければ、気付くこともなかったのでしょう。

彼が食べていたのは木の実でした。私達の知るような大鬼《オーガ》の食事ではなく。

森に入ってから、野兎や鹿を見かけたことを、後になって思い出しました。彼らの振る舞いは、異質な捕食者に追われるもののそれではありませんでした。意識に上ることのないその気付きが、もしかしたら私の直感を導いていたのかもしれません。

子供の頃に見かけた大鬼《オーガ》とはまったく違って、その大鬼《オーガ》には、身に纏う血の死臭がありませんでした。彼が座る傍らの巣穴で、野兎が出入りすらしていました。

「……彼は、もう私達に気付いています」

微動だにしないその背中は、ともすれば眠っているように思えるほど静かでしたが、私はその事実を確信していました。

「彼が私達に危害を加えていないのは、私達がそうしていないからです。すぐに、向こうに回った人達を呼び戻してください」

「クノーディ様、しかし……あれは、大鬼《オーガ》ですよ。鬼族《きぞく》は人族《じんぞく》を食べる……！　この世の始まりから、そう決まっています」

「それでも心があります」

それが〝教団〟の教えでした。詞神《ししん》様がこの世に詞術《しじゅつ》という奇跡をもたらしてくださったのは、そのためであるのだと。

――すばらしい奇跡のために、私達はもう、孤独ではありません。心持つ生き物の全てが、皆の家族なのです。

いつしか、私は村人達を置いて、その大鬼《オーガ》に触れる距離にまで近づいていました。

とても色彩の薄い、白色に近い瞳が私を見つめ返しました。

自らの行いを恐れ、困惑しながらも、私は精一杯笑って、語りかけました。

「……こんにちは、新たな隣人。私はこの先の村で、神官をしている者です。この環座《かんざ》のクノーディは、あ、あなたを……救いたいと願っています」

救いたい。果たして、本当に救われるべきはどちらだったのでしょう。

返答はありませんでした。大鬼《オーガ》は私に危害を加えることなく、そして無視することもなく……ただ、座り込んだまま無言でした。

私が言葉を続けても、返ってくるのは沈黙と、彼の眼差しのみでした。

大鬼《オーガ》は手を差し出そうとして、すぐに下ろしました。

まるで私の心は伝わっているのに、それを返す術が見当たらないかのように。

「まさか……あなたは」

それがウハクでした。

ただ一人、あり得るはずのない障害を負って、この世に生まれ落ちた大鬼《オーガ》。

「私達の言葉が聞こえない？」

◆

最初に私が試みたことは、この大一ヶ月で行方知れずとなった村人のいないこと、大鬼《オーガ》に直接襲われた証言をした者がいないことを、皆にはっきりさせることでした。
人を食べる大鬼《オーガ》を――それも言葉を解さず、申し開きもできない者のことを皆に信用させるのは、容易な成り行きではありませんでした。鬼族《きぞく》が人族《じんぞく》の社会に交じる例があったとしても、その殆《ほとん》どが血なまぐさい傭兵《ようへい》や暗殺者の生業としてです。大鬼《オーガ》が邪悪と無縁の暮らしができるなど、多くの者は信じることなどできなかったでしょう。

それでも私は、彼らと私の信じる教義においては、罪によらず迷い苦しむ者であれば誰であれ手を差し伸べるべきであることを根気よく説き、彼を救貧院に〝保護〟――村人の言を用いれば〝監視〟する同意を得ることができました。

不思議なことに彼の聴覚に異常はなく、聞き取ることができないのは詞術《しじゅつ》の言葉のみでした。

「ウハク。これまであなたに言葉が与えられたことがないのなら、今、この名をあなたに与えましょう。〝不言《ふごん》の〟ウハク」

不言《ふごん》。伝説の時代、詞神《ししん》様より賜った詞術《しじゅつ》の力に驕《おご》れる兄弟の中でただ一人多弁を慎み、語らずして多くの種族の争いを収めた聖者――不言《ふごん》のメルユグレ様が果たした徳の名です。私もその勇名を知る〝最初の一行〟の一人、天《てん》のフラリク様もまた、幼き頃に喉を潰され、言葉を話すことはなかったといいます。

詞術《しじゅつ》の力の本質を、私達は知っているはずでした。何かを語ることではなく、詞術《しじゅつ》の通ずる心がそこにあることこそが本質なのだと。

「――きっと。きっと、受け入れられる日が来ます。話せないことも、聞こえないことも」

彼はその二つ目の名が示す通りに、生まれ持った力を以《もっ》て争うことなく、私を誠実に助け、年老いた女ではできない、様々な仕事を助けてくれました。

たとえ言葉を用いることができずとも、彼が無益な争いを好まず、誰かの心を慮《おもんぱか》ることができる大鬼《オーガ》であることは、すぐに理解できました。

ウハクを預かってからというもの、教会を訪れる村人の数はめっきり少なくなりましたが、誰かが祈りを捧《ささ》げる時には、ウハクは彼らを怯えさせぬよう姿を消していたことを、村人のどれだけが知っていたでしょうか。

「あなたは文字を知らなければなりません。口で語ることができないのならば、あなた自身の心を伝える方法を学ぶのです」

言葉で伝えることのできない彼に教団文字を教えることは、私が生きてきた中でも一度も経験したことのない、難しい仕事でした。

まずは銀貨から始めました。銀貨そのものを示す文字と、市場で使う数字を表す文字、そして銀そのものを表す文字と、円形を表す文字。最初の一歩からそれは、とても困難な道のりでした。

木の串を液墨に浸して、用を終えた子供の古着を板に張って、私は毎日夜が更けるまで、文字を教えていたように思います。

言葉を持たぬウハクは、しかし愚鈍でも怠惰でもなく、ひたすら勤勉に、新たな知識を学んでいきました。彼の上達の速度は目覚ましく、私の教えられる教団文字は、最初の小三ヶ月で尽きてしまったほどです。

いつしか無言の大鬼《オーガ》は私にとって、なくてはならない家族になっていました。

アイナ。ノーフェルト。リビエ。クゼ。イモス。ネーカ……遊ぶたびに窓を割って、葉を整えた植え込みなどは翌日に散らかしてしまって、いつも私を悩ませ、笑わせてくれた子供達の姿は、もうありません。

私とともに学び、〝教団〟としての勤めに励み、そして善く人を助けた神官達も、皆、土の下に眠っています。

孤独な生活の中に現れたこの風変わりな大鬼《オーガ》は、ある意味で私にとっての息子であり、ともに信仰の暮らしを守る仲間でもありました。

ウハクは決して肉食をせず、毎食を簡素な豆と木の実のみで済ませました。

彼はいつでも自身の食べる分だけを、多くも少なくもなく、大一ヶ月の初めの日に森の中から採ってきました。

毎朝のはじめに救貧院と礼拝堂の掃除を終えて、言葉を唱えず詞神《ししん》様への祈りを捧げ、薪や羊の乳を運ぶ時には、一人でそれを行いました。

文字を学んでからは神官達が残した本を読みふけり、私が文字で尋ねれば、詞神《ししん》様の教えのどの節であろうと、すぐに探し出して示すことができました。

「……私達がなぜ詞神《ししん》様の教えを学ぶのか、あなたは分かっていますよね」

崖から落ちて足を挫《くじ》いた子供を、ウハクが助けたことがあります。

しかし子供は大鬼《オーガ》の顔と姿に怯え、この教会で暮らす間、ウハクは、ついに彼が得るべき感謝と信頼を得ることもできませんでした。

文字に書いて心を伝える時も、私はいつもウハクに話しかけていました。私達が風や土に話しかけることができるように、たとえ聞こえずとも、心からの詞術《しじゅつ》には確かな力があるのだと信じていたからです。

それすらも、本当に正しい行いだったのか。今となっては分からないことです。

「神官は、呪いを解く者です。人の心に落ちる影を、言葉を……意志を通じて、時に晴らすことができます。だから言葉は尊く、詞術《しじゅつ》は私達の祝福なのです。……けれどウハク。あなただけは……生まれつき、言葉を与えられていません。喉も耳も、あなたは健康であるのに」

ウハクはずっと俯《うつむ》いたままでした。大鬼《オーガ》は、人間《ミニア》が思っているよりもずっと繊細な種族なのだと聞いたことがあります。あの赤い大鬼《オーガ》もそうだったのでしょうか。あの幼き日にも、彼の心を救える者がどこかにいたのでしょうか。

大鬼《オーガ》が神官として認められるなら、どれほど良かったことでしょう。彼以上に敬虔《けいけん》で慎《つつ》ましい信徒は、どこにもいなかったというのに。

「それが詞神《ししん》様の思《おぼ》し召《め》しなのか、何かの罰を贖《あがな》う途中なのか、私には分かりません。けれどあなたには言葉がなくとも、その行為で誰かを救おうとする意志があります。それは……誰が何を言おうと、変わることはないのですよ」

私は嬉《うれ》しかった。いつでも、あなたの心の温かさに救われていたのです。

だからあなたの為《な》したことのすべてを、罪に思う必要などありません。

「ウハク。あなたには心があります。私達と何も変わらない、心が」

あの風の強い日、魔王の残火がどれほど恐ろしい物事をもたらしたのだとしても。

私の信仰が、あの日を境に意味を失ってしまったとしても。

あなたは、私の大切な家族でした。

◆

あの日の出来事について書き記すことは、あるいはウハクの名誉を損なうことであるかもしれません。

しかし、他ならぬウハク自身が偽りや隠し事を決して望みはしないことを、私はよく知っています。そして私が目の当たりにしてしまった真実の一端を誰かに残すために、あの血《ち》なまぐさい事件を避けることもできません。

太陽は真上を過ぎた頃で、少しの雲が遠い山影に差し掛かっていました。

私は井戸から水を汲《く》んでいる途中で、村の方角から細く立ち上る煙を見ました。

「ウハク。ウハク、あれを」

私の言葉は聞こえなかったでしょうが、足音の調子だけで何が起こったかを察して――ウハクに聞こえないのは、詞術《しじゅつ》の言葉だけでした――ウハクはすぐに院の中庭へと出てきました。

火事か、狼煙《のろし》か。子供が悪ふざけで焚《た》き火《び》をして遊んでいるだけならいいのですが。私はウハクの引く荷車で、村へと急ぎました。

村へと近づくにつれ、街道の様子は不穏の色を増していきました。

鳥が方向を定めずに森の中で乱れて飛び、羽や肉が枝に引っかかって千切れていました。

野兎は巣穴に潜ることもなく、宙を見つめたまま街道の中央に立ち尽くしていました。

――同じような有様を、私は知っていました。〝本物の魔王〟が生きていた頃。あの漠然とした、何もかもがおかしくなる恐怖。

村が近づくと、おびただしい血の跡が太い指で描いたように曲がりくねって、村の方向にまで塗りたくられているのが分かりました。

何が訪れたのか、何が起こっているのか、考えずにいたいと強く思いましたが、ウハクに止まるよう伝えることもできませんでした。

この貧しい老婆だけが、彼らにとっては、きっと心を支えるよすがなのですから。

「クノーディ様！　今、村に入っちゃなんねえ！」

逃げ出してきた村人の一人が、血相を変えて荷車を阻みました。

衣服は誰かの血飛沫《ちしぶき》と煤《すす》の欠片《かけら》に汚れていて、事態を物語っていました。

「ありゃあ……俺ぁ知ってる！　裂震《れっしん》のベルカ！　誰も勝てねえ！　あいつまでおかしくなっちまってたんだ！　魔王……やっぱり、魔王だ……」

「……。どうか、落ち着いて。苦しい時、互いに助け合うのは当然のことです。私には詞術《しじゅつ》の加護もありますし、ウハクがいます。何が起こっているのですか？」

「ベルカ……裂震《れっしん》のベルカだ。魔王をブッ殺しに行った英雄……皆、死んだと思ってた……」

その老いた職工は唇を震わせ、強く目を閉じました。

「生きてたんだ。死ぬことができなかった。〝最後の地〟から、奴は戻ってきた。……戻ってきた……狂って。もうあれは、化物だ」

私は彼の背を撫《な》でて、いくつかの言葉で落ち着かせると、荷車を引くウハクを急がせました。

すぐに、惨状が見えました。村の入り口からいつも見えていた青い屋根の納屋が、天からの掌によって押し潰され、砕かれていくところでした。

巨大すぎる手の持ち主はやはり天を衝《つ》くほどに大きく、村の建物の全てを見下ろしていました。

裂震《れっしん》のベルカ。職工の話が確かならば、〝本物の魔王〟を討つべく旅立った巨人《ギガント》の英雄の……その成れの果て。

〝本物の魔王〟に出会い、生きて還《かえ》った者はたった二人だけなのだといいます。

「た、助けて。助けて。聞こえる……！　まだ、あれの声が聞こえる！　恐ろしい！　助けて！　あああああ!!」

彼女の狂気の咆哮《ほうこう》は、ただそれだけで私の鼓膜と精神を苛《さいな》み、自身を幾度も切りつけたと思しき巨大な鉈《なた》は、叩き潰された村人の血や内臓にも塗れて、赤い光沢に濡《ぬ》れていました。

「【べ、ベルカよりアリモの土へ《bbberrukaioarr》。蠢く群影《welllln mmettt》……助けて……鉄の起源《lllosse aanettt》。砕ける波《nooorstems》……怖い、怖い……怖い怖い怖い……孵れ《uiomtestop》！】」

ベルカの足元で、蟻塚《ありづか》のような土の小山がいくつも土中から衝き上がりました。

私はその詞術《しじゅつ》の恐ろしさを予感し、咄嗟《とっさ》に雑貨屋の建物の背後へと隠れ……そして、ウハクを連れていないことに気付きました。

「ウハク！」

私が必死に叫んでも、ウハクは言葉だけは聞くことができませんでした。

彼は潰された水車小屋の近くに立っていて……そして、恐ろしい炎と光を伴って破裂した小山の破壊に巻き込まれました。

馬の死体が軽々と飛んで、物見櫓《やぐら》の骨組みを折り倒しました。血の水溜《みずた》まりは一瞬にして乾き切って、木の外壁は全て、熱の余波だけで自ら燃えました。

裂震《れっしん》のベルカがどのような詞術《しじゅつ》を用いたかは分かりませんが、きっと、炎や音とともに爆裂する何かを、土から生じさせる生術《せいじゅつ》ではなかったかと思います。

「ウハク！　ああ……なんてこと……！」

——ウハクは無事でした。破壊の波の中心で、傷一つ負っていませんでした。

一つとして。

私は目を疑いました。そこに身を守るものは何もなく、ウハクは動いてすらいなかったのに、灰色の肌には切り傷一つ、火傷《やけど》の一つもありませんでした。

彼の体がどれだけ頑強でも、そのようなことが起こり得るでしょうか。私も、この世にあり得ることとあり得ないことくらいは理解しているつもりでした。

「う、うう……ううう〜〜ッ、声……声を止めて……助けて……」

狂った巨人《ギガント》は、焦点の合わない濁った瞳で生き残った者を見回して、半身が吹き飛んで僅かに息の残っていた一家の母親を摑《つか》み、咀嚼《そしゃく》しました。

本来巨人《ギガント》が食するべきでないものを嚙《か》み締《し》めるたび、ゴボゴボと唇から血が零《こぼ》れ、それすらも意に介せないベルカの狂乱を物語っていました。

「もうやめなさい！　裂震《れっしん》のベルカ！　〝本物の魔王〟はもうこの地平にはいません！　あなたを恐れさせる者も、苛む者も、もはやどこにもいないのです！」

「…………………。うぞだ」

噛《か》み砕《くだ》いた村人の骨で自らの喉の内を傷つけながら、巨人《ギガント》は答えました。

私は……その時も、本心では逃げたくてたまらなかったのです。死んでいった仲間達とは違って、本当は、心から立派な神官などではありませんでした。

それでもウハクが逃げずにいるのなら、そうすべきと自らを強いただけのことに過ぎません。

「じゃあ、ごの声は……あたじの中で、ずっと聞こえる。ま、魔王の……気配が、する……！　まだ、あいづは、生きてる！」

「いいえ！　声などありません！　私達は、自らの心の内の恐怖と戦わなければいけません！　全てを疑い、恐れ、憎しみ、殺しあうようでは、〝本物の魔王〟が死んでも、まるで〝本物の魔王〟の時代と同じではありませんか！　どうか、英雄としての心を取り戻すのです！　ベルカ！」

ベルカは次の口を開きました。それは殺意の言葉でした。

「べ、ベルカよりアリモの土へ……蠢く群影……鉄の起源。砕ける――」

「クノーディよりアリモの風へ。滝の流れ、眼《め》の影、折れる細枝！　阻め！」

破壊の詞術《しじゅつ》よりも早く、自らを守る力術《りきじゅつ》を唱えねばなりませんでした。

私達はどちらも、同時に詞術《しじゅつ》を唱え――そして。

そして……何も起こりませんでした。

詞術《しじゅつ》が使えない――決してあり得るはずのない、想像したこともない出来事でした。詞術《しじゅつ》の詠唱が失敗したわけではなかったのです。けれどベルカが土を変じさせることも、わたしが防護の風の力場を編むこともありませんでした。私達が発した言葉は、ただの音でした。

その時の恐怖は、説明することが難しいものかもしれません。けれど……私達〝教団〟の教えの中では、その詞術《しじゅつ》こそが、この世界において私達の心の存在を証明しているのです。

まるで、そのようなものなど最初から存在していなかったと突きつけるかのような。

ベルカは信じ難い物事を見たように、目を見開き……そして膝から崩れました。

「……ベルカ？」

ベルカは私の呼びかけに答えられず、恐怖心の突き動かすままに、無理矢理に身を起こそうとしていました。

私はそれを間近で見ていました。彼女がもがけばもがくほどに肩が外れ、どこかの骨が潰れて折れ、肉が裂けていく様子を。巨人《ギガント》の如き大きな生物がこの陸上で生きているということが、そもそも嘘《うそ》だったのだとでも言わんばかりに。

血と、苦痛と、恐怖の表情で、ベルカは顔を上げました。ウハクがいました。

「ク……クノーディよりアリモの風へ――」

ウハクを護るべく、私は詞術《しじゅつ》を唱えようとしました。あるいは……そう、先の失敗が、何かの間違いだったのだと思いたかったのでしょう。

風は呼びかけに答えませんでした。私の言葉は、ウハクだけでなく、ベルカにすら届いていないように思いました。世界の何もかもから切り離されたような孤独が、そこに厳然とした事実となって存在しているかのようでした。

「ウウウ。ウウゥ……フ……」

ベルカは不明瞭な呻きで鳴いていました。助けを求めたのでしょう。

何かを喋《しゃべ》っていたのだとしても、それはまるで、心持たぬ獣の鳴き声と何も変わりませんでした。

ウハクはベルカを見つめながら、砕かれた石塀の、大きな瓦礫《がれき》の欠片を拾いました。

それを、頭を垂れた彼女の額へと叩きつけました。

嘆きと恐れの悲鳴が上がりました。意味をなさない言葉を発しました。ウハクは再び、石を振り上げました。もう一度、石が振り下ろされました。

彼はいつものように勤勉に、為すべき義務を為すように、巨人《ギガント》の頭を叩き、続けて叩き――割って、叩きました。

巨人《ギガント》の英雄が、詞術《しじゅつ》も使えず、身を起こすことすら許されずに、殺されました。

遠巻きに見ていた村人の誰もが、その行いを止めることができませんでした。この私ですらも。

「……ウハク?」

全てが終わった後で、ようやく私は、本来の言葉を取り戻したことに気付きました。

ウハクは答えませんでした。彼は詞術《しじゅつ》のない世界を生きていたのです。

……そして、彼は今や、食事をしていました。

彼はいつものように静かに座って、砕いた巨人の頭の中身を、黙々と食べ続けていました。

誰もが。私も含めた村の誰もが、そのことを初めて理解しました。

ウハクは人を食べることのできない大鬼《オーガ》などではなく。

ただ、食べなかった、だけなのだと。

◆

それからの状況は、次第に悪くなっていきました。

ベルカが運んできた恐怖は村そのものに伝染して、皆が疑いと恐れの目でウハクを見ました。ただ巻き込まれただけだったとしても、誰かを救うべくそうしたのだとしても……そして誰一人それを望まなかったのだとしても、魔王が生み出した惨劇に関わることは、それだけで最悪の事態を招くのだと、誰もが知っていました。

家族や隣人を失った者達を少しでも救えれば良いと思い、私は村へと足繁《あししげ》く通いましたが、彼らの抱く呪いを解くことはできませんでした。次は何者が現れるのか、自分達は、どのように死んでいくのか……そして、〝本物の魔王〟は生きているのではないか。

村人達の言う通りでした。絶望で未来を閉ざし、恐れに駆り立てられる人々の姿こそ、〝本物の魔王〟の時代に私が見ていた光景でした。

この恐怖が人々の心に刻まれている限り、魔王は何度でも、私達の心に蘇《よみがえ》り続けるのでしょう。とうに死んでいたとしても、かつてと同じように、未来へと悲惨をもたらし続けるのでしょう。

〝本物の魔王〟から世界が救われて、少しずつ復興の道を歩みつつあったアリモ列村の清流は、今は赤色に濁っています。

家を持たぬ者が虚《うつ》ろな目で街を彷徨《さまよ》い、逆に家を持つ者は扉を固く閉ざして、何者もその中に入れぬようにしています。

絶え間ない緊張と恐怖に耐え切れなくなった誰かが暴力の沙汰を起こせば、その者は必ず、村人達の凄惨な私刑によって一家全員が殺され、死体の形が残っていたならば、それは村の入り口へと吊《つ》るされました。

どうかお許しください。人々が絶望の時代へと転がり落ちるように逆戻りしていく姿を見ながら、何一つ彼らを救うことができなかった、無力な私を。

誰もが、詞神《ししん》様への信仰は〝本物の魔王〟の恐怖の前には無力と信じています。人食いの大鬼《オーガ》と暮らす私のことを、受け入れることができずにいます。教会へと攫《さら》って、あの大鬼《オーガ》の餌にするつもりなのかと。

この結果も当然の成り行きだったのでしょう。彼らを救えなかった私を、彼らは恨む権利があります。

火を焚《た》いた村人達が教会へと詰め寄り、私とウハクを処刑すべく集いました。

——それが昨夜のことです。

『〝教団〟を殺せ』。『人食い鬼を殺せ』。そのような声が聞こえました。環座《かんざ》のクノーディは、彼らにとってはもはや〝教団〟という名の、漠然とした敵となっていました。

「ウハク」

蝋燭《ろうそく》の光の中、ともに文字を学んだ書斎で、私はウハクに語りかけました。

「あなたの為したことは、間違ってなどいません。あなたは多くの村人の命を救った。ベルカの肉を食らってしまったことも……それは、間違いではありません。鬼族《きぞく》は人族《じんぞく》の肉を食べる。この世の始まりから決まっていることです。それなのに、あなたは……ずっと私達を慮って、食べずにいてくれたのですね……」

ずっと、ウハクは戦い続けていました。大鬼《オーガ》に生まれついた罪と飢えとの戦いでした。どれほどの信仰と節制がそれを為し得たのか。人間《ミニア》の私には、想像することすらできません。どちらかが死ぬ運命であれば、それは誰も救えず、信仰者としても無力であった、私であるべきだと思いました。

文字に書いて、私はウハクに伝えました。

「森を抜けて、まっすぐ川を越えて……そしてどこか別の村の〝教団〟を頼りなさい。私の書いた手紙が、いくらかの助けになるでしょう。私には、言葉があります。人の心に落ちる影を……恐れの呪いを、私は解かなければいけません」

ウハクは手紙を受け取って、僅かに頷《うなず》いたようでした。けれど彼は、教会の外に出てようとする私を押しのけて、一人で村人達の前へと出ていきました。

「……ウハク！　やめて！」

私の言葉は、ウハクには届きません。誰の言葉も、決して。

私達が守るべきだった村人の中から、恐れと怒りの声が上がりました。

彼らはめいめいの武器を持って、ウハクに打ちかかりました。そのどれもが、放たれた矢さえも、棍の一閃《いっせん》に払われました。

互いに会話ができないこと、詞術《しじゅつ》が用を成さないことへの困惑が、彼らの間に広がりました。

怯え、逃げ出そうとする者が現れました。ウハクはその一人の首筋を後ろから摑みました。枝を手折るようにへし折り、振り向きざまの棍で、別の村人の頭を砕きました。拳を打ちつけるだけで、村人は布人形のように折れ曲がって死にました。

ウハクが戦う時、そこには何も起こりませんでした。

私の十倍もの大きさを持つ巨人《ギガント》が、まるで存在を許されぬかのように。

事物に呼びかけ通ずる詞術《しじゅつ》が、最初からあり得ない業だったかのように。

彼の前ではこの世の全ての者が、あらゆる神秘を失った心持たぬ獣と同様であり――そして彼自身は、ただ大きく、ただ強いだけの、ただの大鬼《オーガ》でした。

村人も英雄も、何一つ違いはなく。

彼は棍を振るい、粛々と、勤勉に、村人を血の染みへと変えていきました。

「……ウハク。どうすれば……私は、どうすれば正しかったの……」

その惨劇を作り出しているのは、私の息子。私の同志。ただ一人の家族でした。

きっと、その現実から逃れたかったのでしょう、私は一人で森へと逃げ込み……そして足に糸がかかったと思った時には、矢が腹に突き刺さっていました。

——村人が私達を仕留めるべく仕掛けた罠《わな》でした。

まるで獣が狩られるのと同じように、私は。

自らの過ちと愚かさを、どれほど悔いたでしょう。恐ろしさからウハクを見捨てて、自分だけが逃げ延びようとした、心の弱さの招いた罰でした。

森に潜んでいた何人かの村人が、槌《つち》や棒切れを持って、私を囲みつつありました。私は、今度こそ運命を受け入れようと心に決め、しかし湧き上がる恐れのためにそうできず、そして……彼らの一人が倒れる様を見ました。

まるで道を空けるように、武器をそちらに向けた者から、次々と倒れ、起き上がることはありませんでした。

ついに全員が倒れた時——私の知る顔が、その中から現れました。忘れるはずもありません。

「……やあ、先生」

通《とお》り禍《か》のクゼという名の、かつての教え子でした。

「クノーディ先生。生きてるかい」

傷口からの熱が回った体には、頬を叩く彼の冷たい手が心地よく感じました。

もっと伝えたいことはいくつもありましたが、意識が薄れ行く中で口にできたのは、僅かな一言だけでした。

「……大きくなりましたね。クゼ」

「ごめんな。俺はいつもこうだ。いつだって間に合わない。俺のせいだ」

「……」

「……大丈夫だ。待ってろよ、先生。必ず家に帰してやる。みんな……悪い夢はみんな、片付けてくるからさ」

——私は今、クゼの外套に包まれて、寝室に臥《ふ》せっています。

彼は励ましてくれましたが、この傷では、明日の朝まではもたないでしょう。

ならば何か一つでも……言葉を知らぬ哀れなウハクに私の最後の心を伝えるために、こうして書き記しておきたいと思います。


あの日に殺した狼の仔のことを、ずっと、忘れることができません。

庭の片隅に、ウハクが僅かな石を並べて沢山の花を供えた、その仔を供養する墓が今でも残っていることを、私は知っています。

私達は全て、生まれながらに詞術《しじゅつ》の祝福を与えられています。ならば、それが与えられなかった獣達と私達は、生まれる以前にはどのような違いがあったのでしょう。

言葉を使えずとも、ウハクには心がありました。人を思いやり、困難に耐え、信仰に尽くす……私達と同じ、紛れもない心が。

幼い頃から何気ないものとして見続けてきた情景が、いくつも巡っていきます。

荷物を運べなくなった馬が斧で潰され、食肉にされる様子を幾度も見ました。

子供達が遊びの中で小さな猫を蹴り飛ばして殺した時も、私は野生の生き物に近づく危険を注意しただけでした。

……私達は、私達のために死にゆく家畜に敬意も愛情も注ぐことなく、当然の権利として命を消費していました。

鬼族《きぞく》や獣族《じゅうぞく》すら、詞術《しじゅつ》持つ全ての者が心を伝えうる世界の中にあって、そうでない生き物は、道具か敵のどちらかでしかありませんでした。

〝彼方《かなた》〟の世界ではそのようなことはなかったのだと。この世界はひどく残酷な世界であるのかもしれないと……私が十一の頃、旅の〝客人《まろうど》〟が、父と話していたことを、なぜ今まで忘れていたのでしょう。

——あの狼の仔は、ウハクと同じではなかったでしょうか。

言葉を伝える術がないだけで、そこには確かな心があったのではないでしょうか。

もしもそうだとするなら、それはどれだけ恐ろしい罪なのでしょう。

私達はこの世に生きている限り、その恐ろしい罪を、ずっと積み重ね続けているのです。

あの日からずっと、神官としてあるまじき考えに苛まれています。

詞術《しじゅつ》とは絶対の法則なのでしょうか。

竜《ドラゴン》が飛び、巨人《ギガント》が歩み、人が言葉を通わせ、詞術《しじゅつ》を現象と化す。

私達が当然と思っている物事は、本当に、何の理由もなくそこにあるべきものなのでしょうか。

……ウハク。あなたの眼にはずっと、心持たぬ獣と私達が、同じように見えていたのでしょうね。

あなただけが一人、平等に全てを慈しみ、語り、命と向き合うことができたのでしょう。

殺した命を食べることが、あなたにとっての命への責任の取り方なのでしょう。

あなたは、多くの村人の命を奪いました。私が狼の仔を殺したのと同じように。

けれど、それはあなたの罪ではありません。

私達は間違っていました。詞術《しじゅつ》に溺れて破滅した、不言《ふごん》のメルユグレ様の兄弟と、まったく同じだったのです。

いつか教えましたね。

神官は、呪いを解く者でなければなりません。

不言《ふごん》のウハク。私があなたに与えた教えを、明日より捨てなさい。

人族《じんぞく》の作り出した道徳に縛られることなく、あなたの思うように、全ての命に平等に、食べて、生きていきなさい。

……私はもはや、生きていることの罪に耐えられません。一人の身には余りすぎる償いを、成し遂げられるようにも思いません。

私が死んでしまったなら、私の肉を食べなさい。

◆

黄都《こうと》第十六将、憂《うれ》いの風《かぜ》のノーフェルトの部隊が到着したのは、惨劇の過ぎ去った翌朝である。

教会を襲撃した村人はことごとく体を叩き潰され、食いちぎられていた。また、森の中に身を隠していた者は、急所を短剣で抉《えぐ》られたような死体となって発見された。その虐殺を行った大鬼《オーガ》を、ノーフェルトはたやすく発見できた。

ノーフェルトは、老婆が遺した遺書を置いた。

「ウケる」

全てが遅きに失した。〝教団〟に関わる事件への対応はいつもそうだ。たとえ生まれ育った救貧院であっても、軍属である者がそれを助ける許可のために、一日の時間がかかる。

「……バッカじゃね。クノーディの婆《ばあ》さん、どうかしてるっしょ……なんか、俺に言わずに、勝手に死んじまったしさ」

異常長身の剣士の心の内には、軽薄な笑いとは裏腹の憎悪があった。

故郷を見捨てた黄都《こうと》。何も救えぬ詞神《ししん》。〝本物の魔王〟に踊らされる世界。

勇者も王族も、誰一人、死んでいく弱者のことなど考えてはいない。

「よう、ウハク。婆さんの教え子ってことはさ。つまり俺の後輩なんだろ？　……もう、いいっしょ。どうでもいいわ。全部台無しにしちまおうぜ」

大鬼《オーガ》は、静かに祭壇に向かって、背を向けて座り込んでいる。

言葉を発することはないが、彼が日々続けてきた祈りであった。

「――勇者やんぞ、ウハク」


聖堂に横たえられた彼女の死体には、沢山の花が手向けられている。


それは生まれつき詞術《しじゅつ》の概念を理解しないままに、世界を認識している。

それは自らの見る現実を他者へと同じく突きつける、真なる解呪の力を持つ。

それは最強の人型生物として、厳然たる現実としての強さと大きさを持つ。

疎通なき沈黙のままに世界の前提を覆しゆく、公理否定の怪物である。

神官《オラクル》。大鬼《オーガ》。

不言《ふごん》のウハク。

四　アリモ列村

アリモ列村を襲った二度目の惨劇は、木箱を背負った男がアリモ列村へと辿り着いた時期とちょうど重なる。村に通ずる街道は多くの黄都兵《こうと》に封鎖されていたが、封鎖を迂回《うかい》した先には小さな教会か、あるいは〝最後の地〟しか存在していない。遍く生物が恐れるその〝最後の地〟こそが、彼の目的地であった。

「妙なタイミングでぶつかっちゃったな。これは」

アリモ列村前の街道を行き来する黄都《こうと》兵の様子は、まるで事件の存在そのものを周辺の人々の目から隠そうとしているようでもある。

木箱の記者は、名を黄昏潜り《たそがれもぐ》ユキハルという。

「……だいぶ嫌な臭いがする」

小柄で丸顔の男だ。かつてゴカシェ砂海を訪れた時とは別の、小綺麗《こぎれい》な装いに身を包んでいる。

最も特徴的なのは、首から吊り下げた器械だ。単眼鏡のようなレンズが備わっていたが、大型の基部と蛇腹じみた構造は、この世界の者が知る単眼鏡とは大きく異なっている。

背負った木箱の中から、不可思議な声が応える。

「たくさん死んだらしいからね。多分近くの貯木場とかに死体を並べてるんだよ。大きな建物とかがあればそこを使うと思うけど、こんな小さな村だとそういうのはないだろうからね」

「そういう意味じゃなくて、嫌な事件の臭いがするってこと。……例えばさ」

ユキハルは、足元に刻まれている真新しい轍《わだち》を見る。アリモ列村を迂回するこの細道が使われる機会は限られていたはずだ。

「少なくとも二日以内に、大量の馬車がここを通ってるよね。アリモ列村に向かっている。別の跡もある……こっちはアリモ列村から出ていく足跡だ。こんなにたくさんあるのに、戻る足跡はない」

「そう言われても、ユキハル」

木箱は困ったような声を上げた。

「箱の中だと見えないんだけど」

「ははは、忘れてた。悪いね。そうなってるんだよ。開けて見せてもいいけど、見る？　今は誰かに見られる心配もないし」

「……別にいいよ。それで、足跡から何が分かるの？」

「いや単純な話だよ。大量の村人が徒歩で村を出て、戻ってきていない。戻る時には馬車で運び込まれている。行く時には使っていなかった馬車で」

彼は首から下げた器械を手際よく操作し、周囲の痕跡を撮影した。

「つまりこの先で村人が皆殺しにされて、死体が村まで運び込まれてるってことになるよね」

——ガラス乾板型の写真機は、現時点では黄都《こうと》にも普及していない。

片手の操作のみで焦点合わせから絞り調整までを行える、彼専用の機構である。手持ちのまま一連の撮影を行う様が超常的な絶技であることも、それどころかそれが写真の撮影であることも、この世界の誰一人理解できないだろう。

「……ユキハル。この虐殺事件の処理をしてるのって、二十九官の誰かだったよね。えっと……確か、憂《うれ》いの風《かぜ》のノーフェルト。彼が犯人じゃないの？」

「大量の死体を運び出したのはノーフェルトで間違いないね。でもノーフェルトの部隊は実行犯じゃない。時系列的には、隣町から事件発生のラヂオ通信を受けて、その一日後に部隊がアリモ列村に到着している。だから虐殺はその前。もしも最初から実行犯に虐殺を指示していたなら、その辺りの段取りはもっと素早くできたはずだ。つまり……ノーフェルトは犯人と直接の繋がりはないけれど、発見した犯人を隠蔽しようとしている」

その真犯人は、今ユキハルが向かっている道の先にいた者だろうか。アリモ列村を迂回する道が向かう先は二つしかない。魔王が没した〝最後の地〟か──小さな教会か。

「ユキハル。さっきの町で、教会の話をだいぶ聞き込んでたよね。お婆《ばあ》さんと暮らしている、変わった大鬼《オーガ》がいるって。……まさか、最初から分かってた？」

「ははは、いやいや。単純にそういう性分なだけ。興味あることは全部聞いちゃう。聞ける機会に全部聞いておかないと後悔しそうだもんね。でも……おかげで、面白くなってきた」

恐ろしい巨人《ギガント》を沈黙させ、詞術《しじゅつ》の言葉を用いることのできぬ大鬼《オーガ》だという。

──そして黄都《こうと》本国の目が届かぬ辺境に派遣されたノーフェルトの部隊は、その犯行を積極的に隠蔽している。不言《ふごん》のウハクの存在を知る者達の口止めも進めているだろう。先程の町でユキハルが取材した住人達も、彼の到着があと一日遅れていたとすれば、同じことを話してくれただろうか。

彼の動きは、恐らくは独断だ。ただ一匹の大鬼《オーガ》にそこまでする理由はあるのか。

「——王城試合がある。もしノーフェルトが勇者を立てたなら、このネタは確定だ。売れるぞ」

未だ誰一人存在を知らぬ強者の情報を、この時に偶然辿り着いたユキハルだけが摑んだ。

「本当、黄都《こうと》のやり方って相変わらず——あ」

何かに気がついたように、木箱が声を潜めた。

「前の方から兵士が来る。黄都《こうと》軍の歩き方じゃない」

「前から？」

〝最後の地〟の方向から来る。ユキハルは警戒を強めてそちらを注視した。

坂道を登って姿を現したのは、五人の行商であった。荷だけを運ぶ一頭立ての馬車を牽《ひ》いている。

「全員、兵士だ。見た目に騙《だま》されないで」

囁く声で木箱が忠告する。

ユキハルはにこやかな笑顔を浮かべ、正面から歩み寄った。

「どうもこんにちは！　いやいやいや、本当に大変ですねお互い！」

堂々とした態度にやや面食らったか、行商達もその場で足を止める。

「おう、あんたは何だ？　やっぱり例の事件関係の仕事か？」

「ええ、記者です。黄昏潜り《たそがれもぐ》ユキハル。どうぞお見知りおきを」

「……〝黄昏潜り《たそがれもぐ》〟！」

ひょろ長い若い男が二つ目の名に反応した。隊長らしい、筋肉質の男へと告げる。

「凄腕《すごうで》の記者ですよ。流れてくる事件情報の二割には〝黄昏潜り《たそがれもぐ》〟の名がついてます」

「落ち着け」

筋肉質の男は、興奮する部下を手で制した。

「……そうか、知らなかったな。有名人とお近づきになれたわけだ。虐殺事件の取材ってわけかい」

ユキハルは隊長の挙動の意味を理解できる。長身の部下の発言は明らかに失言だ。それ以上を明かしてしまわないように遮った。

黄昏潜り《たそがれもぐ》ユキハルが専門とする記事は、その多くが大規模な死と惨劇、あるいはそうした事件の予感に深く関わっている。彼は戦場記者だからだ。

そして彼は、自らが流した情報がどの都市にどの程度の割合で流れているのかを全て把握している。二割。ユキハルの記事に限ったとしても、戦場情勢の需要が極めて高い都市だ。

（……オカフ自由都市。なるほど、魔王自称者モリオの傭兵か）

「しかしこの先に行くのはやめといたほうがいい。何しろ〝最後の地〟だ。どうしてあんなとこに向かってるんだ？」

「え？　そうだったんですか」

ユキハルは心底驚いたという風な表情を作って、頭を掻《か》いた。

……〝本物の魔王〟が死んだ〝最後の地〟。彼がわざわざこの辺境にまで足を運んだ理由は、〝本物の魔王〟の正体の唯一の手掛かりであるその地を目指すために他ならない。

「参ったなあ。道に迷っちゃったかもしれない。こんなところ来るのは初めてだからなあ」

「ハッ、そりゃ災難だったな。恥ずかしい話、俺達もそうでね。引き返すところだ。まったく黄都《こうと》の連中がいつもの道を塞ぎやがるもんだから、困ったもんだよ」

（……なるほど。向こうにとっても、誰かと遭遇するのは想定外だったわけか）

軽薄な笑いを崩さぬまま、ユキハルは思考を進めている。

道に迷った、という言い訳をユキハルと同じように用いたのは、遭遇者との問答は事前に想定していなかったためだろう。ユキハルの返答を借りたのだ。

この隊長が先手を打って質問をしたのはそのためでもあるはずだ。だが、それ以上に。

（……探っている。いや。少し違うかな？）

ユキハルは、五人の傭兵の視線を観察している。彼の周辺視野は常人よりも遥かに広い。

（見張っている）

「今回の虐殺事件にしたって〝最後の地〟から出てきた奴の仕業だって噂だ。なにぶん魔王関係の話になるから、ノーフェルト閣下も秘密裏に処理するしかないんだとよ。せっかく取引に来たってのに、村にも入れねえ」

「〝最後の地〟の怪物。少し前にも裂震《れっしん》のベルカの事件がありましたからねえ。さもありなん」

秘密裏に。その形容も含めて、ノーフェルトの部隊が敢えて流している情報であるはずだ。ベルカの一件があったからこそ、虐殺事件の犯人も仕立て上げることができる——それらしい犯人を。

「〝本物の魔王〟は怖いですねえ。とっくに死んでるんでしょう？　死んだ後でもそんな影響が残っているなんて、一体何者だったんでしょうね？」

「さあな。興味があるのかい？」

「そりゃもう。誰だって興味を持ちますって。そもそも、本当に死んでるんですか？」

その一瞬、五人が息を呑《の》んだことが分かった。ほんの僅かにでも、そんな可能性を考えたくないとでも言わんばかりの反応だった。

ユキハルは朗らかに言った。

「だって誰も、〝本物の魔王〟の死体なんて確認していないんでしょ？　ずっと疑問だったんですよ。どうして皆して〝本物の魔王〟が勇者に倒された、なんて噂を信じてるんですかね。本当は〝最後の地〟でずっと生きてて——今にも、出てくるかもしれないじゃないですか」

〝最後の地〟には、調査に訪れた者達を襲撃する正体不明の存在がいるのだという。黄都《こうと》。リチア新公国。オカフ自由都市。魔王の死後、様々な勢力が調査隊を派遣し続けてきたが、その全てが謎の襲撃者に阻まれ、少なからぬ数の犠牲者が出ている。

しかしそうした事実にも関わらず、その正体不明の存在は〝魔王の落とし子〟と呼ばれている。〝本物の魔王〟そのものと見做されてはいない。

「分かるんだよ」

隊長は、引きつった笑いで答えた。

「間違いなく死んだ。それは、はっきりしてる。……あれが生きていた頃は、もっとひどかったからだ。ここだけじゃない。世界が、全部。……〝本物の魔王〟がいるだけで、恐ろしかった。あんただって分かってるだろう」

「……」

無論、ユキハルも知っている。〝本物の魔王〟は確かに死んだのだと。

〝本物の魔王〟はその絶大な力以上に、存在することこそが恐ろしい、魔の王であったのだと。

「……それでも、僕は記者ですからね。誰も気にしないようなことだって、気にしてやらないといけないんです」

真実を確かめなければならない。それに近づくことがどれだけ恐ろしいことでも。誰もが足を踏み出すことを躊躇《ため》う黄昏の中へこそ歩を進める。故に、二つ目の名を黄昏潜り《たそがれもぐ》ユキハル。

「魔王……ああ、ま、魔王。殺したぞォ」

五人の傭兵の内、馬車の荷台に腰掛けていた老人が、呂律《ろれつ》の回らない言葉を発した。

「……殺したんだ。〝無明《むみょう》の白風《はくふう》〟が、アレナが殺したに違いねえ。あんのガキ、本当の天才だ。し、知ってるか。アイツ……槍《やり》の、槍の穂先に当てるんだ。突きこまれた槍の一番先っぽによ」

「おい爺《じい》さん、やめとけ」

隊長がうんざりしたように諫《いさ》める。老人の左側頭部には深い古傷があった。

「へへへ。勇者がよォ……ありゃあ、本物の勇気だ……〝最初の一行〟……」

「無明《むみょう》の白風《はくふう》アレナ。七名の〝最初の一行〟の一人ですね。僕も彼の伝説はかねがね。そちらのご老人はアレナさんとはお知り合いで？」

「まあな。ずっと昔同門だったとかで、何かにつけてそいつの話ばかりしやがる。アレナなんてとっくに死んでるのにな。……〝最初の一行〟は、みんな負けたってのに」

〝最初の一行〟。あの恐怖の時代における、最初にして最後の希望。世界で最強とされた七名が同時に〝本物の魔王〟へと挑み、そして無残に敗北した。

彼らの栄光も、全ては過去になった。

そして、ついに〝本物の魔王〟までが正体を知られることなく死んだ。

「……道端で長話をしちまったな。爺さんの隣になっちまうが、町まで乗ってくか？　伝説の記者サマの話も聞きてえしよ」

「いえいえ、僕は遠慮しときます。実はもう、黄都《こうと》の部隊に虐殺事件の取材を取りつけてるんですよね。アリモ列村に寄ろうと思うんで」

隊長は、にこやかに返した。

「そうか。そりゃ残念だ」

彼らと遭遇したその時点から、ユキハルはそれを理解していた。

(僕を殺すつもりだな)

オカフ自由都市の傭兵がこの場にいる。その先には〝最後の地〟以外に何もない道に。黄昏潜り《たそがれもぐ》
ユキハルだけではなく、オカフ自由都市も〝最後の地〟を調査しているからだ。そして彼らは見張っている。他の誰かが情報で自分達に先んじることのないように。

「じゃあ、帰り道でも話を聞かせてくれよ。〝黄昏潜り《たそがれもぐ》〟」

話をする隊長ではなく、周囲の兵士が懐《ふところ》や荷袋に手を入れた。短剣を抜こうとしたはずだ。

その機先を制して、ユキハルは唐突に声を発した。

「あのー、すみません。お約束していた〝黄昏潜り《たそがれもぐ》〟ですけど！　道に迷ってしまいまして。兵隊さんの誘導で、えー、教会に向かう辺りの道にいるんですけどねぇ」

背中の木箱から線を伸ばしたラヂオ送話器に向けた言葉だった。五人の傭兵は動きを止めた。

ユキハルを殺す必要があるとしても、彼らはそうしなければならなかった。

「……。こちら回頭《かいとう》のアスネス。どうした。アリモ列村で落ち合う予定だったぞ。兵にもその話は通っていたはずだ」

返答は木箱そのものからだ。しかし五人の傭兵の目からは、木箱の中にラヂオ受話器が存在するかのように見えているだろう。……アリモ列村に駐留する黄都《こうと》の部隊と取材の予定がある。それは彼らにこの場で手出しさせないための虚偽だ。

ユキハルは第一声で自らの現在位置を声の主へと伝えた。彼らにはもはや殺すことはできない。

「そうは言っても、この道を行けって言われたらそう思うじゃないですか。アスネス隊長の権限で言ってやってくださいよお。いや、指揮はノーフェルト閣下なんでしたっけ？」

「いいからそれ以上ウロウロ動くな。迎えを寄越す。他に誰か連れていないだろうな？　本作戦は機密事項だ。記者風情の勝手な動きで乱されては困る」

一切の機能を持たぬ送話器を手にしながら、ユキハルは五人の傭兵に目配せした。

「…………いえ？　僕一人だけです。じゃ、迎えをよろしくお願いしますね」

ユキハルが通話の演技を終えると、木箱は再び沈黙した。

彼は五人に向き直り、手をひらひらと振る。

「大丈夫ですよ。黄都《こうと》さんには黙っておきますから。道に迷っちゃったのはお互い様ですからね？」

「……ああ、そうだな。ありがとよ」

隊長は頭を下げて、ユキハルとすれ違っていく。彼らがユキハルを殺すつもりだったとしても、それによって黄都《こうと》の部隊と交戦する可能性がそこにある限り、そうできない。

黄昏潜《たそがれもぐ》りユキハルは、幾多の戦場を彼自身の機転で生き延び続けてきた男だ。


「無茶な演技させないでよ」

木箱の中からは、不機嫌な声色が響いた。

「ははは、悪い悪い。でもいい感じだったよ？　意外と僕達っていいコンビになれるんじゃないかなあ。回頭《かいとう》のアスネスって。あははは！」

「……どうでもいいじゃない。危ないところだったよ」

「まあね。でも、おかげで重要なことが分かった。――オカフも〝最後の地〟を探っている。情報を得ようとする者を排除しようとしている。もしかしたら、〝本物の魔王〟の手掛かりを知っているかもな。いや怖いね、魔王自称者モリオ！　さっきの連中だって相当強い。隙がなかった」

「……〝最後の地〟も駄目だったらオカフに行くってこと？　〝本物の魔王〟の手掛かりが残ってるなら、そこしかないってことでしょ」

「いやあ、どうだろうなあ」

先の演技には、もう一つの嘘がある。彼はやはり一人だけではない。

黄昏潜《たそがれもぐ》りユキハルには常に行動をともにする、正体定かならぬ木箱の存在がいる。

そして過去に挑んだ者達がことごとく失敗した〝最後の地〟の調査に赴く以上は……既に現地に展開している、別働隊との合流の算段がある。

「――これぱっかりは、ク、ラ、イ、ア、ン、トの動向によるかな？」

五 ◇ 黒い音色のカヅキ

その刹那。麻《あさ》の雫《しずく》のミリュウの細い目には、四つの物事が見えていた。

まずは、カウンターの付近で諍《あらが》っていた傭兵が――確か『契約なんか知るか』『俺は降りる』とでも言っていたか。どうでもいいことだが――ついに弩《いしゆみ》で撃たれた。オカフ自由都市、それも〝眠《ねむ》る鵞鳥亭《がちょうてい》〟店内の喧嘩《けんか》である以上はそのどちらも泥酔しており、矢は狙いを大きく逸れて、カウンター上の酒瓶を二本破壊した。そしてミリュウ達の方向へと流れた。さして珍しい事態ではない。

次の出来事は、隅の席。視野の端で見た。襤褸《ぼろ》を纏った男は迫る流れ矢に対し、咄嗟とは思えぬ反応の速さを見せた。彼は体を少し捻《ひね》った。胸を矢が貫通する。矢はちょうど心臓の位置を突き抜けて、背後の柱に突き刺さった。

この全てが終わった後で、襤褸の男の近くにいた給仕はようやく事態を認識した。彼女は細い悲鳴とともに水瓶《みずがめ》を取り落とす。空中に飛び散った水の飛沫《ひまつ》の軌道も見えた。

だが、水瓶が給仕の手を離れたその時には、襤褸の男の手が瓶底を受け止めている。彼は僅かな一動作の内に、空中に散っていた水の飛沫を全て瓶に収めた。

「次から水はいらん」

心臓を貫かれたばかりの男は、給仕に水瓶を手渡す。

「矢の飛んできそうな席ではな」

襤褸の隙間から覗いた指先の有様も、ミリュウの目には鮮明に見えていた。


「――やあ、君も傭兵？」

ミリュウは久々に愉快な気分になって、跳ねるような足取りで向かいの席に座った。いつものミリュウならば酒の一つでも奢《おご》ってやるところだったが、この相手にそれは無用の気遣いであろう。

「僕は麻《あさ》の雫《しずく》のミリュウ。水の代わりに、煙草《たばこ》が入り用だったりしないかな」

「……いいや。酒も煙草も長生きに悪いらしいんでな。控えてるところだ」

「ふふふふっ、悪趣味な冗談。――じゃあやっぱり仕事が目当てなんだね」

オカフ自由都市は、魔王自称者モリオが作り上げた、傭兵斡旋《あっせん》を主要産業とする独立都市だ。

王国と魔王自称者との戦争――あるいは人族《じんぞく》と鬼族《きぞく》の生存競争。それらの小規模な争いに介入し、勢力問わず戦力を派遣することで成り立ってきた、傭兵達の総本山とも言える地である。

情報や仕事の集約、銃や砲のような最新兵器の貸し出し、あるいは平時の訓練など、傭兵業において、個人では手の届かぬ一通りの後方支援を専門化することで各地より集めた兵の練度と数は、リチア新公国が陥落した今、黄都《こうと》以外のあらゆる国家を凌駕している。

もっとも〝本物の魔王〟の時代の終わり頃には、彼らに与えられる仕事も専ら魔王軍の撃退のみで、傭兵が自由に敵味方を選ぶ余地などはなくなっていた。

そして、それは今も同じだ。

「今朝方、ここに来た。オカフを潰そうとしている奴に用がある。この国がどうなろうと知った事じゃないが、そいつなら俺のことを知っているかもしれん」

「知ってるかどうかは怪しいとこだね。少なくとも僕は今、君の事を知らない」

「――〝音斬《おとぎ》り〟」

彼は、テーブルの上に右手を置いた。皮膚も筋肉も存在しない。宝石めいて滑らかに漂白された、人骨の手である。

「音斬《おとぎ》りシャルク。けれど本当の名前じゃない。そう名乗ってるだけだ」

「……生前の記憶の喪失。というより、骸魔《スケルトン》は生前の人格とは全く別の生物だっていうからね。……何年前から生きてるの？」

「生きてる？　面白いことを言うな。もうすぐ二年だ。二年、死んでる。正直言って、俺は自分どころか、この世界のことすら分かっていないのかもしれん」

ミリュウは既に確信を得ている。あの時、流れ矢がこの男の心臓部を貫いたのは、避け切れなかったためではない。最小限の動きで、肋骨の間を矢が通り抜けるように避けていた。矢が飛来する速度に合わせてそれをしたのだ。

骸魔《スケルトン》。機魔《ゴーレム》や擬魔《ミミック》と同様、この世界における自然の成り行きで発生する生命とは全く異なる、魔の術によって生成される者達。人族《じんぞく》の社会にあっては鬼族《きぞく》以上に恐れられ、忌避される怪物である。

ただし骸魔《スケルトン》や屍魔《レヴナント》は骸を材質とする以上、必ず生前の何者かが存在している。魂も記憶も連続していなくとも、そこに関わりを見出《みいだ》してしまうのは自然の成り行きなのだろう、無為な試みと知っていながら、虚ろな自我を埋めるべく、生前の記憶を追い求める者も存在する。

「じゃあ、案内役は必要じゃないかな？　君と目的が同じで、知識もあって、ついでに腕も立つ。例えばこの僕みたいな男だ。——まあ」

ミリュウは、肩越しにカウンターを振り返った。酒瓶を叩きつけられた男が血塗《ちまみ》れで倒れており、残りの傭兵は既に散り散りに逃げ出している。

ここ数日は、このような光景ばかりだ。さして珍しい事態ではない。

「今のところの形勢は、芳しいとは言えないみたいだけど？」

「……敵の話を知りたい。奴は何人連れてきている」

「誰も」

ミリュウは肩をすくめて、細い目で笑ってみせた。

「誰も連れてきていない。一人で僕らを全滅させるつもりでいる。笑っちゃうよね」

笑えるのは、敵には本当にそれを成せるだけの力がある、ということだ。

この世界は、未だ個人の力が戦闘を左右する世界だ。このように、規格外の強者が大多数の軍勢を壊滅させる例すら珍しくはない——武の道を志す誰もがその域への到達を求めて研鑽を重ね、内の一握りが新たな強者となる。そういった存在を英雄と呼ぶ。

今のオカフは、そうした英雄の襲撃を受けている。彼らの主である哨《みはり》のモリオと古くから確執のある〝客人《まろうど》〟だというが、傭兵の立場では詳しい事情も伝わってこない。

「黒《くろ》い音色《ねいろ》のカヅキが来る」

わずか大一ヶ月の間に、恐ろしい速度でオカフの精鋭達が始末されていった。緑帯《りょくたい》のドメント。長虫計《ながむしはか》りのインエジン。血報弾《けっぽうだん》ラーキ。そのたった一人を相手に。

「それなら早い。俺と奴のどちらが強いかって話だけで終わる」

「おっと、僕とあいつのどっちが強いかって話だと、さっきまで思ってたんだけどな」

「……そうかもな」

骸魔《スケルトン》は空洞の目線を落とした。ミリュウが腰に吊る武器を眺めている。

それは剣呑な機械仕掛けや重量武器に溢れる店内ではむしろ異様な、変哲もない刺突剣である。

「――新入りの俺は手を出さないほうがいいか？　こういうのは傭兵の誇りの問題だろうしな」

「逆に、やれる？　僕らはある程度作戦が出来上がってるけど、それを横から崩す形になったりしたら、君のほうが夢見が悪いと思うんだけど」

「分かった。それなら俺は防衛だけだ。今日のところは……新入りだからな」

「あはは、いいね。すごい自信じゃないか。物足りないなら、今から襲撃側に寝返ってもいいよ？何しろこれからは新時代だ。魔王自称者の国を守るなんて、流行《はや》りじゃない」

「見ての通り死人なんでね。過去に生きてる男なのさ」

その時カウンター奥の扉が開いて、彼らは同時にそちらを見た。

店主は黒板に報酬額を示す簡単な線を引いて、彼らの新たな仕事を告知する。

「任務だてめえら！　大橋門周辺を固める奴を集める！　翌朝までの足止め、第二外壁まで！　襲撃なしでも同額先払い！　モリオ様からの直々の任務だ！　挑む親不孝どもはいるかァ！」

しわがれた大音声に呼応した者は、六名。

「今日もやらせてもらう。妹の治療費にはまだ稼ぎが足りない」

長大な両手剣を両の腰に一本ずつ佩《は》く巨漢は、墨のように深い褐色の肌をしている。名は、影隻《えいせき》のヒルカ。

「おいおい、昨日より支払い額がケチなんじゃねえかァー!?　モリオ様、人望なくすぜ!?」

鍔広《つばびろ》の帽子を深く被《かぶ》った森人《エルフ》が、長椅子に寝そべってわめく。杖術《じょうじゅつ》の使い手であるらしいが、技を見た者はいない。綾《あや》の軌跡《きせき》のリフォーギド。

「無論、やるとも」

老いた物静かな大鬼《オーガ》は、この中でも古参だ。機械仕掛けの兵器なのだろう、丸盾内の歯車を調整しつつ答える。仰天《ぎょうてん》のウィント。

「……条件を、確認したいのですが。討伐した場合はどうなります？」

背の高い砂人《ズメウ》の女は、手に細い薬瓶のような器具を弄んでいる。元〝黒曜の瞳〟二陣前衛、爪先《つまさき》震《ふる》えのパギレシエ。

「じゃ、もちろん僕も」

「今日から入らせてもらう。音斬《おとぎ》りシャルクだ」

人間《ミニア》二名。森人《エルフ》一名。大鬼《オーガ》一名。砂人《ズメウ》一名。そして骸魔《スケルトン》一名。

力が全ての尺度であるこの街には、鬼族《きぞく》や魔族《まぞく》であろうと扱いに差はない。戦い、成果を出し、報酬を得る。傭兵として生きてきたシャルクには馴染《なじ》み深い、とても単純な決まりだ。

「ようシャルク。俺の名前はリフォーギドだ。布で隠していても分かるぜ。骸魔《スケルトン》だろ？　何も食べねえでどうやって動いてんだァー？」

「悪いが秘密だ」

シャルクは、真っ先に絡んできた森人《エルフ》の傭兵をあしらう。

「お前らがどうして食べないと動けないのかって情報と引き換えにしようと思ってるんでな」

「ヘッ、面白え野郎だ。なんならもっと楽しむか？」

「……やめときなよ。シャルクは口だけじゃない。僕はさっき動きを見た。あの速さなら、奴の技だって躱せるかもしれない」

「筋肉もないのにか？　そう願いたいもんだがなァ」

ミリユウの仲裁を受けて、森人《エルフ》は肩をすくめて下がった。

シャルクはそれ以上口を開きはしないが、僅かに懐かしい気持ちにはなった。新公国の傭兵であった時にも、その初日にリフォーギドのように絡んでくる者がいたことを思い出している。

馬車はすぐさま彼らを持ち場へと運ぶことだろう。たった今から翌朝まで、いつ始まるか予測のつかぬ襲撃に備え続ける、過酷な任務だ。

各々が戦闘準備を整える中、シャルクも自らの得物を取る。それは白い手槍《てやり》だ。柄には骨を用いていると見えて、シャルクの体と同じように、白く、滑らかである。

「戦力はこの連中で全員か？　砦《とりで》の方にはまだ随分傭兵がいたようだが」

「店ごとに防衛箇所の担当は違うよ。モリオの私兵は……砦から支援射撃はしてくれるだろうけど、あまり期待はできないね。敵は夜に紛れて襲撃してくるから、闇雲に撃ちかけるしかない。下手な動きしたら、巻き込まれて撃たれるからそのつもりで」

「戦力に不安があるなら、今日は黄都《こうと》から腕自慢が三人戻ってくる手筈になっている。しかし……」

「おい、見るんじゃねーよヒルカ。俺は止めたぜ」

「……賭けません？　彼らが生きて戻ってくるかどうか」

「全滅だ」

「全滅だよね」

「賭けにならねえよ」

オカフ自由都市の現状は、街の出入りすら運に左右されるらしい。

しかもこの様子では、無事に入れる者は相当な幸運の類に入るようである。

ならば馬車が襲われずに街に入れてしまったシャルクの場合、それは相当な不運と言うべきか。

「……そういえば、まだ聞いてなかったたな。この中の誰か、勇者の骨を見たことがあるか」

「なに、それ？」

「私も知りませんね」

「なんかの暗号かよ？　ヒルカはどうだ」

「勇者の顔も知らないのに、骨を知れるはずがない」

「ハハッ、だよなァ！」

シャルクは、一人答えずに酒を呑む大鬼《オーガ》に目をやる。彼も同様に首を振った。

やはりシャルクの求める答えは、今晩の敵に訊《き》くしかないらしい。

「――根拠はないんだが。俺は生きてる方に賭けてもいいか」

◆

夕暮れが、炎のように色濃く影を伸ばしていた。

オカフへと続くこの街道はその途中までは平坦《へいたん》な地形だが、都市部へと近付くにつれ急激な勾配の山岳と化す。オカフ自由都市は、岩山斜面に設けられた堅固なる要塞都市であった。

赤い影に包まれながら帰還する馬車の中、会話を交わす者達がいる。

砂人《ズメウ》が一人。大鬼《オーガ》が二匹。御者を含めた三名は全員が腕に覚えのあるオカフの傭兵だ。

「オカフまで……奴が待ち伏せできる箇所は多いだろうな」

黄都《こうと》での仕事を終えた彼らは、危険な情勢下にあるオカフへと戻ることを選んだ。数日前までは黄都《こうと》そのものも微塵嵐《みじんあらし》なる災害の接近によって危機的状況にあった。その脅威は既に防がれたというが、彼らのような傭兵ではなくとも、故郷の都市に戻ることを選択した者は少なくはない。

「黒《くろ》い音色《ねいろ》のカヅキはこっちに来ると思うか？　銃が相手だと剣士のあんたは分が悪いだろう」

「ああ……銃弾を避けたのは……四回だったかな。避けそこねた一回の傷が脇腹のやつだ。当たり方が悪かったのか、治るまで大一ヶ月かかった」

客車の大鬼《オーガ》が答える。彼の携える刃は短いが、盾のように分厚い。

彼が衣服を捲《めく》って見せた傷痕は深く抉れており、人間《ミニア》であれば内臓まで達する致命傷であっただろうが、極めて厚い筋肉と脂肪に覆われた大鬼《オーガ》にとっては行動不能の傷ですらない。角と巨体、そして人族《じんぞく》と遜色のない知性すら併せ持つ、最も恐れられる鬼族《きぞく》である。

「面白いな。どうやって避けるもんなんだ？　やっぱり目線や手元を見るのか」

砂人《ズメウ》は両目の瞬膜を瞬《まばた》かせた。明らかに爬虫類《はちゅうるい》を起源とする種の彼らが人族《じんぞく》として数えられているのは、鬼族《きぞく》と異なり人族《じんぞく》を食らうことがないためである。

「敵の目線を見てから避けるつもりか？　銃弾が飛んでくるのは、こういう――」

大鬼《オーガ》の傭兵は両手を打ち合わせた。

「前触れのない一拍の瞬間だ。集中していればその瞬間がいつかは分かるだろうが、それだけだな。体で反応はできない」

「へえ。ならあんたの場合はどうしたんだい」

「いつも通りだ。敵を動かす。例えば、頭を守っていれば当たりやすい胴を狙いたくなる。こちらが常に動いているなら、動きを止めて目線を外した一瞬が好機だと思うだろう。敵の視界を想像して、射撃の瞬間と狙いを操ることだな」

「つたく、大鬼《オーガ》連中の運動神経はムチャクチャなんだよ。俺は大人しく爆弾で行くとするか」

武器に関して言えば、砂人《ズメウ》のそれは大鬼《オーガ》よりも遥かに大型であった。複雑な機械仕掛けの榴弾《りゅうだん》発射器には、奇妙なことに導火線式の榴弾が込められている。射角と導火線の点火位置を歯車仕掛けで組み換えることで、着弾点と爆破の瞬間を合わせるための機構なのだろう。

「……おい」

御者の大鬼《オーガ》が会話を遮った。彼の感覚は客車の二名よりも遥かに鋭敏である。

「今、聞こえたぞ。歌だ」

客車の傭兵はその瞬間に動いた。剣の柄に……あるいは火器の銃把に指先が触れ、そして血飛沫とともに停止した。乾いた銃声が、ほぼ同時に響いた。

「……」

御者は即座に馬の首を剛力でへし折り、馬車を転倒させた。射撃からの遮蔽物とするためだ。血の海が横倒しの客車から溢れた。砂人《ズメウ》と大鬼《オーガ》の二名が、既に射殺されている。

銃声は一回だった。

（――鼓膜を抜かれやがったのか）

全身が厚い肉の鎧《よろい》で覆われた大鬼《オーガ》であっても、無防備な一点は存在する。だがこの入り組んだ山岳で、馬車越しに……その上、砂人《ズメウ》の肺をも同時に貫通するように撃ったというのか。

「たたーん。たーん、たーん。たたーん」

歌が近づいていることが分かる。自らの位置を知らせるばかりの、全く非合理な行動。

「クソが。〝客人《まろうど》〟。〝客人《まろうど》〟のイカレ野郎め……」

近くの地面に投げ出された自らの武器を見る。この鉄杖《てつじょう》でどれだけ戦えるだろうか。

大鬼《オーガ》が人間《ミニア》に負ける道理はない。相手が尋常の人間《ミニア》である限りは。

「たーん、たたーん……」

「ブッ潰してやる」

彼は身を乗り出し、武器を摑もうとした。そこまでだった。

僅かに前傾した頭を狙って、横倒しの馬車を迂回した銃弾が眼球を貫いた。

◆

「たたーん……たーん、たーん。たたーん」

高く透き通った声が、無人の荒野で旋律を紡ぐ。

夕暮れの山道でスカートを翻らせる一つの影が、両手の歩兵銃《マスケット》をくるくると回している。

たった今傭兵を皆殺しにした存在は、女だ。二十代の半ばで、女性らしいスカート姿の印象を上書きするような、無骨な軍兵用のコートを羽織っている。

「たーん、たーん、たたーん、たーん、たたたっ、焼っけついたー。情っ景、にー」

「……水村香月《みずむらかづき》さん。あなた、それはいつも歌ってるんですか？」

もう一人、横倒しの馬車に腰掛けている者がいる。まだ幼い、十代前半にも見える少年だ。しかし白髪交じりの灰髪が、奇妙に老成した印象を与えていた。

「必然がっ、すーべてー、引き裂………………。そうよ。何か変？　私に文句があるの？」

「ああ、いえ。十三年前から、よく変わらないなと思いまして」

会話を交わす二人は、まだ若い。少なくとも外見だけは。

「変わらないのはお互い様でしょう。〝客人《まろうど》〟は年をとれないんだから」

「……そうですね。私が調査させた限りの話ですが……この世界の古代の王家も、一代ではあり得ない長さの統治をしているんですよ。この世界の最初の者達は全員が〝客人《まろうど》〟だったという話にも、かなり信憑《しんぴょう》性が出てきています」

「へえ。じゃあ、年をとらない理由は？」

「どうでしょうね。こればかりは推測ですが……例えば、影響を残させるため」

少年は、両指を組んで空の方角を見上げる。

青みを帯びた大月と、赤い小月。いくつもの事柄が同じようでいて、それでいて決定的に〝彼方《かなた》〟とは違う――遥か果ての現実だった。

「たとえあなたや私が逸脱者であったとして、そうした人間が、何も持たずに世界に放り出されて……そこから社会に影響を与えられるようになるまでには、さらに長い年月がかかります。天賦の資質は、その年月に錆《さ》びついて朽ち果てるかもしれない。技術や知識を他者に伝えられるとして、それは一代のみの影響に終わってしまうかもしれない……ですが現に、あなたも私も老いず、少なくとも香月《かづき》さんの技は衰えていません」

「ふーん。あんまり興味はないけど。私達がこっちに流れ着いたのも、詞神《ししん》様とやらがこの世界を変えようとしているからってこと？」

「……逆です。元は世界を維持するためのものだった、と考えています。最初は、〝客人《まろうど》〟しかいなかった。彼らが世界に根付き、生態系として定着するには、種本来の命では足りなかった――つまり竜《ドラゴン》や巨人《ギガント》は、彼らの始祖となった変異体……〝客人《まろうど》〟の個体へと与えられた長命が今も残っている種族なのかもしれません。少なくとも、私の仮説はそうです」

　この世界における〝客人《まろうど》〟とは、人間《ミニア》のみではない。

　例えば竜《ドラゴン》などは、遥か昔に大型爬虫類の逸脱者がこちらの世界に送られた子孫であろうことは想像に難くない。〝彼方《かなた》〟の常識からすれば知性や五感を有することがあり得ない粘獣《ウーズ》や、植物ながら動物の如き振る舞いをする根獣《マンドレイク》も、全ての始まりに何らかの逸脱があったのだろう。

〝彼方《かなた》〟の物語に語られる存在はかつて実在し、この世界へと放逐されていったのだろうか。

　文字に残された文献の少ないこの世界では、歴史の真実を探求することすら容易ではない。

「というか、雑談をしに来たわけじゃないでしょう。わざわざこんな所まで来て。あなた、旧王国軍周りの仕事で忙しいんじゃないの？　そっちも戦争が始まるわよ。例の微塵嵐《みじんあらし》も到達しなかったっていうし、これから大変ね？」

「準備が終われば、他にすることなんてないですよ。雑談が私の仕事ですから」

「信用できないわよ、あなた。それこそ仕事柄致命的じゃない？」

「……そうでしょうかね」

　少年はやや困ったように笑った。

「では、状況の進捗確認にでも来たということで。こちらとしても、あなたのバックアップ期間をスケジュールに組み込む必要がありますからね」

「進捗って、もう大体同じよ。この三匹だってそんなに強くなかったし」

黒いブーツが死体を足蹴にする。血の池に慣れ切った革は、足首の辺りまでが変色していた。

「オカフに残ってる連中で目ぼしい奴って、あとは麻《あさ》の雫《しずく》のミリュウくらいじゃない？　人と物資の出入りを塞いで窒息させてれば、オカフの体力が尽きるまで小一ヶ月ってところかしらね」

「敵の程度の話ではありません。今の状況も、香月《かづき》さんが不休でこれだけ活動し続けられているのは本来驚くべきことですよ。香月《かづき》さんは既に大一ヶ月——六日間も戦い続けている。軍に匹敵する力があったとして、不断の注意力と集中力で戦い続けられる者は多くはない。それを補うために軍は数を揃《そろ》え、目と体力を増やすわけです」

「そう？　でも、私は現にできてるから」

彼女が選んだオカフ攻略の方針は電撃戦ではなく、不正規戦闘による持久戦だ。個人戦力のみでそれを担えるということは、単なる強大な戦闘能力以上の、想像を絶する戦略的意味を持つ。

「……リチア新公国の陥落の話はご存知ですよね。この世界唯一の空軍を備えていたはずの強大な国家が、一夜にして消えました」

「ふ。それもどうせ黄都《こうと》でしょう？　昔っから私に黙って胡散臭《うさんくさ》い動きばかりするのね」

「新公国攻略にも、今の香月《かづき》さんのような突出した個の戦力を用いていたとすれば？　もはや彼らは多数の軍勢を運用する必要もなく、地上全ての国家を攻め落とせるということになります。装備や訓練に資金を要さず、兵站《へいたん》を考慮する必要もなく、そして敵にも自国の民にも何一つ知られることなく全てを完遂できる。それは、あちらの世界には決して存在しなかった戦争の優位性です」

「……私が黄都《こうと》と関係があるって？」

「——ほんの数日前まで、黄都《こうと》は微塵嵐《みじんあらし》からの本国防衛に全力を傾けていました。旧王国主義者を迎え撃つためにも軍事力を割かなければならない中、最小限の動きでオカフ自由都市を牽制《けんせい》する必要があるとしたら……もしも私ならば、突出した個を動かすでしょう」

「勝手に推測するのは結構だけど。それは私の仕事に関係ある話なの？」

「黄都《こうと》側にとっても、突出した個の脅威は同じだとは思いませんか？」

「……」

「新公国の作戦では、鳥竜兵《ワイバーン》を率いた夕暉《せっき》の翼《つばさ》レグネジィが死にました。私達と同じ〝客人《まろうど》〟、鵲《かささぎ》のダカイも。おぞましきトロアや、千年近く生きた燻《ふす》べのヴィケオンすら相次いで殺されています。……こうした事例は私が把握している以上にあると見るべきでしょう。あるいは、意図的に……英雄達が始末されつつある」

今は彼らも、突出した個を敵対勢力の制圧のために運用している。それは国力の消耗を伴うことなく可能な戦争形態であるからだ。

より長期の観点で見るなら、彼らはいずれ自身をも滅ぼしかねないそうした脅威の存在自体を世界から排除しようと考えているのだろう——〝灰髪の子供〟にはそれが理解できる。彼らが何を欲し、何を恐れるのか。

「……新公国を攻めた者にとっては、攻略作戦は王城試合の予選であったはずです。王城試合はそれ自体が黄都《こうと》の覇権を確立するための催しでありながら、開催前から、英雄を戦場に送り込むための方便として利用されています。香月《かづき》さんも、王城試合へ参加する予定になっていますよね？」

「……」

「あなたも、危険ということです。何故一人でオカフの攻略を？」

「……一人ではないでしょう。こうしてあなた達のバックアップがあるんだから」

「いえ、そういう意味ではなく。こうして単独で戦いを続けているというのは……黄都《こうと》側の作戦という以上に、あなた自身、黄都《こうと》の目が届かないところで狙っている目的があるのではないかと」

「あなた……それ、本気？」

すぐさま銃口が少年へと向く。長い髪のあいまで、カヅキは薄く微笑《ほほえ》む。

「もしも今……あなたが私に都合の悪いことを聞いてるなら、ここですぐに撃ち殺すことだってできるんだけど」

「黄都《こうと》側に隠している目的があるなら、陰ながら協力できます」

銃口を向けられて、少年は両手を挙げてみせた。修羅の跋扈《ばっこ》するこの地平において、彼は一切の戦闘能力を持っていない。それ以外の逸脱性でこの世界へと流れ着いた〝客人《まろうど》〟である。

「有山盛男《ありやまもりお》さん……いえ。魔王自称者モリオに用があるのでしょう。これはあくまで推測ですが——戦後の交渉に居合わせることがあなたの条件。黄都《こうと》の後ろ盾でもなければ、一国の主と密談の機会を作り出すことは難しい。同じ〝客人《まろうど》〟として、やり取りをしたい用件があるのでは？」

「ふーん。よく知ってるわね？　モリオが〝客人《まろうど》〟だって」

魔王自称者。組織や詞術《しじゅつ》の力を持ちすぎた個人。新たなる種を確立しようとする変異者達。異端の政治概念を持ち込んだ〝客人《まろうど》〟。オカフ自由都市の主は、まさしくそうした逸脱者だ。

「オカフは、兵器供給や平時訓練をも含めた軍事力の提供を行っています。傭兵ギルドを装ってはいるものの、その業務形態は明らかにPMC《民間軍事会社》のそれです。モリオが〝客人《まろうど》〟であると推測する材料は十分でしょう」

「それなら、私の目的はこうね。あなたも合わせて、三人で遠い故郷でも懐かしむとか？」

「ええ。その時が来たら是非」

少年は、複雑な表情でオカフの要塞を見上げる。

「本当に武力で攻め落とすつもりですか？　オカフへの示威行動は既に十分でしょう。黄都《こうと》との講和を待つまでもなく、盛男《もりお》さんはあなた個人との取引に応じてくれる可能性もあります」

「馬鹿ね。籠城戦の備蓄があるうちはそんな交渉に乗ってくれるわけないでしょ。それにあなただって、私みたいなのを倒させるために新型銃を作ってるんじゃないの？」

「元々は香月《かづき》さんのために作ったんですよ。安定生産までは大変な道のりでした」

「あのね。皮肉で言ってるんだけど」

カヅキの任務はモリオの抹殺でもある。たとえ戦いを回避する道があったとしても、望まれた戦果を必ず出し続けてきたからこそ、英雄と呼ばれているのだ。

「目的は情報ですよね？　盛男《もりお》さんは各地に派遣した傭兵からの情報を統合できる立場にいます」

「その通りよ。けれどあなたの得になる話じゃないわ。私は個人的に納得したいだけ」

「それは……興味深いですね。香月《かづき》さんが気にするほどのこととなれば、ますます」

「移《うつ》り馘剣《かくけん》のユウゴ。黄昏潜《たそがれもぐ》りユキハル。哨《みはり》のモリオ。……黒《くろ》い音色《ねいろ》のカヅキ。逆理《ぎゃくり》のヒロト」

「……？」

「ふ。いい顔ね。ここ最近で現れた〝客人《まろうど》〟達の名前よ。あなたなら当然分かるわよね。全員、私達と同じ国から来ているわ」

かつては、そうではなかったはずだ。種族の命名法則や文化様式からしても、彼女らの〝彼方《かなた》〟の故郷よりも、遠い西側の文化圏の者達が多く訪れていたはずである。

どこかの時点で、大きな変動があったはずだ。カヅキはその正体を確信している。世界のこの現状へと至る、大多数の者が知らぬ謎を。

「……確かに、偏りがあるかもしれません。名の知れた数名程度で断言してしまうよりは、もう少し長い目でデータを集める必要があるかとは思いますが」

「あなたの長い長い目って何百年後になるのか分からないのよね」

カヅキは両手の歩兵銃《マスケット》をくるくると回し、自分も回転した。コートとスカートが翻っている。

「たーん。たたーん。たーん、たーん……」

「まだこちらの助けを借りるつもりはない、ということですね」

「商品の代金以上のことはね。私は英雄だもの――ただの人殺しだとしても」

夕陽《ゆうひ》の中で踊りながら笑う。

「一人でやるのがポリシーなの。英雄として、世界への責任を果たさないとね」

〝本物の魔王〟が生きていた九年前。暗黒の時代の中で打ち立てられた鮮烈な伝説がある。

異界より降り立った銃兵が、当時誰も見たことのなかった兵器〝銃〟を使いこなし、魔王自称者に迷宮化された北方《ほっぽう》の都市、大氷塞《だいひょうさい》をただ一人で解放した。

オカフ自由都市の襲撃者の名は、〝客人《まろうど》〟。黒《くろ》い音色《ねいろ》のカヅキ。

◆

山岳の尾根を見下ろす高い外壁。それを越えた先にも壁。その中にも壁。壁と壁の隙間の道は迷路のように迂回して市街を形成し……そして曲がりくねる道の中で立ち止まる地点では、常に中央の砦からの狙撃に晒されることになる。

さらに属する傭兵は一人一人が黄都《こうと》の正規兵に匹敵する装備や練度であり、容易に攻め込むことができぬ。しかし黒《くろ》い音色《ねいろ》のカヅキは、このような不正規戦闘には誰よりも長《た》ける陰の英雄だ。

カヅキは黄都《こうと》からの干渉なく自身の目的を達する。そして黄都《こうと》はオカフとの全面戦争状態を回避し、〝客人《まろうど》〟同士の共倒れを望むこともできる。

黒《くろ》い音色《ねいろ》のカヅキがオカフの戦力を削り、その救援という名目で黄都《こうと》が軍を派遣し、優位な状況から交渉を行う。それが黄都《こうと》の描く絵図なのだろう。可能ならば、〝客人《まろうど》〟二人が倒れた後に。

黄都《こうと》が世界から逸脱した戦力を駆逐しようとしていることなど、カヅキは百も承知だ。

老巧の〝客人《まろうど》〟――黒《くろ》い音色《ねいろ》のカヅキともなれば、そうした世界情勢を利用することもできる。

カヅキは、長い髪を大きく払う。沈む夕陽の最後の輝きに目を細めた。

迎えに現れた小馬車に視線をやって、〝灰髪の子供〟が呟く。

「もう時間のようですね。名残惜しいですが、お元気で」

「次はいつ会えるのかしら？」

「もしかしたら、また十年――いいえ、じきに会うことになるでしょう。水村香月《みずむらかづき》さん。あなたが変わっていなくて、よかった」

「ええ。あなたも相変わらず、胡散臭かったわ」

カヅキは少し微笑む。ひらりと身を運んで、〝灰髪の子供〟から購入した車へと飛び乗る。

自動車という。蒸気で動く車だ。今日の突入作戦のために、死ぬことのない動力が必要だった。


十三年ぶりに出会った少年の馬車も、遠く小さくなっていく。馬は地を蹴り、走る。

――馬。この世界にも馬がいる。ふとそれを懐かしく思うことがある。

彼女の故郷と確かに連続していて、けれど、決定的に異なる世界。

「たたーん、たーん、たーん。たたーん……」

車内でいくつもの歩兵銃《マスケット》を弄びながら、カヅキは歌を口ずさんでいる。

夜は彼女の時間になる。砦に多数配備された銃手では、暗闇や油灯の光の中で狙うべき的に当てることはできない。少なくとも、〝銃〟を知り尽くした黒《くろ》い音色《ねいろ》のカヅキには。

蒸気機関を始動する。今彼女が位置するのは、谷にかかる跳ね橋を見下ろす斜面だ。体感では直角のようにも思える急角度を、しかも蒸気自動車の速度で下ることになる。

（車の質量は変わることはない。馬とは違って、車輪の回転数も一定……）

〝彼方《かなた》〟の車両のような操舵《そうだ》機能はついていない。カヅキには不要だった。

（急な障害に当たれば、然《しか》るべき角度で弾かれて飛ぶ――弾丸と同じだ）

坂を落ちていく加速を感じる。運転席の中で、彼女は何もしない。

弾道を定めた後の銃弾に触れられる銃手がいないように。

跳ね橋が迫る。走り続ける。強襲を察知し、橋が鎖に巻き上げられつつある。砦からは弓と銃の照準が一斉に向いていることが分かる。

蒸気機関に恐怖はない。速度は減じることも増すこともない。銃声の嵐。物量に任せた殺戮の弾雨。運転席周囲に施された板金装甲が、その雨を一度だけ防ぐ。加速は十全だ。止まらない。車が巨大な岩塊に激突する。カヅキが狙った通りの角度で、車体は宙へと放り出され――上がりつつある跳ね橋の先端へ、斜めに転がり込む。荷台がひしゃげ、積荷の歩兵銃《マスケット》が雨のように散らばる。

同じく放り出された彼女は、宙で二丁の銃を構える。

「――着弾」

まるで、命を投げ出す賭けの成功を最初から知っていたかのように。千尋の谷を越えて、自由都市へと攻め込んでいる。第一外壁を突破した。

空中で、固く閉ざした門を守る盾使いの大鬼《オーガ》を認識した。

正しい判断だ。仮に彼女が第二外壁の内側へと踏み込み、遮蔽と機動力を活《い》かせる戦いになれば、有象無象の傭兵に勝ち目はない。最初の三日間で、彼女は敵をそのように殺戮している。

「……たーん、たたたっ、焼っけついたー。情っ景、にー」

まずは門を守る大鬼《オーガ》を殺す。交差した両腕を抜き放つと同時に、火薬の閃《ひらめ》きが二つ重なる。

ギ、と甲高い音が響いた。

「……なんで？」

大速度からの着地衝撃をしなやかな膝で殺しながらも、カヅキは訝《いぶか》った。大鬼《オーガ》が今の射撃に反応できた様子はなかった。だが、標的が生きている。

先の音は、弾丸が壮絶な速度で二つ止められた音に相違なかった。

ただの弾丸ではなかった。この世界で量産された歩兵銃《マスケット》は〝彼方《かなた》〟の史上と比べ、著しい精度改良が加えられているが――その弾は、カヅキにしか見えぬ速度で曲がっている。

左右両翼より盾を回り込み、首の動脈を貫く軌道だった。それは力術《りきじゅつ》ですらない。彼女の絶技は、空気抵抗や弾体の回転すらも自らの意志の支配下に置く。黒《くろ》い音色《ねいろ》のカヅキは常に、銃撃の予備動作の時点でそれを行っているのだ。

「いい声だ。歌手になるのもいい」

「……。とっどーかない指をー。かっさねてー……たん、たん」

もう一人の傭兵が隠れていた。大柄な大鬼《オーガ》の背後に隠れるほどの、異常な細身。骸魔《スケルトン》だ。

骸魔《スケルトン》は、速い。筋肉も内蔵も持たぬ彼らは、生命体にはあり得ざる極限の軽量体を持ち、それが生前の技術と膂力《りょりょく》を兼ね備えてすらいる。

（だとしても）

これ程の存在はまったく見たことがなかった。種族の差異などでは説明のつかない、次元の違う速度だ。暗がりの中で、そんな反応ができたというのか。

先程彼女が撃った同時二発の弾丸は、斬られたわけでも、弾かれたわけでもない。

槍の穂先の腹で、地面に押さえつけられていた。

（――どういう速さなの、それ）

カヅキは、僅かに不機嫌になる。

「……あなたは門の後ろに隠れているだけ？」

「俺の仕事は防衛だ。聞きたいこともある。弾が尽きるまでは付き合うさ」

「そう。ご自由に」

その虚を突こうとでもしたのか、横合いから飛来物があった。当然のように体を翻し、躱す。

細い薬瓶は地面に落ちて、刺激性の黒煙を爆発させた。

「黒《くろ》い音色《ねいろ》のカヅキさん。狩ってばかりも飽きたでしょう。本日は逆ですよ」

何らかの機械装置でそれを射出した砂人《ズメウ》の蜥蜴《とかげ》顔は、笑みすらしない。

正しい判断だ。跳ね橋を強行突破されたとしても、第二外壁内へと踏み込む前のこの地点であれば……複数人の手練でカヅキを囲み、このように有利な状況を作ることも可能だっただろう。カヅキがその状況に備えていなかったのならば。

「【ヒルカよりオカフの土へ。霜の力、断崖の面《hilca jo ocaf formia ora nel cloza》——】」

新手。褐色の肌の人間《ミニア》が詞術《しじゅつ》を唱えている。

彼女は回避の勢いのまま地面すれすれを旋回し、地面に散乱している歩兵銃《マスケット》の二つを指の第一関節に引っ掛けた。馬車に満載されていた銃は、布石だ。この場は既に彼女の戦闘領域である。

回転。照準。撃つのは正面の砂人《ズメウ》でも詞術《しじゅつ》を唱える人間《ミニア》でもない。さらに新手。

「【——脈動を止めよ《enzeham nort》！　起これ《nazelcthuk》！】」

右方。煙幕の中を突き抜けて斬りかかっていた森人《エルフ》の腿を撃ち抜いている。

頭ではないのは、下段に鉄杖を振り抜く動作が急所を守っていたためだ。さすがに練度は高い。

「がッ……あッ！」

「……リフォーギドがやられた！」

「なんて反応してやがる、くそっ……！」

薬物使いの砂人《ズメウ》の方角では、突如聳《そび》えた土壁が射線を遮っている。褐色の人間《ミニア》の工術《こうじゅつ》の防御であろう。仮に砂人《ズメウ》を撃っていれば、煙幕に隠れた森人《エルフ》の一撃で頭を割られていたということだ。

全て、正しい判断だ。

(無意味だったけど)

複数の手練を同時に相手取って戦う。戦い続ける。

黒《くろ》い音色《ねいろ》のカヅキにとってそれは特別なことではない。

確かに状況は彼らに有利なのだろう。判断は的確で、連携の練度も高いことが分かる。

それでも、そのようなことにカヅキは慣れてしまっている。ありとあらゆる最適解を積み重ねたとしても、彼らがカヅキの才に及ぶことはない。決して。

「たん、たたーん。たーん、たーん。I don't believe anymore……自分ーすっらー、溶けていっきそうでー」

歌に合わせて歩兵銃《マスケット》をくるくると回す。そうして遠心力を与えている。

「……た、ん！」

ガチ、という音が響いたのは、カヅキが右手の歩兵銃《マスケット》を投擲した後だ。

砂人《ズメウ》が射出機械から放った薬瓶の次弾は、着弾の遥か手前でカヅキの手を離れた歩兵銃《マスケット》の銃床に迎撃され、破裂した薬瓶の煙幕が砂人《ズメウ》と詞術《しじゅつ》使いの人間《ミニア》を包んだ。

足元に散らばる歩兵銃《マスケット》の一つを蹴って走り出している。銃は地面を回転し、滑るように黒煙の中へと飛び込んでいく。褐色の人間《ミニア》が唱える詞術《しじゅつ》の一節よりも、カヅキの直進が速い。

「【ヒルカよりオカフの土へ《hilcaioocaf》】……っ」

「たーん、たん」

左の歩兵銃《マスケット》を煙の中から引き抜いている。彼女の銃は同時に、銃剣を備えた槍でもあった。おびただしい血が銃剣を濡らし、人間《ミニア》の詞術《しじゅつ》は不発に終わる。迎撃の両手剣の刺突も届かない。

「必然がっ、すーべてー。引き裂くまーえにー」

引き抜いた歩兵銃《マスケット》を回転させ、背後に。血液が半円を描いて散る。

後方から射出音。門を守る大鬼《オーガ》の盾から射出された四本の鉄鋲《びょう》を、木の銃床で防ぐ。大鬼《オーガ》の切り札がその機械仕掛けであろうことは既に看破していた。

片方を投擲し、片方を防御に用いた今、手持ちの歩兵銃《マスケット》はこれで使用不能となった。……ふと、最初の敵が脳裏によぎる。

（……あの使い手。槍使いの骸魔《スケルトン》が……今の瞬間に動いていたら？）

「シッアァ――ッ！」

薬瓶使いの砂人《ズメウ》が至近にいた。鉤爪《かぎづめ》でカヅキの喉を裂きにかかる。ガン、という轟音《ごうおん》がその口を貫いて頭蓋から抜ける。カヅキはコートの内から抜き撃った小型銃を捨てた。これまでの戦いでは見せていなかった武装である。

「た、たーん……」

黒《くろ》い音色《ねいろ》のカヅキが、隠し持っていた武装も含めた全ての銃を手放した一瞬。

――彼はその好機を狙っていた、
カヅキの背後から、刺突剣を構えた人間《ミニア》が。

麻《あさ》の雫《しずく》のミリュウという男である。

ここまでの攻防の間、完璧に気配を消していた。銀の軌道が心臓を――

「ああ、惜しいわ」

足元の歩兵銃《マスケット》を爪先で跳ね上げている。突撃前の蹴りでこの位置へ送っていた銃だ。

脇を潜らせた銃剣の迎撃は、刺突剣よりも長く届いた。

「……！」

腹部を貫き、そのまま引き金を引く。

内臓が爆裂し、刺突剣使いはその衝撃に吹き飛ばされる。

「あなたが一番いい線行ってたのに」

この状況を読んでいたわけではない――彼女自身が、対応可能な位置を取り続けていただけだ。

カヅキはまるで舞踏のような動きでくるりと回って、斃れた者達へと微笑みかける。

四名を始末した。彼女の戦いは全てを一瞬で終える。

カヅキは二丁の銃を蹴り上げ、拾う。無傷だ。

この高速戦闘にあって、彼女は常に敵を利用して砦からの射線を遮っている。射撃の雨が彼女に届くことは決してない。戦闘においても戦術においても、傭兵達が英雄に及ぶことはない。

残るは門を守る二名。盾使いの大鬼《オーガ》。そして槍使いの骸魔《スケルトン》。その奥に幾重もの罠と兵力が待ち構えているのだとしても、オカフ自由都市の戦力は確実に弱まり続けている。

「俺は今日オカフに雇われたばかりだが」

骸魔《スケルトン》はミリュウの無惨な死体を見た。

「……そいつは、俺の案内をしてくれるって言っていたな。傭兵同士の問題ってやつだが……あまり、こういう約束はするもんじゃなかった」

「ええ？　案内しやすいように、先に送ってあげたのよ」

骸魔《スケルトン》が前に踏み出す。死神じみた黒い襤褸。何かしらの技術で純白に処理された全身骨格。

「シャルク。退くぞ」

骸魔《スケルトン》の傭兵に対し、大鬼《オーガ》が短く忠告した。

「分かっただろう。奴に挑めば死ぬ」

「とっくに死んでる身だ。損はしないさ」

「たたーん、たーん、たーんたーん……」

シャルクは白槍を構えた。

「黒《くろ》い音色《ねいろ》のカヅキ。あんたが勇者か？」

「……違うわ。そう勘違いされることもあるけれど、私は違う」

「そうか。それなら一つ。俺が勝ったなら、黄都《こうと》の王城試合の出場権を譲れ」

「へえ……」

勇者を決める王城試合など、彼女自身はただの酔狂な催しとしか認識していなかった。オカフ攻略の報酬としての出場権の確約は、最初から哨《みはり》のモリオと接触するついでの話だ。

しかし、そのために決闘を挑む者がこの世に存在するとは。

「構わないわ？　どうぞ、ご自由に」

一対一。最初に銃弾を止めたあの速度と競うのは、少しだけ心が躍った。

あるいはこの骸魔《スケルトン》もそれを望んだからこそ、これまで手出しをしなかったのではないか。

「二つ目だ。こいつは今、答えてもらいたい」

「……あなた、見た目より随分厚かましいのね」

「お前は〝最後の地〟に行ったことがあるな。魔王の消失を確認した、最初期の捜索部隊だ」

「だったら何？」

シャルクの重心をカヅキは見ている。直進の構えだ。最長の突きで仕留めようとしている。

たとえ銃口の狙いを見た後からでも、この骸魔《スケルトン》は銃弾以上の速度で回避できるのだろう。

だが、見てからの反応でさえも、カヅキにとっては遅すぎる。彼女は銃口の狙いとは無関係に、銃身内で与えた回転と慣性によって曲射が可能だ。最適解を積み重ねたとしても、彼らがカヅキの才に及ぶことはない。

「本当に、魔王が倒されていたなら……そこで、勇者を見たか？　もし死んでいたなら、勇者の骨は？　骨を見たことがあるなら――」

終着までの未来は決まった。二丁の銃で同時に、直進する弾丸と、逃げ道に先回りする曲射。槍の間合いよりも五歩早くカヅキの弾丸は届く。

「――そいつは、こんな骨をしていなかったか？」

「悪いけど」

カヅキの長い髪を夜風が揺らした。

この世界には、自分が何者であるかを知らぬまま産み落とされた骸魔《スケルトン》がいる。

きっと、逸脱によって異世界へ追放された〝客人《まろうど》〟の孤独にも似ているのだろう。

「あなたのことなんて、知らないわ」

「そうか」

砂埃《すなぼこり》が舞った。彼女は引き金を引

五　黒い音色のカヅキ

五　音斬りシャルク

「——え」

槍の穂先が、喉笛から引き抜かれた後だった。

シャルクの距離は、槍の間合いより五歩遠い。超絶の英雄、カヅキが見立てた通り。

組み替えられて異形に延長した左腕が刹那の内に元に戻った瞬間だけが、弾丸の軌道すら目視する〝客人《まろうど》〟の視力をして僅かに捉えられる、超絶の速度であった。

ましてや——その刺突の速度は。

（……嘘……？　あれ……？）

歌うことができない。

片足から力が抜け、体がねじれるように倒れた。

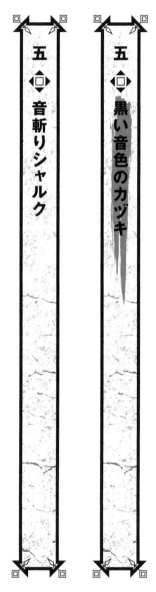

その様子を、音斬《おとぎ》りシャルクは見下ろしている。リチア新公国でもこのオカフ自由都市でも、彼が求めているものは同じだ。この世界における、勇者と魔王の真実。

あるいは、彼が何者であるかを教えてくれる強者を。

「ああ、こいつも……違った」

虚ろな骸魔《スケルトン》は苦々しく吐き捨てて、荒野を立ち去っていく。何者なのか。何処《どこ》から来たのか。何故これほどまでに強いのか。

それを彼自身すら理解できていない。

「……俺は、誰だ」


それは刺突も射撃も無為と帰す、死せる理外の肉体を持つ。

それは自身の由来を知らぬままに、英雄すら凌駕する槍術《そうじゅつ》を知る。

それは瞬時の分離と接合で、認識し得る間合いの概念を無意味と化す。

この世界に忽然《こつぜん》と生まれた怪異。地上最速の非生命体である。

槍兵《スピアヘッド》。骸魔《スケルトン》。

音斬《おとぎ》りシャルク。

六　魔王の時代

――四年前。魔王の恐怖がこの地平を覆っていた時代。

魔王侵攻阻止の義勇軍が集うクタ白銀街からこの地に至るまでの都市は、人々が去っていった生活の痕跡を残すのみだ。人族《じんぞく》の最終防衛線からもさらに踏み越えて、彼はそこに立っていた。

その男は、武器を提げていない。

つばの広い帽子に隠れた目尻は下がっていて、やや浮薄な風にも見られる、損の多い顔立ちである。旅の道具を詰めてあるのか、大きな木箱を背負っている。

戦士ではない。仮に義勇軍として防衛隊に志願したとしても、生還する見込みのない男だ。父譲りの屈強な体格があり、幼い頃には王国一の弓手《ゆんで》となる野望を持っていたが、その才能がないことは早々に分かった。気の進まぬまま剣士へと転向したこともあるが、これも駄目だと分かった。戦う力のないことを確かめるためだけに、二年の時を無駄にした。そして、今だ。

「サカオエ大橋街。ここか」

血に汚れた案内板に描かれた市章は、目を細めてようやく判別できた。東西に名を知られた商業都市であったはずだ。いつか噂に聞いた街に、このような形で訪れることになるとは。

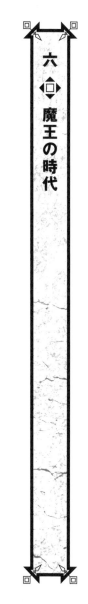

「たった小一ヶ月で、こんな有様になるもんかね――」

……軽口を止めたのは、街道の水車小屋の傍らに年嵩《としかさ》の女が屈《かが》み込《こ》んでいるのが見えたためだ。

「だ、大丈夫。まだ、生きてる。生きてるから。死んでないから。ね？　すぐ、すぐ終わるから。すぐ……」

女は半分笑い、半分泣きながら、不明瞭に呟いている。

鈍器らしきものを振り上げて、とうに絶命した年若い少女を殴り続けているようであった。

投げ出された娘の脚が小刻みに痙攣しているのは、殴打されて飛散した大脳の、残る部分の誤作動なのであろう。

「フーッ、フーッ……だ、大丈夫。こうすれば大丈夫。怖い。怖い……うう……」

「……」

木箱の男は手も口も出さず、先へと進んでいく。このように成り果てた者に関わり、さらなる惨劇を招いた話は、この時代には無数にある。

横をすれ違う時、女が一心不乱に振り下ろし続ける鈍器の正体を見た。それは赤黒く歪んだ形状になり果てていたが、とても小さな腕があった。女が握っているのは、足の部分に見えた。

（――魔王軍め）

魔王軍に向かっていくなど狂気の沙汰だ。

今となっては誰も、敢えて魔王軍の只中に踏み込もうとは考えない。

防衛隊も名ばかりの存在だと誰もが知っている。彼らは防衛線から狂気の民の姿と所業を追いやり、そして〝本物の魔王〟がいつか気まぐれに線を踏み越えぬよう願うことしかできずにいる。

彼自身、この旅から正気を保って戻れる保証はない。無謀な挑戦であった。


周囲の建物の密度が高くなりはじめた頃、三、四の影が、ふらりと街路から現れた。

それぞれが武器とも言えぬ武器を携えている。腐った木材。鉄の食器。錆びた斧の刃の側を手に握り締めている男すらいた。

「へへ。えへっ、へへへへへ……」

「いや……いやだ……助けてぇ、誰か、殺して……」

「兄ちゃん……おれ、おれは悪くないから……こんなの……夢……夢だよ……」

恐怖に身を潜めていた生還者が、来訪者の気配に助けを求めようとしているのだろう――少なくとも、彼らはそうしようとしたはずだ。

「や……あ、いやあああ！　やあああ！」

少女が、絶叫とともに木材を持つ男に飛びかかって、目をフォークで抉った。眼窩《がんか》に柄までを捩《ね》じ込《こ》んで、泣き叫びながら執拗《しつよう》に破壊している。

「……」

木箱の男は動かず、離れた位置からただ眺めている。止めようとすれば、巻き込まれる。自分より遥かにか弱いこの少女に対しても、可能なことは何もない。

「ごめんなさい、ごめんなさい……ごめ、あッ」

少女の謝罪は途切れた。後頭部を別の男に殴りつけられたためだった。

彼女は首を異様な角度にへし曲げられながら、なお犠牲者の眼球を掻《か》き出《だ》し続けていた。再び振り下ろされた鈍器で、完全に頭が潰れる。路地裏のどこかから別の者が惨劇に引きつけられて、互いに殺し合った。さらに別の者も。やはり、助けを求めようとした者だったのだろう。

木箱の男は、自らも知らぬうちに呼吸を止めてそれを眺めていた。

恐ろしい、と思う心を押し殺していなければならなかった。

(――なるほどな。だから、もう誰も、こいつらを助けに行ったりはしないのか)

息のある者は、もはや片腿《かたもも》を食いちぎられた中年の男一人だ。

(誰かが近づいただけで、こうして殺し合いが起こる)

片腿を食い千切られた男は、よろよろと歩き、血溜まりの只中に両手を突いた。

その手で、全く無意味に隣人を殺した。自らも死に瀕《ひん》している。喜ぶ者などいない所業だ。

「へへ」

男は笑っていた。

「へへへへへへ……」

絶望で笑っていた。言葉が届くこともない。

――彼と何も変わらない人間《ミニア》だったはずだ。小さな日常を送り、幸せを喜び、不幸を悲しむ者だったはずだ。

魔王軍とは、そのような軍勢だった。

「……悪いなおっさん。俺が、勇者じゃなくてよ」

「もういやだ……怖い……楽になりたい……ああ……」

惨劇が眼前で繰り広げられたとしても、決して関わってはならない。それは理解している。

だが一度だけ、彼は自分の力を試す必要があった。

「ちょっと待ってろ」

男は背負っていた木箱を地面に下ろす。中から愛用の道具を取り出した、その時。

「――止マレ」

人ではない。幾人もの音声を同時に掛け合わせたような声であった。

元は教会だった建物の屋根の上から、異形の存在が彼らを見下ろしていた。巨大な狼のようでもあるが、蒼銀の光を灯《とも》す毛並みは自然のそれではない。

男は座り込んだままで、両手を掲げた。

「……止まってる」

「君ハ、ココカラ先へ進モウトシタナ」

「それがどうした。お前さんの巣でも先にあるのかい」

「……〝本物ノ魔王〟ニ立チ向カウ気カ」

この地獄を訪れる者に、恐らく他の理由などないはずだ。

「君ニ、ドノヨウナ手段ヤ考エガアロウト――ソレハ愚カナ錯覚ダ。野望ヲ捨テ戻ルカ。私ノ糧トナルカ。君ニ選択権ガアル。ドチラデアレ……魔王ニ挑ムヨリ、慈悲深キ結末ダロウ」

「いきなり不躾《ぶしつけ》だね。しかも物騒だ。黒獣《バーゲスト》？　まさか狼鬼《リカント》じゃないよな」

狼のような姿形で詞術《しじゅつ》を解す獣族《じゅうぞく》となれば、黒獣《バーゲスト》であろう。ただし体躯の巨大さと四対八本の脚を見るに、全く異なる種であるようにも見える。

「私ハ混獣《キメラ》。オゾネズマ」

「混獣《キメラ》……？　嘘つけ。そんなちゃんとした形の混獣《キメラ》がいるかよ。しかも、〝本物の魔王〟に出会っちまう前に食い殺すのが、お前さんの親切心か？　変わってるね」

「……食ウダト？　私ガ……人食イノタメニコノ場ニ居ルト思ウノナラバ、ソウ思エバ良イ。私ノ忠告ヲ聞カヌカ」

「ああ。俺を殺すつもりならさっさとやってくれ。俺は戦う技なんて何も持っちゃいないんでね」

男は自らの首筋を叩いた。

まったく偽りなく、男には戦う手段がなかった。

「……ナラバ、何故コノ先ヘト進ム。確カニ……君ノ身体ハ、極端ナ持久型ノ筋肉ダ。体捌キカラ判断スルニ、戦士デハナイ……」

「ごちゃごちゃうるさい狼だな……ほらどうした。殺《や》るのか、殺らんのか」

「私ハ無益ニ殺シタイワケデハナイ」

「フッ……詩歌《しいか》に出てくる魔王みたいなナリのくせに、いい子ぶりやがって。俺はただの詩人《バード》だ。このおっさんに歌を聞かせようとしただけだよ」

獣は、男の取り出していた得物に目を向けた。それは五本の弦を持つ弦楽器の一種であるが、オゾネズマはその知識を持たない。

「魔王の門番を気取って、何人も英雄を殺したかい、オゾネズマ。だがな、俺はそいつらとは一味違うんだぜ」

無骨な指が弦の表面を流れて、音を奏でた。

「彼の正義の炳乎《へいこ》たる／骸の原へと還り来て／双つの玄兎《げんと》の交わりの――」

「……!?　待テ」

オゾネズマの困惑の声が歌声を遮った。

男は面倒そうに獣を見上げた。

「なんだ」

「歌ウノカ」

「詩人《バード》の仕事が他にあると思うか？」

「ダガ、ココデ歌ウノカ」

男はニヤリと笑った。力を持ち合わせぬ彼が持つふてぶてしさと肝の据わりの、その根源にある自信を窺わせる笑いであった。

彼は歌った。

「緑の時節に朝影満たし／勇猛なる真王／此に万劫《ばんごう》の栄あり――」

「…………」

歌と、音楽が続いた。

遥か昔の王の物語を歌う、子供でも知るような詩歌であった。

彼の奏でた音楽が、それを伝えた。至極単純な弦の音と声が、魂の奥底を揺るがすように震えた。美。感動——そのような一言では言い表すことのできない、歓喜を、悲哀を、希望を怒りを諦めを憎しみを楽しみを……心の根源たる全ての情動が、同時に開花するかのような。

それは詞術《しじゅつ》でも彼の異能でもなかったが、乾き切った絶望の光景の隅々にまで、染《し》み透《とお》るような歌だった。


「……」

片腿を食いちぎられた男すら、笑いを止めていた。

恐怖と悲しみの波がそれで凪《な》いだかのように、押し黙って彼を見つめていた。

「……ソレハ？」

巨大な獣すらも、聞き入っていた。

殺伐たる世界に生き続けた彼が初めて知った、激動たる世界の刺激であった。

「ソレハ、魔王ヲ倒セルノカ」

「そんなわけないだろ。けれどまともな方法で倒そうとして、何人も消えていった。誰か一人くらい、まともじゃないやり方をしなきゃあな。俺の音楽で……フッ」

あまりにも荒唐無稽な言葉に、男自身が笑った。

「〝本物の魔王〟を感動させてやるのさ」

「無謀ダ」

オゾネズマは首を振った。相手は〝本物の魔王〟だ。どれほど素晴らしい音楽であろうと、それが不可能だということは最初から分かりきっている。

「愚カナ試行ダ。ヤハリ君ハ、無残ニ死ヌダケノ者ダ」

「そうかい。お前さんはどうなんだ、オゾネズマ。勇者になりたくはないのかい」

――このオゾネズマは〝本物の魔王〟の配下などではないのだろう。

〝本物の魔王〟にそのような者がいないことを、誰もが知っている。

誰も〝本物の魔王〟の仲間にはなれない。それはこの世に生きる全ての者にとっての敵だからだ。

ならば彼の忠告は、間違いなく真実であったはずだ。狂気へと立ち向かい、無意味に死にゆく者を死で食い止めるしかないほどに、この先に待つものは完全なる絶望でしかなかった。

「――私ニハ無理ダ。ダカラコソ、ココニ留マッテイル。私ハ……コノ先ニ進ンデイッタ者ノヨウナ絶望ヲ、私ハ味ワイタクナイ」

「無理じゃないさ。こんな馬鹿ですら、〝本物の魔王〟と戦おうとしている。お前さんに同じ勇気は出せないかい」

「……」

「今は進まずにいても、いつか戦いに来るぜ」

彼は立ち上がって、負傷した男を背負う。

この一人だけは、歌によって鎮めることができた。けれど心は二度と戻らないかもしれない。

〝本物の魔王〟の恐怖は、それほどまでに絶大だ。

しかし、その心の領域に、僅かでも届き得る力がこの世にあるのなら。

彼は一つの未来を想像している。

「……そう構えるな。用は済んだ。今は引き返すさ」

「用……？　今ノガ、用ナノカ」

「確かに、こんな危険な場所で歌うなんて正気の沙汰じゃない。お前さんが眺めていてくれたお陰で、やっと試すことができた。魔王軍を生かして捕らえてくれる奴は少ないんだよ。本当に。これまでは目の潰れた女の子に試せた程度でな……」

「……待テ」

オゾネズマは、屋根からしなやかに降り立った。巨躯《きょく》にも関わらず着地音はなく、継ぎ目のない体は、そのどこが混獣《キメラ》であるのか判別できない。

獣は、歩き出した男の後に続いた。

「危ウクテ、見テイラレン。ナゼ護衛ノ一ツモツケズニイルノダ」

「おいおい、俺の歌がそんなに良かったかい」

「……ソウイウ訳デハナイ」

彼自身すら信じることのできない、荒唐無稽な野望だった。

ただ歌うだけの旅の詩人に、得体の知れぬ英雄殺しの獣。

もしかしたら、それでも面白いのかもしれない。

——誰か一人くらいは、まともではないやり方を試さねばならない。

「ま、気が済むまでついてきて構わんさ。あんな場所にずっといたら、お前さんだって気が滅入《めい》ってくるだろ」

「……街マデノ、僅カナ間ダ。ソレニ、君ノ名前ヲ聞イテイナカッタ」

「漂《ただよ》う羅針《らしん》のオルクト。俺を讃《たた》える歌を、いつか皆に作らせてやるさ」

……魔王討伐から遡ること二年。漂《ただよ》う羅針《らしん》のオルクトという名の男がいた。

暗黒の時代だった。彼もまた〝本物の魔王〟によって惨殺された、有象無象の犠牲者の一人に過ぎない。そのような者達がいくらでもいた。

心を救う歌声を響かせることなく、彼はその名を残さず死んでいくことになる。


しかし。

七◆魔法のツー

かつて、クタ白銀街と呼ばれる街があった。東西の交通の要に位置し、主に観光業によって繁栄した大都市である。その活気は今の黄都《こうと》にも引けを取らぬほどで、特に商業区などは、訪れるたびに新たな建物が建つ、形の変わる街とも称されていた。

今は別の名で呼ばれている――〝最後の地〟。

「……小鬼《ゴブリン》だと？」

打ち捨てられた城砦《じょうさい》跡へと姿を現した取引相手を、厄運《やくうん》のリッケは訝った。

醜く裂けた口に、小柄な体躯。血色の悪い肌。細い耳。小鬼《ゴブリン》だ――そのようにしか見えない。

体を起こすと同時に、使い慣れた短弓を取る。元は兵士の詰所であった部屋だ。寝台のすぐ横に武器を備えておくことができた。

「止まれ。俺が厄運《やくうん》のリッケだ。二つ目の名は？」

「……随分な用心ぶりですな。ま、そうでもないと名うての傭兵にゃなれませんか。間違いなくアタシが〝千一匹目《せんいちひきめ》〟です。千一匹目《せんいちひきめ》のジギタ・ゾギ。お見知りおきを」

驚いたことに、その小鬼《ゴブリン》は流暢な言葉をも語った。

小鬼《ゴブリン》。リッケが父や祖父から聞いた話では、〝本物の魔王〞が現れる以前、地平に横行していた種族なのだという。野蛮で繁殖力の高い小鬼《ゴブリン》は、人族《じんぞく》の領域をたびたび侵犯し安全を脅かしており、文明化の必然として、鳥竜《ワイバーン》とともに主要な駆除対象とされた。

結果として、個体が強く空を飛翔《ひしょう》できる鳥竜《ワイバーン》は生き残った一方、数ばかりで知性が低く、単純な水攻め火攻めに弱い小鬼《ゴブリン》は、ある時を境に地上から姿を消したとされている。

「……千一匹目《せんいちひきめ》のジギタ・ゾギ。あんたとの取引は、昨日今日の付き合いじゃないけど。仲介人は人間《ミニア》だったはずだが……小鬼《ゴブリン》に協力する人間《ミニア》がいるのか？」

「さあ？　人間《ミニア》の協力者がいるというなら、リッケさんも山人《ドワーフ》の協力者でしょう。顔を見せずに取引する方法なんざ、いくらでもあるってワケです。顔を見せずに戦う方法もね」

「まあね。だが、今日顔を見せた」

「リッケさんにはそれなりの額で雇っていただきましたからな。アタシなりの誠意と受け取ってください。それとも、小鬼《ゴブリン》はお嫌いで？」

「……」

リッケは息をついて、その場に腰を下ろす。

どうだろうか。実のところ、彼も小鬼《ゴブリン》に対して特段の差別意識があるわけでもない。まだ年若い彼は、小鬼《ゴブリン》がいた時代を知らない。田畑を荒らされたり、子供をさらわれた経験もなかった。

昔からの取引相手が珍しい種族だった。確かに、ただそれだけのことに過ぎない。

「今回はランナ農耕地からのご依頼でしたな。〝最後の地〞の全生物の駆除と。大した報酬も出せんでしょうに、小さな農村が大それた依頼を打ったもんです」

「……現に〝最後の地〟からの獣のせいで、アリモ列村では二度も惨劇が起こった。小さな村だろうと大きな都市だろうと、怖いのは同じだ」

「ですがアタシを仕事の下請けに雇っていては、リッケさん個人としては大赤字でしょう」

「俺のことはいい。あんたは自分で戦えるのか？」

「戦い。本来の戦いをするなら――今は、少々難しいでしょうな。ご契約通り、リッケさんに対してはこれまでと同じ輸送支援くらいしかできません」

「助けを期待してるわけじゃない。あんた自身の身を守れるかどうかって話だ。ここまで出向いたからには、俺の獲物も当然知ってるんじゃないか？」

「……これはしたり。お気遣いを流してしまいましたか。噂には聞きましたなあ」

無人の砦に野営具を広げながら、ジギタ・ゾギは暖炉へ新たな薪をくべる。

着火用の石に簡素な熱術《ねつじゅつ》を唱えると、火がその顔を照らす。

「〝魔王の落とし子〟がいる、と」

〝本物の魔王〟が倒れたその周辺は、今なお恐怖と危険に満ちた、正常な生物を拒絶する地帯である――故に、そこに出没する者は正常ではない。

〝最後の地〟から彷徨い出た狂気の獣が、ごく稀《まれ》に程近い集落を襲うことがある。

同時に、〝最後の地〟は魔王の死の真相を追う上で唯一の手がかりでもある。黄都《こうと》は無論のこと、リチア新公国の警《いまし》めのタレンなど、調査部隊を送り込んだ勢力は枚挙にいとまがない。だがその地には正体不明の怪物が出没し、調査や討伐の試みは全て失敗しているのだという。

「もしも触れ込みが本当なら、敵は魔王と同種だ。俺自身はともかくとして、あんたの護衛にまで気を回せる余裕はない……と思う」

「……謙虚ですな。今ならトギエ市の旧王国主義者やらオカフ自由都市攻略やら、得体の知れて割の良《い》い仕事は、いくらでもあったでしょうに」

「俺は旧王国主義者じゃないし、黒《くろ》い音色《ねいろ》のカヅキと仕事を取り合える腕前があるとも思ってはいないさ。……それに、良くないことだからな」

「良くないこととは？」

「〝最後の地〟の獣に脅かされている者がいることだ」

ジギタ・ゾギは室内を見渡す。詰所の一階には他の者の姿はない。

「――残念ながら、そう考えたのはリッケさんだけのようですな」

厄運《やくうん》のリッケは、その善性や実直な気質で損を掴むことも多い。この時代の傭兵としては珍しい人物だったが、それは自らの意を通せる確かな実力があるという意味でもある。

「〝魔王の落とし子〟の情報は多くはありませんが、たった一人で倒す算段がおありで？」

「一人？ ……まさか。誰がそう言った？」

「ほう。すると」

言葉の途中で、ジギタ・ゾギは詰所の奥を見た。石造りの階段を下りて、幽鬼の如き一人の男が現れている。

「……話し声ガ……二階に、響クぞ。リッケ」

「こ……こいつは驚いた……。まさか、あなたのような方まで、こんな仕事を」

「小鬼《ゴブリン》。我らの邪魔はすルな。邪魔をすれバ殺す。一ツ目の忠告だ」

杖を頼りに体重を預けて歩む姿は、老人めいた弱々しさだ。しかし濃紺のローブに隠れた顔面は夜よりもなお暗い闇に包まれており、表情も種族も窺《うかが》い知れぬ。

――熱術《ねつじゅつ》。力術《りきじゅつ》。工術《こうじゅつ》。生術《せいじゅつ》。

詞術《しじゅつ》について体系的に世に知られる系統は四つであり、その四系統から外れる詞術《しじゅつ》は総じて〝魔の術〟であるとされる。しかし現代には――その魔の術の中から、詞術《しじゅつ》第五の系統を見出したと豪語する者がただ一人存在する。他の誰も解析し得なかった術を。

名を、真理《しんり》の蓋《ふた》のクラフニル。

「……〝最後の地〟に生存する全生物の駆除。クラフニルと俺とで、〝最後の地〟を攻略する」

◆

得体の知れぬ粉塵《ふんじん》で空は黒ずんでいて、吹く風も生温かい湿り気を帯びているようだった。草木が伸びる方向も不自然で、あらゆる生物が呪われた地を避けているように思えた。

新式の馬車に同乗し、三人は〝最後の地〟へと到達している。

極めて精度の高い軽金属の矢と、種々の薬品類。攻略の長期化を見越した城砦跡への兵站提供。

そしてこのように行き来の段取りを整えたなら、ひとまずはジギタ・ゾギの最初の役割は終わりだ。

「〝魔王の落とし子〟。〝本物の魔王〟が、子を作りますかね？」

「さあね。知らない。ただの魔王──魔王自称者どもなら魔族《まぞく》を作りもするだろうけど。奴の正体を正しく知っていた奴なんていないさ。それこそ……本物の勇者でもない限り」

「魔王軍の生き残りという線は？　今回の依頼の話にしても、元々は裂震《れっしん》のベルカとやらが村を襲った事件が発端でしょう」

「この敵には理性がアる。調査隊を狙って迎撃しテぃルとしか思エん」

座席に深く寄りかかったままのクラフニルが口を挟む。

「あるいは、自動的ニそのヨうな行動を取リ続ける魔族《まぞく》デあるかだ」

「……だから魔王軍はない、と思う。ベルカみたいな規格外が他にも生き残ってるとしたって、そいつが魔王軍なら何度も送り込まれた調査隊を狙って追い返すなんてことはしないし、できない」

魔王軍に統率はなく、目的すらもない。

かつて地平全土を覆い尽くした、最弱にして最悪の軍勢。

(──魔王軍の駆除、か。クラフニルの方はどうなんだろうな)

真理《しんり》の蓋《ふた》のクラフニル。当代最高とも称される詞術《しじゅつ》士だ。貧しい農村が出せる報酬程度で動かせるような英雄ではないとリッケは考えていたが、彼の考えは全く読めない。

「……あれは生キ残りか？」

そのクラフニルが、馬車の向かう先の存在に気付いた。

丸く透き通った、淡い赤色の生物が道を塞いでいる。粘獣《ウーズ》であろう。

「かもしれない。ジギタ・ゾギ。ここで待てるか」

「馬車から降りるおつもりですかね。リッケさんの弓なら、今の位置からでも狙えるでしょう。それに目を離していると、アタシだけ逃げるかもしれませんよ」

「どうかな。あんたがそういうことをしない奴なのは分かるさ。とにかく、先には進むな」

馬車から降りたクラフニルとリッケは、慎重に距離を詰める。土は奇妙に湿っていて、不吉だ。

二人が近づくと、粘獣《ウーズ》は不明瞭に呟いた。

「ごめん、ごめ、ごめんなさい……ごめんなさい。ごめんなさい」

「……〝魔王の落とし子〟に遭った兵士は、殆ど敵の姿を見ていない。たぶん、動きが速すぎたからだ。負傷度合いもまちまちだ」

「フー……。コの粘獣《ウーズ》が、そうだト思ウか」

「どうだかな」

恐怖に震える粘獣《ウーズ》に二人は近づかず——そして唐突に、粘獣《ウーズ》の直下の地面が割れた。

「……！」

巨大な顎が地表を裂いて現れ、言葉を発する間もなく粘獣《ウーズ》を呑んだ。地中から現れた頭部の後ろには、恐ろしく長い胴体が続いている。

地上最長の生物、蛇竜《ワーム》。しかもそれは所々が金線で補強され、両眼の代わりに水晶が収まっている。自然界の生命ではない——魔族《まぞく》だ。

「おい、クラフニル！」

「……何カ？　こうシテしまえば、話も早イだろウ……。素早さが敵の武器というなラ、私のミガムドは、〝落とし子〟ヨり速く呑ムゾ」

「そういうことじゃない……。音と振動で周りの生き物が気付く。気付かれるとどうなる？　奴らは助けを求めに来る。そういう場所なんだぞ、ここは」

「無論、そうスルためよ。魔王軍ノ駆除。ならば一所《ひとところ》に集メタ方が、ヤリやすかろウ」

異様なる蛇竜《ワーム》の名を、ミガムドという。クラフニルが特に大型の蛇竜《ワーム》の死骸を選び抜き、心を吹き込んだ屍魔《レヴナント》の傑作だ。

クラフニル自身は王国から魔王自称者の指定こそ受けてはいないが、魔族《まぞく》生成の技術はその域と比べても何ら遜色がない。それどころか、非理論的な感性によってのみ成し得るとされた魔族《まぞく》の生成を、彼のみが理論によって再現することができる。

「……それトモ。一人の体デ群れを相手取るのは自信がナイか、厄運《やくうん》のリッケ。私の識る心術《しんじゅつ》……教授しテも構わヌぞ」

「まさか。厄介なだけだ。自業自得で死んでも、助けてやらないからな」

「クッフッフッフ……。ガキが、よクほざく」

続いて現れた者があった。襤褸を纏い、無残に痩せさばらえた者。人間《ミニア》であろう。ミガムドが蛇よりも素早い反射で動き――それよりも遥かに速く、人間《ミニア》の胸部へと矢が命中している。一撃で倒れ、起き上がらない。

短弓の引き手に多量の矢を構えたまま、リッケが叫ぶ。

「まだまだ来るぞ。クラフニル！」

「……。私の先ヲ越スナ。これハ一つ目ノ忠告だ……」

次々と引き寄せられ、そして多くは互いに食らい合いはじめる狂気の軍勢を、リッケは正確な射撃で打ち倒していく。

おぞましい姿と成り果てた小人《レプラコーン》の一団も現れたが、何かを試みる前にミガムドの大口にまとめて呑まれる。

狂気と怨嗟《えんさ》の声。絶え間なく続く悪夢の光景。

強靭《きょうじん》な精神力を持つ二名ですら、魔王の死を理解していてなお心を引っ張られかねない。魔王軍の惨劇に関わってはならないとされている。今ですら、この地平の多くの者にとってはそうだ。

「なんで……こんなひどい土地で暮らしてるんだか！」

「……そレが、〝本物の魔王〟ダ。恐怖の力。逃げたいと思うホどに、それができヌ。もはや亡者よ――貴様も、よく知っテイるダろう」

「魔王め……とっくに死んでるってのにな……！」

リッケは次の矢を番《つが》える。

同時に、強烈な赤い予感が彼の脳裏を叩いた。

彼が無数の戦いを経て生き延びている理由の一つに、自身に迫る脅威の前兆を赤色の色覚として感じることがあり――

「おおっ!?」

身を投げ出す姿勢で、リッケは跳んだ。余裕がなかった。

地平線のどこかから、何かが電光の如く襲撃した。軌道上の瓦礫を全て貫通し、地面を抉って、弓の射程の遥か外にまで破壊線を描いた。

「嘘だろ……!」

赤い落日の方角。小さな逆光の影がある。大型種族ではない。

影が動く。これほどはっきりと見える赤い予感を、リッケは感じたことがない。何者なのか。

赤色を避ける。交差の矢を合わせられるか。

(無)

パギン、と空気が割れる音速突破の機動音が、今度ははっきりと聞こえた。

(――理、だ!)

しかしリッケの生まれ持った天賦の才は、矢を最小の動きで撃ち放ち、それに直撃させていた。

直線の突撃を再び回避すると同時の絶技である。

逆速度の直撃。命中箇所がどこであろうと、恐るべき相対威力であったはずである。だが。

「矢が、折レている……」

「当たったのか!?」

「――通っテいナイ!　右ダ!」

右を向く。突撃が来る。間に合うか。

ミガムドの巨躯がリッケを守るように割り込む。鋼以上に強固な鱗《うろこ》に守られた分厚い肉が容易く抉られる。ミガムドを乗り越えて飛び出した存在はその勢いのまま、リッケの体を掠《かす》めた。

(……これは)

調査隊がその正体すら視認できなかった存在。

ここまで僅か三度の攻撃だが、尋常の部隊ならば、一度呼吸するよりも早く全滅しているはずだ。

「何者だッ！」

赤色が走る。回避する。破壊とともに影が通り抜ける。

「――君達こそ」

通り抜けた背後からだ。全く予想外なことに、正体不明の怪物は反応の言葉を返した。

鈴の如く澄んだ、よく通る高い声だった。

「君達こそ何なんだ！　勝手にやってきて、弱いやつらを殺して！　そういうの、殺すって……悪いことだって教わらなかったのか！」

リッケは思わず振り返った。

「……!?」

幸いなことにその瞬間に追撃はなく、リッケは驚くべきものを見た。

崩れ果てた民家の煙突に爪先で直立している存在は、十九か二十ほどの娘であった。

動きの余波に揺れる、細い栗色《くりいろ》の三つ編み。肌や髪の艶などは、魔王軍とは思えぬ健康的なものですらある。スカートの内から覗く白い脚に履物は見当たらない。素足だ。

まったく道理に合わない。

先程までの疾走は、それだけで瓦礫を踏み砕く威力であったというのに。

「みんな、苦しんでるのに……誰よりも助けがいるのに！　君達みたいなのがいるから！」

「……。こいツは、何だ……」

ここは〝最後の地〟だ。

外見も、言動も、その異様な力も……このようなものがいるはずがない。

蛇竜《ワーム》や巨人《ギガント》よりも遥かに凄まじい身体性能である。事実、そうした敵と幾度も対峙《たいじ》してきたリッケが、攻撃の瞬間すら捉えられていない。

「……ヤるぞ。【クラフニルよりミガムドの骸へ《craffnil io migma》。泥玉の穴《nexopenes》――】」

「名前は」

姿を見た以上、少なくとも問答無用の攻撃はできない。クラフニルの詞術《しじゅつ》詠唱を背に、リッケは短弓を構えながら訊いた。

「俺の名前は厄運《やくうん》のリッケ。〝魔王の落とし子〟は君だな」

「魔王の……落とし子だって……！　違う……違う！」

少女は叫んだ。激怒しているようだったが、戦闘者が当然伴うべき威圧や殺気といえるものが全くなく、それが不気味でもあった。

黄都《こうと》。新公国。彼らの調査はこの一人だけに阻まれてきた。

〝最後の地〟に棲《す》む、正体不明の徘徊《はいかい》獣。

「教えてやる！　ぼくの名前はツー！」

少女は前傾の姿勢を取った。纏う衣服の脇腹が破れて、傷一つない綺麗《きれい》な肌が見えている。

リッケの矢が被弾した箇所に違いなかった。

恐らく、単純な技量ではリッケが上だ。詞術《しじゅつ》でクラフニルに及ぶ道理もない。

避けられる。当てられる。だが。

（……倒せるのか、こいつを！）

「魔法《まほう》のツーだ！」

◆

彼女の母は喉を詰まらせて死んだ。

母は手に食事用のナイフを握ったままだった。その鈍い刃で自らの息子の――三つになったばかりの弟の腹を切り開いて、内臓を口いっぱいに詰め込んで死んだ。

二人の表情は、想像を絶する苦痛のままで停止している。最後の瞬間まで絶望と恐怖に満ちて、母も弟も、救いのないまま死んだ。

彼女自身には傷一つない。五体のどこも失っていない。澄んだ輝きを褒められた瞳も、少し窮屈だと笑った高価な衣服も、何一つ。

全てが地獄に沈んでしまったこの国で、彼女だけが悪夢の世界に取り残されている。

靴裏を血にひたして、建物を虚ろに彷徨いながら、眼下に街を眺めている。——この王国は炎に焼けたわけでもない。巨大な怪物に蹂躙《じゅうりん》されたのでもない。

けれど全てが死んでいた。誰もが底なしの絶望と恐怖の中、彼女の愛する肉親と同等か、それ以上の悲惨で刻まれて死んだ。一人一人がそのように死んだ。

〝本物の魔王〟はどこにもいない。既に去ってしまった。

全てが終わってしまった。それなのに、幼い彼女だけが生きているのだ。彼女は絶望した。

「いやだ、いやだ、いやだ、いやだ……」

彼女の手は、床に転がっていた剣を取っている。誰が落としたものだろう。ひどく刃こぼれのある、鈍い剣だ。重さに苦しみながら、その剣で自らの腹を裂こうとしている。今。

「いっ……痛い、痛い……怖い……いやだよう……」

鋸《のこぎり》のように欠けた刃が肌を削っていく。真っ赤な血が噴き出しているのが見える。自分の体だった。おぞましい。痛い。苦しい。

(——どうなるんだろう。どうなるんだろう。どうなるんだろう。どうなるんだろう。どうなるんだろう。どうなるんだろう)

肌に阻まれた刃を、さらに腹部へと突き込もうとしている。他の誰でもない彼女自身が。

死ぬまでの途方もない時間、この苦痛を味わい続けねばならないのだろうか。どうしてそのような恐ろしいことをしているのだろう。自分は、どうなるんだろう。

「こ、こ……は、はあっ……こ」

彼女は涙を流した。

「怖い」

恐ろしい。恐ろしい。彼女も、誰も、そんなことは一人として望んではいないはずなのに。そう、せずにはいられない。

──魔王が見ている。あの声が聞こえる。腕が動く。

「助けて……こんなの嫌だ……」

バチ、という音が。きっと肌が破けて、その中身が。

「──やめろ！」

突然割り込んだ何者かが、剣を奪い取った。

長い栗色の三つ編みが流れて、それが何よりも印象的だった。

「ばか！　女の子なのに……ひどい傷が残ったらどうするんだ！　自分の体を大切にしろって教わらなかったの!?」

可憐《かれん》な少女だった。十九か二十であろう。彼女の二番目の姉と同じ年頃に見える。

この地獄の中で……唐突に現れたこの少女だけが、血にも悲惨にも塗れていなかった。

「あ……」

彼女は自分自身の手を見た。少女がその手を握っている。体温を感じる。

三つ編みの少女は自らの手が汚れるのも厭《いと》わず、温かな手で強く握っていた。

「……あなたは、誰？」

「ぼくはツー。通りすがりの、魔法《まほう》のツーだ。君は……その、どうして」

少女の目が床に転がる剣を見た。心の底から困惑しているようであった。

「……どうして、こんなことを？」

「……」

「ここに来るまで、街を見てきた。……みんな苦しんでて、みんな死んでた。ぜんぜん、分からない。みんな生きてたのに。みんな……こんなの、許せないよ……ひどすぎる」

「違う！　……違う！　わ、わたしの……せいじゃない」

恐怖に満ちた彼女の心には、全ての存在が彼女を責めているように思えた。

彼女一人だけが生き残っている。みんな死んだというのに。

「……っ」

三つ編みの少女——ツーは、悲惨さを振り払うように首を振った。

「当たり前だ！　……行こう！」

ツーが勢い良く立ち上がったせいで、手を握られたままの彼女は爪先立ちに浮き上がる形になった。ずっと開き続けていた瞳を、彼女はぱちぱちと瞬かせた。

「行く？」

「ここから逃げよう！　ぼくが連れてってあげる！」

「……あ」

逃げる。

これまで一度もその考えがよぎらなかった。

誰かにそう言われなければ、彼女は一人で、ずっと亡《ほろ》んだ王国を彷徨っていただろうか？

きっとそうなっていたのだろう。恐ろしかった。

それでもそれは、先程までとは違う、人の恐怖だった。

「逃げ……逃げ……たい。逃げたいの。でも、どこへ……」

「どこだっていいさ！　こんなところにいたらおかしくなっちゃうよ！　背中に！」

言われるままにツーに背負われて……そして自分の涙が、その服を汚していることに気付いた。

（私は、ああ。こんなに……助けて、もらっているのに）

恐ろしさのあまり涙すら流せていなかったことを、その時知った。

「ごめんなさい」

「何が？　行くよ――ゆっくり走るからね！」

そして、ツーは走った。言葉とは裏腹に、どんな駿馬《しゅんめ》よりも速く景色が流れた。

窓から飛び出して、尖塔《せんとう》を、壁を、庭を、自在に跳んだ。

信じられなかった。嘘のようだった。この少女の言葉も力も、まるで夢見る詩歌の英雄が現実に抜け出てきたかのようで。

「……大丈夫だ！」

駆ける背中になびく三つ編みは、流星の尾のようであった。

「世界は残酷じゃない！　聞いたことがあるんだ。どんな時でも、たくさんの可能性があって……いくらでも、色があるんだって！　それなら君が笑える未来だって、きっとあるってことだよ！」

この光景の中で、そんな言葉を迷いなく断言してしまえる存在がいる。

突然に現れて、突然に彼女を救って、どうしてそんなに明るくいられるのだろう。


ツーと彼女は、その日にたった一度出会ったきりだ。他の誰とも共有できない幻のように。

ただ一人、彼女だけが生き残った日の真実を、他の誰も知らない。

「あなたは……あなたは、誰なの？」

「魔法《まほう》のツー。他のことは……あはは！　実はぼくもよく分からないんだよね！　でも、大丈夫！」

地獄の景色を遥か後ろに置き去りにして、ツーは笑った。

「大事なことは、最初から知ってる。君の名前以外はね！　聞いてもいいかな？」

「…………。セフィト」

守るべき民を守れなかった、最後の王族の名。

彼女がその名を誇りとともに名乗れる日は、永劫《えいごう》訪れないのだろう。

けれどツーは振り返って、花のように笑った。

「よろしく！　……きっと、笑ったほうがいいな」

「何の話？」

「――セフィトは絶対、笑ったほうがかわいいってこと！　自分でそう思わない？」

◆

絶速の戦闘と並列して、リッケは周囲の環境を意識へと刻む。

右方三歩の距離に、倒壊した塔。後方二十歩、ほぼ完全な形を残している石の塀。

ミガムドの戦闘や今しがたのツーの突撃も含めた過去の破壊の痕跡として、瓦礫は至るところに散乱している――咄嗟の足の置き場を、数手先まで組み立てなければならない。

「蹴り飛ばされて」

ツーは、民家の屋根の上で小さく跳ねた。あれほどの破壊をもたらした体が、まるでそれを思わせないほど軽い。

「……反省しろッ！」

音を置き去りにして姿が消える。

壁を蹴って別の方向から。いや。予兆の赤色が見えない。

（――クラフニル！）

グキョ、という、湿った硬質なものが砕ける不吉な音があった。

右腕が宙を飛んでいた。千切れ飛んだクラフニルの腕。その遥か向こうに、地を削って制動するツーの影が見えた。

リッケ一人なら回避は不可能ではない。辛うじて初動は捉えることができる。

だがそれは、一撃たりとて当たることの許されない攻撃だ。

（……誰かを守る余裕がない。自身に集中し続けなければ、あの速度を躱せない）

クラフニルの体は枯れ木のように傾《かし》いで二歩よろめき、そして残る左腕で落ちてきた右腕を受け止めた。その右腕は異常なほど細く、黄褐色に乾いている。

「コチラを狙うとはな」

老練の詞術《しじゅつ》士は、不愉快そうに吐き捨てた。

痩せているのではない。これまで厚いローブに隠されていた体は、完全に肉が削《そ》ぎ落とされている。この肉体は骸魔《スケルトン》だ。

魔族《まぞく》生成の、その根源を見出した男。

「分かってるぞ！　別のところにいるんだろ！」

「――それが分かったトころで……何ができる？　魔族《まぞく》使いガ……容易く本体ヲ晒すと思うカ。

【クラフニルよりセイヴの骸へ。紫紺の茎、破れし薄膜《craffnil io seyv imhovest yuushuwem neo》――】」

「さ、せるかッ！」

瞬時に反転したツーの素足が、残る胴体を撃砕した。クラフニルが遠隔操作する心なき依代は、濃紺のローブごと空に巻き上げられて散った。

その破片の一つ……下顎が詞術《しじゅつ》を続けている。

「【――水の円環。侵せ《muqimnart pegtilyria》】」

破砕した骸の内から、緑を帯びた不浄の霧が湧いて周囲を満たした。

ツーはすぐさま跳び離れたが、霧に視界を遮られ、そして横合いから飛んだ三射の矢をまともに受けることになる。

胸。左目。右膝。霧越しに射《う》ってなお狙い違わぬ、厄運《やくうん》のリッケの絶技である。

「ううう……くっそー……！　油断した！」

確かにそれは油断だったのだろう。尋常の戦士の尺度であれば。

（……貫通していない。まったく……皮膚すら）

至近距離から肋骨の隙間を狙い、なお胸部を貫き通せぬことは想定していた。

針の穴を通す精度で、左目にも直撃させた。当てたが、弾かれた。確かにそれを見た。

眼球部を狙ってすら攻撃が通らないのだとすれば、他にどんな手立てが残っているというのか？

「クラフニル。悪いけど攻め手を任せる。俺は目を狙う。目を警戒させ続ける。多分、考えるのはあんたが上だ……奴の防御を貫く方法を、考えてくれ」

「既に済まセテいる」

呼びかけに答えたのは四散した骸魔《スケルトン》の肉体ではなく、リッケの右耳付近を飛ぶ金属の蟲だ。

ツーが目を拭っている間に――それ自体、戦士としてあり得ない隙だったが――彼らは戦術を共有せねばならない。

「神経と呼吸ヲ停止させる、病毒の霧だ……矢が通ラぬのなラ、当然ソれは試す。……だが」

ツーの双眸《そうぼう》が再び二人を見据える。

その眼球は不吉な緑色の燐光《りんこう》を帯びている。人間《ミニア》ではない……少なくとも。

「毒ガ効いテイるか。判断スルのは、貴様だ」

「……どうすればいい……！」

ツーの足元が土煙を巻き上げた。絶速の蹴りが来る。

体を捻る。突進に真正面からぶつける形で矢を撃ち込む。リッケが纏う装束の紐《ひも》が、速度の余波だけで千切れる。

「流石《さすが》ダ。慣レタか」

「四度見た！」

ただ全速力で加速をつけて、蹴る。あるいは殴る。この少女はそれしかしていない。

ツーの突進は破壊力も速力も砲弾以上であったが、初動を見逃さずにいれば、たとえ音を越える速度だろうと避けることはできる。

無論、脅威を察知するリッケの異能と経験で磨かれた眼力が前提だ。加えて、全身全霊の集中が必要となる。

「……よけないでよ！」

ツーは不満を表明した。顔に直撃したはずの矢は、無論傷一つつけられていない。

「これ以上よけるなら……ぼくも、全力で走らないとだけど」

意味があるのかどうか、少女はその場で屈伸する。リッケはすかさず矢の連射を当てているが、眼球に的中しているというのに、怯《ひる》む様子が見えない。

「本当に！　全力の蹴りが当たっちゃうと！　バラバラになっちゃう！　から！」

「待て！　そもそも」

脅威の赤色を躱す。やはりリッケを紙一重掠めて、恐るべき蹴りが通過する。

土埃《つちぼこり》。視界が転倒する。織り込み済みだ。視界に少女を捉え、弓を向ける。すぐにその身が沈むのが分かる。腿に力を込める。

矢を放ち牽制を。無意味だ。この少女には攻撃が牽制にならない。

破裂音。

リッケは跳躍している。足のすぐ下を黒い風がよぎって抉る。

緑の瞳の軌跡が曲線を描いて、石壁が砕ける。壁を走行している。

ツーの突撃を倒れるように躱す。反転から攻撃までが速すぎる。そうするしかない。

地面が深く抉れる。刻まれる溝が街路の反対まで続く。起き上がる時間がない。

破裂音。鈍い音が響く。停止。

再起動したミガムドが、横合いから体当たりを仕掛けていた。自分の数百倍にも及ぶ大質量の突撃を受けて、ツーは三歩ほどの距離を押された。

素足を大地に食い込ませ、ミガムドの頭部に手を当てながら、ふと呟く。

「……君は心があるの？」

クラフニルの依代の時とは違い、少女が屍魔《レヴナント》の頭部を砕くことはなかった。

その隙が辛うじて、リッケに起き上がる時間を与える。

少女は再びリッケへと狙いを定めた。身を沈めるような初動。

突撃の姿勢である。

(同じだ)

全く同じ単純突撃の繰り返しのみで、彼女の戦闘行動は構成されている。

絶大な威力ではあるが、リッケの異能の目と経験を以てすれば、回避は完全な不可能ではない。

それは技とも呼べぬ身体能力の行使に過ぎないからだ。しかし。

破裂音。

「ぐうっ、う！」

同じように紙一重で躱しているが、均衡は徐々に崩れつつある。

リッケの踵《かかと》が止まる。意識できていなかった瓦礫の破片に触れた。それは恐るべきことだった。

周囲の地形把握が疎《おろそ》かになりつつある。

次に踏み出すべき方向は。時は。ツーが再び足を踏み込む。

破裂音。

(いつまで)

リッケは回避している。全ての思考を守勢に集中させ、しかしそれを考えずにはいられない。

(――いつまで続くんだ、この攻撃は！)

あれほど動き回りながら、魔法《まほう》のツーには疲労の色がない。戦術の無駄を悟り、その単純反復を
変更する気配すらない。回避は可能だ。技とも呼べぬ身体能力の行使に過ぎない。

だが。僅か一撃の被弾が、即座の戦闘不能を意味する。

攻撃の絶え間がどこにもない。反撃が有効ではない。

「ローブの奴！　どこにいるんだ！　リッケだけに戦わせてるんじゃない！　怖気《おじけ》づいたのか！」

彼女の体力は無限なのだろうか？

永遠にこの攻撃を回避し続けなければならないのか？

ツーが再びの突撃体勢を取った一瞬――

「怖気づくダと？」

ミガムドの横腹の金線が弾け、開いた胴の内からは無数の火砲が突き出した。

「――この私がカ？」

重なり合った爆轟《ばくごう》と光が大地を揺らした。石造りの建造物が五つ分消し飛ばされ、地形の形さえ円錐《えんすい》形に抉れた。その砲撃の煙に触れた草木は、細かな黒い泡と化して溶解した。

爆裂。飛散。一面が炎上する。

壊滅的な破壊が撒《ま》き散《ち》らされていた。

リッケはすぐさまスカーフで口を塞ぎ、攻撃地点から可能な限りの距離を取った。

「やりすぎだ……クラフニル！」

「病毒。燃料。酸。言わレた通り、防御を貫く手を揃えたマデだ」

クラフニルは初めから、ミガムドの体内に無数の砲撃機魔《カノンゴーレム》を隠していた。

命なき軍勢は、生体に有害な生化学兵器すらも自在に運用することができる。同一規格の魔族《まぞく》の生成こそが、クラフニルの術の真骨頂だ。

「コレゾ心術《しんじゅつ》の戦イ方よ。私は色彩《しきさい》のイジックすらを越エた……」

赤い死の予感。煙が割れる。

リッケは回避している。緑の残光が流れる。ツーの瞳の色。

その様を見たクラフニルの声は、戦慄《わなな》きに震えた。

「コイツ、は……！」

遠くの石壁の上にまで到達したツーが、ゆらりと振り返った。

「…………」

衣服の大部分が溶け崩れて、まとわりついた焼夷剤《しょういざい》の炎に苛まれ続けている。

常人ならば幾度死んでも足りぬ破壊の震央にあって、彼女の柔肌には傷一つなかった。

遮るもののない白い肢体に、爛々《らんらん》と輝く瞳だけが碧《あお》い。

条理を逸脱した怪物に他ならぬというのに。

太陽の逆光の中、……それは絵画のように美しく、非現実的だった。

「……君は、何だ」

辛うじて、その一言を呟く。

もはやリッケは、次なる一撃を回避する体力が残っているかどうかすら怪しい。会話で回復の時を稼ぐしか可能性はなかった。

「君は狂ってはいない……そうだろう！　殺しが……身を守るための戦いも、正義ではないというなら……！　……この獣は、魔王軍は、人里を襲う！」

「……君達が殺したやつらもそうだったの？」

「……」

「ここにいるってことは、出たくたって外に出られなかったたってことじゃないか……！　だから、苦しんでるんだ。ぼくがいくら助けようとしたって……だめなんだ。暴れて、舌を噛んで……自分で息を止めて……骨を折ったりもして」

話が通ずる。これほどかけ離れた怪物でありながら、詞術《しじゅつ》を解さぬ獣ではない。

……ならば、魔法《まほう》のツーは何者なのか。どこから来たのか。

この世界を成り立たせている詞術《しじゅつ》法則の産物ですらなく、彼女が名乗る二つ目の名の通りに――童話のような、魔なる法の存在だとでもいうのか。

「誰かが来ると、出てくるんだよ。助けてほしいから。でも、みんな殺すんだ。魔王軍だからって」

「そうだ。後戻りができないほどに、そのようになってしまっている。それがこの地上を襲った災厄だ。いずれここを出れば、人を襲うぞ！　君はその責任を取れるのか！」

「襲わなかったらどうするんだよ!?　君の責任はどうなるんだ！　どっちも同じなら、ぼくはかわいそうな方を助けるぞ！　そっ、それが、英雄としての……あれだよ！　えっと……人の、そういう、正しい……」

「仁義」

クラフニルの蟲が指摘した。

「――英雄としての、仁義だ！」

リッケは、自ら弓を地面に落とした。続いて、何も持たぬ両手を挙げた。降参の姿勢であった。

戦い続けることはできるかもしれない。一度か二度、彼女の攻撃を避ける程度は。

しかし〝魔王の落とし子〟との勝負の結末は、もはや目に見えている。

「終わりだ」

「うわっ、勝手に降参しないでよ！　どうすればいいのか、わ、わかんなくなる……！」

「……確かに、君の言うことの方が正しい」

そうだ。〝最後の地〟に棲むからといって、心持つ生類を一方的に殺す権利などない。

これは無意味な戦いだったし、彼女と遭遇して、最初にそのことを理解できなかったリッケが未熟だったということだろう。

リッケは、彼の矢が最初に打ち倒した人間《ミニア》を指した。

「息を確かめてみろ」

「……？」

その真意を訝りながらも、ツーは素直に人間《ミニア》に近づき、胸に手を当てた。

そして、目をぱちぱちと瞬かせた。

「……生き、てる……？」

「〝千一匹目《せんいちひきめ》〟に用意させた、特注の薬品だ。半日は目覚めないし、後遺症も少ない。この中空の矢は精度の高い加工をしていて、命中した際の圧力で注入できる」

「まサかリッケ、貴様――」

「ああ、クラフニルには言っていなかったな。いくら俺でも、農村の報酬の金だけで〝千一匹目《せんいちひきめ》〟を雇ったりはできないさ――俺のもう一つの依頼主は、オカフ自由都市だ。〝最後の地〟の生き残りの回収。駆除の依頼の方は、〝最後の地〟に生物が残らなければいいんだろう？」

ぱっと、ツーの表情が明るくなった。

その仕草までも、まるで年相応の少女のようであった。

「じゃあリッケ、皆を生かして逃がすために……！」

「……クラフニルが魔族《まぞく》を暴れさせたせいで、競争みたいな真似《まね》をする羽目になった。少なくとも俺は、誰も殺さないよう加減していたつもりだ……君以外は。この程度で、矛を収める理由にはならないかもしれないが……」

言葉を遮るように、柔らかな体が飛びついて、倒した。

リッケにはその一度を避ける体力が残っていなかった。

間近な距離で、緑の瞳は花のように笑った。

「すごい！　すごいよ！　そんな守り方ができるんだ！」

「……いや、その」

「……」

露《あら》わになっている胸を直視することができず、リッケは注意を他に向けようと自身を強いた。

なので、その言葉も半ば出任せのようなものだった。

「……ク、クラフニルもそうだったんじゃないのか」

「……!? 何を言ウ」

「ミガムドの中だ。あの大規模な改造を施しておいて、わざわざ消化器官を残しているわけじゃないだろう。あんたほどの英雄が、どうしてこんな割に合わない仕事を受けた？　全員生かして運ぶつもりだった……そうだろ？」

「君もそうだったの!?」

「……クッ！　言いがカリは、よせ！」

リッケは、地面に体を横たえる屍魔《レヴナント》を見る。機魔《ゴーレム》を展開したミガムドの横腹の残りの空間には、それだけの余裕は十分あるように思えた。

彼もまた、リッケと競うように……つまり獲物を殺されないように回収を急いでいた。

最初にこの地の生物を集めるような動きをしたのは、それらを纏めて呑み込めば、リッケに撃たれることがないと考えたからだとしたら。

「仮にそうダったト、してモだ……。私は魔族《まぞく》の生成材料ガ、必要だッタ、だけだ！　くだラン……まっタく、くダらん！」

「どっちでもいいよ！　皆を外に連れ出してくれるんでしょ！　二人ともいいやつだったんだ！　皆、これで助かるんだ！　やったー！」

「……違うと言っテいるだろう！」

彼女にはその弁解も届いていないようであった。

誰も手を差し伸べない者達を救いたい。彼女はただその一念だけで、〝最後の地〟を守っていたのだろうか。魔法《まほう》のツーはあまりにも甘く、そして戦闘者として歪《いびつ》だ。

「……とりあえず着てくれ。若い娘がそういう格好なのは、良くないことだ」

「ん！　ありがと！」

リッケが差し出した外套を羽織って、ツーは笑った。

どこから来たのか。これほどの力を持つ存在が、どのようにして生まれたのか。

……〝最後の地〟の怪物は、〝魔王の落とし子〟と呼ばれている。

「――でも、本当に良かった。これで、ここに来る人達を追い返さなくてもよくなるんだ」

「君はこれからどうするんだ？」

「もし自由に行けるなら、行きたいところがあったんだ……ずっと。もし、リッケとクラフニルが連れてってくれるなら」

「……俺が。そうすると思うのか？」

どうだろうか？　考えてみれば、彼は小鬼《ゴブリン》に対しての差別意識はなかった。

では見たこともない、得体の知れない種族の彼女に対しては、どうだろうか。

この〝最後の地〟から出た〝魔王の落とし子〟に、リッケは責任を持てるだろうか。

「努力してみよう。多分、それが俺に必要なことだと思う」

「ぼくは、黄都《こうと》に行きたい」

「……黄都《こうと》ダト。フン……ソウか」

クラフニルが反応した。黄都《こうと》で行われる王城試合の出場権を得ていた筈《はず》である。

リッケでは生涯手が届かぬであろう、英雄の領域の術士だ。


歩き出すと、すぐにジギタ・ゾギの馬車が見えてくる。

あの壮絶な戦いが見えていただろうに、やはり逃げてはいなかった。

それは商人としての律儀さ故か――それともあるいは、リッケには計り知れぬ実力を、彼も隠し持っているのか。

この世に強者は数多い。

その果てしないほどの高みの前で、厄運《やくうん》のリッケはまだ若く、未熟だ。

「リッケさん！　クラフニルさんは……」

「ここだ」

「はあ。そいつはまた随分と小さくなっちまって。しかし、一人増えましたな」

「ここを片付けたら、この娘を黄都《こうと》に連れていきたい。帰りの足を手配できるか」

「もちろんです。まだ何台か用意せにゃなりませんしな……って話でしょう？」

「運び出す数が多いからな」

リッケはニヤリと笑った。

結局この仕事は、全員が共犯で、茶番だった。

そういう終わり方もある。

「どうして黄都《こうと》に行きたいんだ？」

「だって、一番大きい人間《ミニア》の街なんだよね！　キラキラして賑《にぎ》やかなの、好きだし！　かわいい服もほしいし、料理だって沢山食べてみたい！　……それに」

胸の前で外套を押さえて、ツーは少し恥じらうように笑った。

あり得ざる異常の身体を持ちながら、ひどく屈託のない心だった。


「笑わせてやりたい女の子がいるんだ！」


それは技や術の優位をも捻じ伏せる、圧倒的な身体性能を持つ。

それは無限の持久の力によって、永劫に停止を知らぬ。

それは毒や火砲すら意味を成さぬ、一切無敵の防御能を誇る。

悪夢満つる地より現れ出た、起源不可解なる魔の法の化身である。

狂戦士《ジャガーノート》。[redacted]。

魔法《まほう》のツー。

八 ◇ 最後の地

厄運《やくうん》のリッケ及び真理《しんり》の蓋《ふた》のクラフニルが、〝魔王の落とし子〟との壮絶な戦闘を繰り広げている最中である。

彼らとは別の方向――およそ道など存在しないかのように見える捻じ曲がった木々の合間から、この〝最後の地〟へと侵入を果たした者があった。

丸顔の小柄な男だ。背中には小さな木箱を背負っている。

「いやいやいや」

黄昏潜り《たそがれもぐ》ユキハルは、額の前で手をかざした。砲撃の如き轟音が視界の先で鳴り響き続けている。恐るべきことに、その音を発しているのは火薬などではない。ユキハルの肉眼でも捉えられぬような何かが、身体能力だけで地形を破砕している音だ。

――恐らくは、あれが〝魔王の落とし子〟。

「すごいなあ、あれ！　巻き込まれたら一瞬で粉々になっちゃうな僕なんか」

「……」

〝最後の地〟に足を踏み入れてなお、湿った静寂に満ちた大地を歩きながら、ユキハルは一人で話

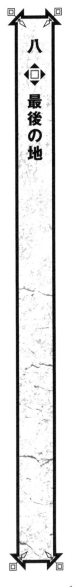

し続けている。

「〝最後の地〟の調査隊の末路は二種類あるんだよね。馬車も壊されて一瞬で全員気を失って、どうしようもなくなって逃げ帰った連中が、まず一つ。この時点でおかしいと思わない？」

「……おかしいって？」

「〝魔王の落とし子〟についての証言が伝わってるってこと。〝最後の地〟から生きて帰れてるってことになるよね。魔王軍がぞろぞろ徘徊している真《ま》っ只中《ただなか》で、意識を失ってるのに」

「……うん。全員死んでたら話が伝わるわけないね」

「そいつは調査部隊を倒してるけど、同時に安全な場所まで送り返してもいるってことになる。僕の考えでは、そのパターンが……あの〝魔王の落とし子〟によるものだ」

ただでさえ踏み入った者の正気を蝕《むしば》む〝最後の地〟での出来事だ。不可解すぎる攻撃に混乱した生存者からの証言は、虚実入り交じったものがあっただろう。多くの調査結果を比較できる立場にあるユキハルだからこそ、異なる二つの傾向に気付くことができたと言ってもいい。

「もう一つは？」

「皆殺しになる」

〝最後の地〟の只中へと踏み入った末路としては、誰もが予想する順当な結果でしかない。故に伝わりにくく、〝魔王の落とし子〟に遭ったという例外の話ばかりが流布されている。

「全員の死亡が確認されてるパターンが、もう一つ。こっちもやっぱりおかしいと思わない？」

「……そうか。死者もやっぱり確認できないはずなんだ」

「そうなんだよねえ。〝最後の地〟の中で皆殺しにされてるなら、扱いは行方不明だ。わざわざ〝最後の地〟にまで立ち入って死体を確認している奴がいるはずがない。生き残った調査隊が外に追い出されてるように、殺されてる調査隊も、やっぱり〝最後の地〟の外で殺されてるんだよ」

あるいは、意図的にその二つの事例が重ねられたこともあったのだろう。〝魔王の落とし子〟に全滅させられた後、意識不明の間に命を奪われていた者がいたとするなら、殺害の事例も〝魔王の落とし子〟の攻撃によるものだという証言が出てくる。

「……誰がやってるの？」

「もう会ったじゃん」

躊躇いなく民家の扉をこじ開けながら、ユキハルは答える。かつては人が暮らしていた、悪夢そのものの如き惨劇の痕跡をいくつも目にしながら、彼の声色には一切の動揺がない。

「――オカフ自由都市だよ。連中は徹底している。〝最後の地〟の情報を誰にも持ち出させないようにしている。〝魔王の落とし子〟の噂を流布して、探ろうとした連中は始末して、〝本物の魔王〟の答えに誰も辿り着けないようにしている。知られると絶対に都合の悪い何かがあるんだ」

血と腐臭にまみれた人家を漁《あさ》りながらも、ユキハルの顔には徐々に深い笑みが浮かびはじめる。

「君と同じ、国家級のスキャンダルが」

「…………」

少なくとも往路では、彼らの追及を躱すことができた。だが、復路では必ずしもそうはいくまい。遭遇したあの時、〝最後の地〟や〝本物の魔王〟に心底から興味を抱いていないよう装うべきだっただろうか。きっと、黄昏潜《たそがれもぐ》りユキハルはそうできなかっただろう。

「ユキハル」

今、こうして探し求めている物的証拠のみではない。ユキハルにとっては魔王の話題に対する人々の反応も、偽りの答えさえも、全てが取材だ。

「ねえ」

「こっちの世界じゃ、写真なんて誰も撮ってないよなあ。となると死体の一部か……」

もっと知りたい。世界の謎の何もかもが愛おしい。

まだ見知らぬ何かを。想像もできない凄惨な何かを。

かつての世界では収まりきらぬほどに。

だから誰かが、ユキハルにもう一つの世界を用意してくれたのだ。

世界の核心へと近づきつつある実感。それは何よりも。

「……ユキハル。君。見えないけど、もしかして」

「う、ううう、おう、う、助け、助けて……」

人間《ミニア》の泣き声が脇腹の辺りから聞こえた。

いや。ずっと聞こえていたのかもしれない。熱さを感じる。

「刺されているんじゃないの!?」

「あー……」

捜査に没頭していたユキハルは、ようやく自分の背後を振り向くことができた。

魔王の犠牲者が……全身が損壊した哀れな女が床を這いずっていて、そして錆び切った包丁をユキハルの腹部へと突き刺していた。

――興奮のあまり、近づかれるまで気がつかなかったのか。違う。これまでの取材でユキハルがそんな初歩的な用心を怠ったことはなかった。

「そうか。そ……そうか。そうか。はは。これはすごいぞ！」

ユキハルは包丁が抜け落ちた脇腹の傷をバリバリと掻いた。笑っている。

魔王軍の惨劇に巻き込まれてしまった者は、もはや手遅れなのだと言われている。

「……怖がってる。僕が怖がってるんだ。そうか。だから、こ、好奇心と恐怖で、頭の領域がぜんぶ、知らない内に……余裕が、なくなってた……こんなことは初めてだ……！」

「ユキハル！」

「助けて、助けて、助けてください。夫、夫を、食べてしまって、私」

「はは、はっはっはっは……いやあ奥さん、いやいやいや……まいったな……」

僅かな間、ユキハルはよろめきながら笑った。血を流しながら笑うその姿も、到底正気の振る舞いではない。だが、この見放された地にはそれを指摘する者も存在しないのだ。

女はズルズルと這いずって、再び包丁を握りしめた。彼女は刃の部分を掴んだ。

「助け」

その顔面を、革靴が砕いた。

「……邪魔」

丸顔に人懐こい笑みを浮かべたままで、ユキハルはもう一度足を振り下ろした。

「邪魔。邪魔、だなあ。取材の邪魔。こんな……こんな、面白いのに。邪魔だよ」

二度。三度。

衰弱しきっていた女はそれで呼吸を停止したが、ユキハルはさらに何度か蹴りを見舞った。

「……ふー。よし。よーし……冷静に、なった」

「ねえ。私が言えることじゃないけど……あまり、大丈夫じゃないよ。ユキハル」

「ははは！　そうかも。でも、〝最後の地〟にいる以上、君もおかしくなってない証拠なんかないんだぜ？　君だって本当は、人間《ミニア》の命を心配したり怖がったりするタイプじゃないだろ」

「……」

「ね？　僕は冷静でしょ？　仮に……そうじゃなくなってても、君と僕は一蓮托生《いちれんたくしょう》なんだ。最後まで、徹底的にやるさ」

ユキハルの声色には、強迫的な昂揚《こうよう》がある。恐怖と、好奇心。

「……そうだね。本当に君が何もかも放り出すつもりでいたなら、私を真っ先に捨ててる。君が死ぬまでくらいなら、せいぜい付き合うよ」

「ははは、ありがとう。本当……助かるよ。それは、心からそう思う……うん」

木箱へと答えながら、彼は靴の爪先を拭う。

――まだ一軒目だ。実在すらも定かではない真実を手に入れるその時まで、この恐怖と狂気の只中を潜り抜け続けなければならない。

◆

「よお、〝黄昏潜り《たそがれもぐ》〟。……また会ったな？」

〝最後の地〟から出たユキハルを、銃口が迎えた。

日はとうに暮れ、ユキハル自身も人里まで歩める保証のない負傷を全身に負っていた。

「は、はは……どうも……行商さん。行きの時は、名前を聞いてなかったかな……僕としたことが」

「なに。名乗るほどの者じゃあないさ」

彼が往路で遭遇した、オカフ自由都市の傭兵部隊である。

日没までにさらに一小隊が合流したのか、人数は十一名に増えている。絶え間なく続く狂気と恐怖の只中で、体力の限界まで〝最後の地〟を探し続けたユキハル一人では、生還の望みはもはや絶たれたに等しい状況であった。

「いいものは見つかったか？　どっちにしても同じことだがな」

「……。その様子じゃ……大規模な部隊は……すぐには、動かせなかった？　すぐ近くのアリモ列村に、ノーフェルトの部隊がいるし……オカフ本国の軍事行動は、黄都《こうと》に牽制されてるから……」

言葉で稼げる時間はほんの僅かだろう。彼らがユキハルの会話に付き合う理由はない。

この傭兵部隊は〝最後の地〟の情報を奪おうとしているのではなく、最初からユキハルの口を封じることが目的なのだから。

「は、はは。……そ、それでも……」

「懺悔《ざんげ》のつもりじゃあないが、俺もあんたには恨みはないんだ。悪いな」

「……いるんだよ。大きな部隊を動かせる奴が」

――突如。

矢が飛来して、傭兵達の銃口の先端を弾いた。闇夜の奥からの連射。予想外の攻撃を受け、多くの兵が武装を取り落した。隊長は咄嗟に短剣を抜こうとした。

両者の間に、高速で駆ける馬車が割って入った。

傭兵の一人が、馬の蹄《ひづめ》で胸当てを砕かれて吹き飛ぶ。割り込んだ馬車は一台ではなかった。後続の馬車が何台も、続けざまに。

血塗れの顔を押さえながら、黄昏潜《たそがれもぐ》りユキハルは笑った。

「……ランナ農耕地からの……魔王軍、駆除依頼。黄都の勢力下にある村落が、自費を捻出した、治安維持目的の依頼だ。黄都《こうと》には……それもノーフェルト個人の権限じゃ、介入する余地はない」

言葉の最中にも馬車の照明が次々と集い、ユキハルを囲むように停《と》まっていく。行商を偽装した傭兵部隊では到底太刀打ちのできぬ、単純な物量が。

「〝黄昏潜《たそがれもぐ》り〟……！」

身動きを封じられた傭兵達の中にあって、動いた者がいた。

側頭部に大きな古傷のある、荷台の老人だった。空を見つめて呆《ほう》けていたはずの老人は弓矢以上に速く跳んで、槍でユキハルを刺し貫こうとした。

「ひとつ。切っ刺し……！」

「待て、ジジイ！」

意表を突く達人的な速度には、傭兵隊長《ようへいたいちょう》の制止さえ遅れた。

だが、割り込んだ指先が槍の穂先を強く摑み、そのまま地面へと叩きつけた。

「――やめなよ！」

大きな外套で素肌を隠した少女だった。

白魚のような指で無骨な刃を握りしめていてなお、その肌からは一滴の血も流れずにいる。渾身《こんしん》の突きを防がれ呆然《ぼうぜん》とする老人に向かって、少女はひどく場違いな言葉を叫んだ。

「この人が死ぬところだっただろ！」

立て続けに発生した状況に、傭兵隊長は困惑した。

「く、くそッ！　どういう……ことだッ！　厄運《やくうん》のリッケ、てめえッ！」

先頭の馬車からは、若い山人《ドワーフ》が降り立っている。先程、矢の連射で攻撃を遮った男であった。

ランナ農耕地の依頼を受けた厄運《やくうん》のリッケは、一方でオカフ自由都市とも事後処理の契約を結んでいたはずだ。〝最後の地〟に留まる全ての魔王軍を捕獲し、〝魔王の落とし子〟を含む全ての懸念を排除するという利害は一致していた。

「どういうことだ、はこちらの台詞《せりふ》だぞ」

短弓を構えながら、リッケは淡々と告げた。

「俺がオカフと契約したのは……回収した魔王軍を保護するという条件だったはずだ。お前達が口封じのために〝黄昏潜り《たそがれもぐ》〟を殺そうとした以上、捕らえた魔王軍にも同じことをしないとはいえない。責任者と話をつけるために、俺達と同行してもらう」

「くそ。世間知らずの若造だと……ナメてかかったのは俺達の方か。俺達みたいな部隊がいることは……そこの〝黄昏潜り《たそがれもぐ》〟から聞いたのか？」

〝最後の地〟は、尋常の者は誰一人近づくことの能わぬ地だ。〝最後の地〟の秘密を守り通そうとした傭兵達ですら、〝最後の地〟に立ち入ろうとする者、あるいは生きて出た者を、その途上で襲撃することしかできずにいた。

故に。

「……いいや。〝千一匹目《せんいちひきめ》〟に仲介してもらった」

「リッケさん。そこは正直に答えなくたっていいと思いますがね」

〝最後の地〟の中で接触してしまえば、それを知る手段はない。

千一匹目《せんいちひきめ》のジギタ・ゾギ。厄運《やくうん》のリッケの下請けとしてここまで同行していた、素性不明の後方支援業者だ。だが――オカフ自由都市の警戒の穴を抜けて大規模な輸送隊を動員し、そして〝本物の魔王〟の調査を進めていた黄昏潜り《たそがれもぐ》ユキハルを、〝最後の地〟にてリッケらと合流させる算段を、最初から整えていた。

「……と、いうわけなんです」

ユキハルは満身創痍《そうい》の体をよろよろと持ち上げ、馬車へと乗り込んでいく。

「〝千一匹目《せんいちひきめ》〟。彼がこの僕のクライアントだったんですよ」

今度は、傭兵達が手を挙げる番であった。

「一杯食わされたな。〝最後の地〟の奴らが綺麗に消えて……今日限りで、こういう汚れ仕事もお役御免のはずだったがよ……」

「ははは。まあまあ。全部が一気に片付くなんてうまい話は……そうそうないですよ」

ようやく恐怖から逃れた実感を得たのか、ユキハルは笑って客車の座席に体を沈めた。

「いえ。そうとも限りませんな」

向かいの席に座るジギタ・ゾギが答えた。

「〝本物の魔王〟の話も。オカフ自由都市も。旧王国主義者も。そして王城試合の予選も、何もかも一度にカタがつく――かもしれません」

「ははは……」

ユキハルは乾いた笑いで答えた。彼の背負う木箱は、ずっと沈黙を守っている。

「そんな布切れ程度で？」

「ええ。お手柄です、ユキハル殿」

客車内のジギタ・ゾギがルーペ越しに覗《のぞ》き込《こ》んでいるのは、黄昏潜《たそがれもぐ》りユキハルが命がけで回収した、指先ほどの衣服の切れ端である。

決定的な情報であった。

「……オカフとの交渉材料、この一手で万事揃いました」

九　逆理のヒロト

オカフ自由都市、中央砦。

魔王自称者モリオの私兵を除き入場を許される者は滅多にいないが、一度その内へと入れば、傭兵やならず者に賑わい猥雑《わいざつ》な空気に満ちる下の市街とは対極の、厳格な空気が張り詰めている。

〝司令室〟と名付けられた一室に、逆理《ぎゃくり》のヒロトは招かれている。彼の人生を費やした大計画を左右する、魔王自称者との会談であった。

「堅苦しい挨拶はいい」

中背ではあるが、虎のように屈強な体格をした、口髭《くちひげ》の印象的な男であった。

〝彼方《かなた》〟の軍服を思わせる、カーキ色の硬質な布地の衣服。無論〝彼方《かなた》〟から持ち込んだそのものではなく、その装いを再現して仕立てたものであるはずだ。

少なからぬ〝客人《まろうど》〟が最初の服を愛着し、その異界の装いを好む。全ての〝客人《まろうど》〟にとって、それだけが元いた世界との繋がりであるからなのだろう。

「だが、ようやく直接会えたな。逆理《ぎゃくり》のヒロト」

一方のヒロトは、小さい。体格以前に、外見は子供である。

顔立ちこそ十代の前半であるように見えるが、白髪交じりの灰髪が奇妙に老成した印象を与えていた。その容姿から〝灰髪の子供〟と呼ばれることもある。

来訪者の姿を値踏みするように見て、哨《みはり》のモリオは新たな葉巻を切った。

ヒロトの姿勢は常に正しい。その正しさは、交渉に臨む者としての正しさだが。

膝の上で軽く指を組み、やや身を乗り出すように話す。

「覚えがめでたいようで光栄です。有山盛男《ありやまもりお》さんとお会いできる日を、私も楽しみにしていました」

「挨拶は抜きだと言った。あんたには長いこと世話になったが、黒《くろ》い音色《ねいろ》のカヅキに誰が武器を流してたか、俺が知らないと思ってるわけじゃないだろう。例の情報の一件がなかったなら、そもそもこの時期にあんたと会うつもりもなかった」

「……」

ヒロトは、最後に会ったカヅキの姿を思い出す。〝客人《まろうど》〟としての旧《ふる》い仲間だ。あの時に協力を申し出たことも、嘘偽りのない本心だった。

彼の予測を遥かに上回る何者かが、あの場でカヅキを殺した。本来の彼の考え通りであれば、きっとカヅキも生きてこの交渉の場にいたはずだ。

「勿論です。しかし軍需企業は得てしてそのようなものだと、あなたならよく理解しているはずです。需要があれば、武器を売る。対立する両者からの需要であればなおさらのことです」

「道理と個人的な好き嫌いはまた別の話だ。俺の兵が奴のゲリラ攻撃で殺られた。そいつは数の問題じゃない。全員、自由都市の家族だった」

「確かに」

ヒロトはモリオの表情の僅かな変化を観察し、突破口を探っている。

不機嫌な、しかし悼むようなしかめ面。

兵は家族。叩き上げの軍人。〝彼方《かなた》〟から放逐され、一からこの傭兵都市を育てた男。モリオは沽券《こけん》や正義を重視しているように見えるが、実のところはそうではない。

「――確かに我々が銃や兵站を提供していなかったなら、水村《みずむら》香月《かづき》さんはオカフの攻略を諦めたかもしれません。彼女を動かしていた者は、別の手に出ていたでしょうね」

「黄都《こうと》だな。それは分かっている。連中もいよいよ俺達の存在が邪魔だろうからな」

「水村《みずむら》香月《かづき》さんを撃破した今、オカフ自由都市は彼らにとっての最大の脅威目標となりました。次こそ、黄都《こうと》の軍が動くことになるでしょう」

「……気に食わないな。カヅキはこっちの精鋭を大きく削った。現状の戦力でやりあえばオカフは敗北する。それを防ぐためには援軍がいる。そしてその援軍は、あんたの軍だ。どう転ぼうが、そいつはあんたの仕組んだ話になるわけだろう」

机の上に両手を組んで、モリオはヒロトを睨《にら》む。悪くない流れだ。

完全にこちらを拒絶しているなら、気に食わないと感じることもない。それは道理と感情が衝突を起こしている言葉だ。モリオは決して非情な男ではないが、その二つを天秤にかけられる程には、冷静だ。

「勿論、私はいつでも自分の利益のために動いています。オカフ自由都市すら、そのために使いました。けれど私の言う自分の利益は、私の味方の利益を含むものです。私に協力させていただけるのであれば、決してこれ以上の損はさせません」

「具体的には？」

「次はあなた方が売り手になる番です。オカフ自由都市の傭兵を、全員雇います」

「……まさか」

モリオは絶句した。〝灰髪の子供〟が絶大な資本を蓄えているであろうことは分かっていたが。

「国を買う気なのか？　その話を呑んで、オカフにはどういう得がある」

「これからの世界で、PMC《民間軍事会社》産業に未来はありません。リチア新公国に続いて旧王国主義者が敗北すれば、傭兵という職の需要そのものがなくなります。その需要を、ひとまずは私が引き受ける――ということです。そして具体的なメリットを挙げるなら……黄都《こうと》との戦争で、一人の兵も失わずに済みます。具体的には後ほど説明しますが、黄都《こうと》と有利に戦後交渉を進める算段も既に立っています。さらに先の話をしても良いのなら……あなたの兵が戦うべき戦場も、私は提供できます」

「……戦場だと？」

「ええ。オカフの傭兵は、戦いの場でこそ生きられる者達です。有山盛男《ありやまもりお》さんも、彼らの居場所を守るためにこれだけの都市を築いたのでしょう。必ず、戦場をお約束しましょう」

ヒロトが最後に付け加えた戦場の提供という利は、モリオという個人にとっての利だ。

彼は沽券や正義よりも、家族を重んじる指揮官である。それは一面の真実ではある。

だが戦いの結果として彼らが死ぬことを心底から恐れてもいない。彼が望むのは、家族に戦士としての生を全うさせること。カヅキの戦いを非難する際にゲリラ攻撃という言葉を選んだのは、そうした心の現れだ。

「――俺とて、今この国が置かれている状況くらいは分かっている。逆理《ぎゃくり》のヒロト……あんたほどのフィクサーなら、何かでかい仕掛けも動かせるんだろう。それに例の情報をあんたが公開したら、俺達はどちらも破滅だ。だが、簡単に信じることもできない。それは分かるな」

「……ええ」

「長い付き合いだが、結局のところ、俺はあんた自身の力を見たことがない。あんたはこの世界で初めて銃を開発した。この世界からすれば五十年は先の技術のツテを持っていて、勢力の区別なく商談を成立させてきた――で、それだけだ。その金で、このオカフ以上の軍を雇えるのか？　俺達に一人の損失も出さないままで、黄都《こうと》の大軍を相手に何ができる。あんたは信頼できて、背中を預けるに足る人間か。その証明が欲しい」

「……確かに。私がどのような力を持っているのか、何を成し遂げたのか。お見せする日が来たのかもしれません」

ヒロトは砦の窓へと目をやる。狙撃のためだけに設《しつら》えられたごく小さな窓からは、眼下の市街を行き交う傭兵達を見下ろすことができる。

この都市に暮らす住民の、その約半数が傭兵。そのような都市をモリオは作った。

「有山盛男《ありやまもりお》さん。あなたにとっての真の力は、市街に集まる傭兵達ではありませんね？　彼らの内から選抜し、〝彼方《かなた》〟であなたが学んだ最新の軍事教練を施した私兵。今まで外に力を見せたことのない彼らこそが、あなたの切り札でしょう」

「……俺が俺の兵を訓練するのは当然だ。それがどうした」

「傭兵と……その私兵の方々も含めて。私がただ一人で、全員を制圧してみせます」

「さっきも思ったが……正気か？」

そもそもあるべき法則を踏み外した〝客人《まろうど》〟は、必ずしも外見通りの戦闘能力を持たぬ。例えば黒《くろ》い音色《ねいろ》のカヅキがそうであったように、細腕で多数の銃器を軽々と操り、目にも留まらぬ機動を見せる者すらいた。

この逆理《ぎやくり》のヒロトは、間違いなくその類ではない。立ち振る舞いが力量を示している。身体能力はもちろん、隙の見せ方も隠し方も、常人にすら劣る。

仮にモリオがそのつもりなら、今の会談中のいつでも首を掻き切ることができた。

「もちろん、あなたの兵を傷つけることはありません。これから同盟を結ぶ相手なのですから。刃物も銃も使いません。この条件でどうでしょう」

「……たかが追いかけっこで大事《おおごと》になるのはごめんだ。俺はあんたを囲んで殺そうと思っているわけじゃないし、あいつらの暮らしを乱すわけにもいかない。もしあんたが本気なら、あんたを発見次第、傷つけず捕えてくるよう兵に伝えるだけだ。そういう条件を付け加えさせてくれ」

「願ってもないことです。では、本日中に」

逆理《ぎやくり》のヒロトがオカフの全兵力を制圧する何らかの計略を用意していたとして、事実上、それを実行に移すことは不可能である。

ヒロトをこの一室まで連れてきた時と同じく、数名の衛兵が彼に張りつくはずだ。彼が攻撃の素振りを見せた瞬間、即座に拘束するために。

だが、仮にも同盟交渉を申し入れてきた相手を、その場で問答無用に叩き潰すような男ではないことは理解している。仮にそうされていたなら、ヒロトに勝ち目はなかった。

だから眼前の『あなた方』ではなく、距離の離れた『彼ら』に勝てると言ったのだ。衛兵も含めたモリオ達が、この賭けの当事者ではないかのような言い回しで。

まるでヒロトが、彼らの許へと赴き、向かい合って……あるいは不意を打って戦いを挑むところまでは、始まらないのだと思わせた。そして先にヒロトの切り出した条件と対等にするために、モリオ側もヒロトを傷つけず捕えようとするだろう。

だから準備を行うことができる。

彼は廊下に出て、荷物袋を開ける。衛兵が僅かに身構えたのを見て、ヒロトは微笑んだ。

「武器ではありませんよ。もう一度、中身を検めますか？」

「……」

無論、武器ではない。その用途も、ただそれを見た限りではラヂオの一種のようにしか見えぬだろう。

だが、嘘をついてもいる。それはヒロトが用いる限り、何よりも強力な武器に変わる。

彼は世間話のような調子で、すぐ後ろの衛兵に尋ねる。

「……さてと。監視塔に向かう道はあちらでいいんでしたっけ？」

「何をされるおつもりですか？」

「ふふふ。狙撃でもするつもりのように見えますか？」

「……いいえ。とてもそうは」

ヒロトは砦を移動し、監視塔の屋上を目指した。衛兵は付かず離れずの距離で彼を追う。

体力に乏しいヒロトは、遠い監視塔への道のりに加えて、階段を上り切るのにやや難儀した。

「いや、大変ですね。皆さんはこれを毎日上り下りしてるんですか？」

「……階段を上るだけで息を切らしているのは、ヒロト様が初めてですね」

衛兵は皮肉げに笑った。呆れているのかもしれない。

「お恥ずかしい限りです」

見た目通りに無力で、大言壮語だけの男。逆理《ぎゃくり》のヒロトを誰もが侮るだろう。

地上を見下ろす監視塔の頂上に立ち、それを始めるまでは。

「……。あー、あー。あーあー」

喉を押さえ、発声の調子を確かめる。そして、持ち込んだ道具を構えた。

それは逆理《ぎゃくり》のヒロトがこの世界へと転移した際に、銃よりも車よりも、真っ先に欲した道具であった。

その機械はとても単純な構造をしている。鳥竜《ワイバーン》の翼膜の表層をなめしたものに、金線を巻いたコイルが接続されている。その内には磁石があって、声の震動で起電力を発生する。その電流はラヂオ鉱石を用いた増幅回路を経て、入力側とちょうど逆転した構造の出力側に繋がる。それは翼膜を震わせ、漏斗型《じょうご》の口から音声を吐き出す。

拡声器、という。

「――オカフ自由都市の皆さん！」

増幅された大音声が、市内に響き渡った。

天から降る言葉に誰もが驚き、あるいは武器を構え、監視塔に立つ男に注目した。

「私の名と顔を、皆さんも当然ご存知でしょう！　モリオ様より捕獲命令の出された〝客人《まろうど》〟、逆《ぎゃく》理《り》のヒロト！　改めてご挨拶いたします！　よろしくお願いします！」

先手を打って素性を明かしたことで、不審者に向けていち早く狙いを定めていた何名かの動きを封じた。逆理《ぎゃくり》のヒロトを、傷つけず捕らえること。それがモリオから彼らに下された指令だ。

一方、ヒロトの一挙一動を見ている衛兵は、それ故に動くことができない。

人を驚かせる機械を用いてはいるが、ヒロトが攻撃行動に出ていないことは明らかであるからだ。〝客人《まろうど》〟には詞術《しじゅつ》を用いることもできない。物理的に距離の離れた兵達に攻撃できるはずもない。

「まず、初めに言っておきます。捕獲命令とともに伝えられていると思いますが、念のため。私は、あなた方全員に勝つ、とモリオ様と約束しております。それを条件として、オカフ自由都市との同盟関係を結ぶと！　さて。そんな大言壮語は申しましたが……あなた方は、果たしてこの私などに負けるでしょうか？　見るからに貧弱で、警戒心もなさそうな、こんな私に？　まずは、その話から始めましょう。そもそも……勝つというのは、目的を達成することですね。それでは、負けるとは一般的に何を意味するものでしょうか？」

嘘をついている。モリオは力の証明が欲しいと言っただけで、それによる同盟の確約などはしていない。裏を返せば、解釈次第でいくらでも曲解できる発言でもある。発言したモリオ本人にすら、その解釈を思い込ませる余地がある。

故にこの人数の前で堂々と主張することで、あたかもそれが既成事実であったかのように信じさせる。ヒロトが勝てば、同盟関係を結ぶことになるのだと。

「例えば皆さんの多くは兵士でしょうから、明確に全ての権利を失う〝死〟こそが最も一般化された敗北の形と考えるかもしれません。しかし生死を競う、と直接的に表現しているはずの生存競争という言葉においては、個体の死は敗北と同義ではないというのが面白いところですよね」

大きく手振りを交えながら、彼は語り続ける。注目させる。

暴力を生業とする者達から暴力行使の意志を削ぐべく、物語に集中させる。

「竜《ドラゴン》に勝てる生命体は存在しませんが、人族《じんぞく》は明らかに生存競争において竜《ドラゴン》に勝利しています。無敵の個は、最終的な勝利者と決して同義ではない——これは私がかつて見た〝彼方《かなた》〟の世界においても同じことでした」

聴衆は、まだヒロトを侮っている。弓矢で狙われやすい場所にわざわざ身を晒し、突如としておかしな話を始めた、物珍しい標的。それで良い。

何よりも重要なことは、無関心ではいられないということだ。モリオを通じて、わざわざ彼自身を標的として周知させた意味はそこにある。

「私の話をしましょう。私はこのオカフ自由都市に、三日滞在しました。そして〝彼方《かなた》〟を知る者として、人間《ミニア》の社会を知る者として、その素晴らしさに驚嘆しました。この街には種族の分け隔てがない！　〝彼方《かなた》〟では同じ人間《ミニア》ですらいがみ合い争っていたというのに、ここでは人族《じんぞく》も鬼族《きぞく》もともに暮らし、戦友として戦い、同じ貨幣で取引をしている！　これほどの活気を見せながら、この街には自然な形の秩序があります！」

ヒロトは熟知している――オカフのそれは、決して生温《なまぬる》い平等思想によるものなどではない。そこにあるのは自由主義と、経済活動の自然な成り行きだけだ。

大鬼《オーガ》や狼鬼《リカント》は本来、身体能力や精神において人間《ミニア》よりも遥かに優れた戦士だ。傭兵として戦時にのみ雇用するのならば、人食いの種族を常備軍として養成する危険性を抱えることもない。鳥竜《ワイバーン》軍を自国の空軍として運用しようとしたリチア新公国とオカフ自由都市は、その点でも異なる。

オカフが擁する鬼族《きぞく》傭兵の需要は高く、各地の戦場を巡る彼らは、鬼族《きぞく》の『食料』も容易に調達することができる。結果として、オカフの鬼族《きぞく》は他の人族《じんぞく》都市のような排斥を受けることはなかった。それだけだ。

しかしヒロトはその事実を利用する。自分の属する集団を賞賛されれば、人は自然と高揚し、警戒の心を解く。心持つ者である限り、誰もが誇りに飢えている。

「――では、黄都《こうと》を見たことのある方はお考えになってください。黄都《こうと》はどうだったでしょうか？　鬼族《きぞく》を受け入れるどころか、魔王戦役に傷ついた兵士達に、十分な補償を与えていると言えるでしょうか？　旧態依然とした人間《ミニア》至上主義、貴族至上主義は、詞術《しじゅつ》によって誰もが意志を通ずるこの世界に相応《ふさわ》しい、自然な統治と言えるでしょうか？　〝最初の一行〟の彼岸《ひがん》のネフトは、狼鬼《リカント》でした。しかし〝本物の魔王〟と戦い、正気で戻るという偉業を果たした彼は、ゴカシェ砂海での隠遁を余儀なくされています。黄都《こうと》の人々が〝最初の一行〟について語る時、汚《けが》れた地《ち》のルメリーの名を挙げることはあるでしょうか？　彼女は人間《ミニア》ではなくとも、誰にも恥じることのない偉大な英雄であったはずです！」

間を置く。矢継ぎ早に言葉を繰り出し続けるのではなく、彼らの意識の方向性を誘導する。

黄都《こうと》との関係悪化によりオカフが危機的状況にあるという情勢は、彼ら兵士も理解しているはずだ。利用するのはその敵意だ。彼自身が標的でありながら、眼下に群れる数千の兵の敵意の矛先を、黄都《こうと》へと誘導している。

「……ええ、言うまでもなく私も人間《ミニア》です。多種族の共存共栄などを語る資格などそもそもあるのか？　疑問にお思いの方もいらっしゃるでしょう。私の話をしましょう……と、つい先程申し上げたばかりです。そもそもこの子供は何者なのか？　いきなり出てきて何を言い出すのか？　もしかして教会の告解室と間違えたアホで、こいつはそれに気付いてないいんじゃないか……？」

まばらな含み笑いが聴衆の内より漏れるのを確認する。敵意を別の対象へと向けた上で、注目のみを再び自分自身に戻した。

「改めて、ご挨拶させていただきます。歩兵銃《マスケット》の取引の中で、逆理《ぎゃくり》のヒロトの名を耳にしたことのある方もいるかもしれません。あなた方が日々目にしているこれが、どこで造られているか、ご存知でしょうか。黄都《こうと》でしょうか？　滅んだナガン迷宮都市でしょうか？　それともハキイナ小《しょう》州《しゅう》？」

衛兵を手振りで動かして、聴衆の前へと立たせた。本来ヒロトを抑える役割だったはずの彼は、話術と聴衆の注目に抵抗できない。ヒロトの監視とは別の役割を、たった今ヒロトが与えた。

振りだけで彼に指示し、武器である歩兵銃《マスケット》を掲げさせる。ヒロト自身ではなく、傭兵達が身内と認識する彼が歩兵銃《マスケット》を持っていることが、心理の内側に踏み入る上で重要になる。

「どれでもありません。私の作った銃は、この大陸で生産したものではありません。では〝彼方《かなた》〟？　それも異なります――そう、それを以て私の身分を紹介いたしましょう！　私は逆理《ぎゃくり》のヒロト！　六十九年の歳月をかけて、第三の別世界を作りました！　皆さんの知らぬ世界を！」

驚愕《きょうがく》と疑惑のざわめきが、波のように聴衆の中へと広がりつつある。

最初から、ヒロトが煽《あお》る一連の流れには仕込みがある。オカフに既に潜ませている者達が歓声によって聴衆を煽り、統制された注目で集中を誘導している。

「世界の果て！　海の彼方！　私が作ったのは小鬼《ゴブリン》の国です！　ご覧ください。彼らが、私の仲間です！」

言葉を合図として、潜伏していた集団が前へと進み出た。外套で顔を覆い隠していれば、背の低い小人《レプラコーン》のようにも見える。取引の中で紛れ込ませていた小鬼《ゴブリン》の一群だ。ヒロトの仕込みは、この日を迎える以前、交渉に乗り込む前から始まっている。

聴衆からは困惑と警戒の色が上がった。既に滅んだと思われた小鬼《ゴブリン》を眼前にしてみれば、当然の反応であろう。だが、どこかで決定的な証拠を彼らの目に焼きつける必要があった。不安と高揚の振れ幅こそが、心への言葉を真に刻み込む。

危うい手段ではある。敵意が復活するよりも早く、制圧しなければならない。

「あなた方は！　信じることができますか!?　深獣《クラーケン》が潜む遠洋、世界の果ての先へ進むことができるのだと！　その航路を既に見つけ出した者がいると！　下等とされた小鬼《ゴブリン》が、このように高度な銃を生産し得る文明を持っていると！　彼らには今や統一文字があると！　彼らが国家を、社会を形成し……この私のような人族《じんぞく》と、共存することができると！　――もちろん、信じることができるでしょう！　あなた方は既にその社会を目の当たりにしているのですから！」

拳を握り、強い眼差しで彼らを見下ろす。

逆理《ぎゃくり》のヒロトは本気だ。

本気で自らの言葉を信じ込まなければ、誰かに信じてもらうことなどできはしない。

「ご存知でしょう！　鬼族《きぞく》と人族《じんぞく》が共存可能なのだと！　鬼族《きぞく》には人間《ミニア》の思うよりも遥かに優れた力があるのだと！　そして何より、あなた方も、黄都《こうと》ですらも、小鬼《ゴブリン》の手による兵器に、幾度も命を預け、助けられてきた！　いくつもの証拠を、あなた方は既にその目で見ているはずです！　もう一度言いましょう！　このオカフ自由都市は、素晴らしい都市です！」

塔の石段を上がる音が聞こえる。……哨《みはり》のモリオが演説を止めに現れたのだ。

モリオがヒロトの演説の意図を悟ったとしても、すぐには止めに入れぬよう、司令室から離れたこの監視塔を選んでいた。それでも彼の勘の良さと迅速さは、ヒロトの見立て以上である。恐らく、ここで演説を始めた直後に出発したのだろう。

（それも配下に任せることなく、彼自身が来た。口先だけで丸め込める相手ではない）

用意していた演出のいくつかを軌道修正する必要があった。ヒロトは言葉を続ける。

「――しかし今、黄都《こうと》がこの地を脅かしている！　ですが今こそ、私はあなた方を助けたい！　利益のため？　そうです！　保身のため？　そうです！　私は清廉潔白などではなく、理想や平和などを語るつもりはありません！　ですが、実績だけはお約束できます！　かつて地平より排斥された小鬼《ゴブリン》を救ったのと同じく、あなた方を余さず救うと！　この逆理《ぎゃくり》のヒロトと小鬼《ゴブリン》の大軍団が、これより先はあなた方の味方であると！　モリオ様に約束した通りに、あなた方に力を貸すと！」

そこまでだった。塔の木扉が開き、モリオが姿を現した。

彼が計算した通り、モリオの名が出ると同時だ。

「拡声器を下ろせ」

モリオはあくまで冷静に告げた。葉巻の煙が揺れている。

暴力で彼を上回ることはできない。モリオがそうしようと思えば、すぐにでもヒロトの首をナイフで掻き切れるだろう。ヒロトは拡声器から口を離し、彼の傍へと寄った。

「ええ。分かりました。少し重いので、受け取ってもらえますか」

モリオは警戒を崩さず、しかし拡声器を受け取るべく手を出し――その手を、ヒロトは強く摑んだ。間髪を容れず、拡声器へと叫んだ。

「私は、ここにオカフとの友好を約束いたします！」

握手の手を差し出させる罠であった。

聴衆の中から歓声が上がった。今度は彼の仕込んだ小鬼《ゴブリン》によるものではない、自然な成り行きとして発生した歓声であった。割れるような拍手が続いた。

モリオは苦々しげにヒロトを睨んだ。ヒロトも、真剣な目で間近の瞳を見据えた。

「貴様……！」

「最初に申し上げた通りです。あなたに、決して損はさせません」

モリオがその気になれば、いつでもヒロトを殺すことができた。もはやできない。

魔王自称者モリオですらも……魔王自称者だからこそ、それは民の信任に依《よ》って立つ為政者であり、彼らの意向を決して無視できない。

息を吸い込み、再び聴衆へと呼びかける。

「……オカフ自由都市の皆様！　私は、モリオ様と約束しています！　私が勝つことで、私と、私の軍と、私の武器が、あなた方の力となると！　これまで以上の文明と発展を、あなた方にお約束すると！　どうか！　この逆理《ぎゃくり》のヒロトを勝たせてください！　それは、決してあなた方の負けを意味するものではありません！」

ついに拡声器を下ろし、彼は生身の声で叫んだ。演出だ。

もはや彼に注目し切った観衆の耳には、その声はとてもよく通った。

「私と、何よりもあなた方が勝つために！　モリオ様が勝つために！　逆理《ぎゃくり》のヒロトを！　この逆《ぎゃく》理《り》のヒロトを、どうか勝たせてください！」

拍手が響いた。モリオが現れた時よりも穏やかなものではあったが、それは明らかに、ヒロトの

言葉への肯定を示していた。

彼は深く一礼して、後ろで状況を見守るしかないモリオに向き直った。

「……こいつが狙いだったわけか」

「ええ。そして言葉の通り、私はこの場の全員に打ち勝つことができました」

「そして俺は信じると信じないとに関わらず、あんたと組まざるを得なくなった、というわけか。……仕方ない。俺もつまらないプライドに拘《こだわ》り続けたいわけじゃない」

魔王自称者モリオ。やはり彼はヒロトの見立てた通りの男だ。

これから待ち受ける戦いの中では、きっと彼の人望も不可欠な力になる。

「それで？　俺の兵を傷つけず、有利な戦後交渉。勝算はあるんだろうな」

「もちろんです。黄都《こうと》の北方方面軍と睨《にら》み合《あ》っている、トギエ市の旧王国主義者を利用します」

「まさか連中と手を組むつもりか？　微塵嵐《みじんあらし》の話が潰れた以上、奴らもそう長くはあるまい」

「いいえ」

ヒロトは笑顔を崩さぬままだ。彼は常に自信に満《み》ち溢《あふ》れている。そうでなければ、民を従えることはできない。

「ジギタ・ゾギ」

ヒロトは指を鳴らす。屋上入口の構造の上から、小柄な影が飛び降りた。

「……小鬼《ゴブリン》か。市街ならまだしも、俺の砦に入り込むとはな」

「お初にお目にかかります。モリオ殿」

モリオほどの歴戦の戦士でも、この小鬼《ゴブリン》の気配を悟れなかった。

「ご紹介しましょう。千一匹目《せんいちひきめ》のジギタ・ゾギ。私の、最も信頼のおける参謀です。……手筈は済んでいるね」

「もちろんです。あとはあちらさんが動くのを待つだけの段階ですな」

ジギタ・ゾギは不敵に笑った。

逆理《ぎゃくり》のヒロトは、一切の暴力を持たぬ男だ。だが、戦うことができる。

彼はモリオへと向き直って、自らの両手を軽く合わせた。

「いつでも壊滅できます」

◆

旧王国主義者と対峙する北方方面軍。司令官の名は、黄都《こうと》第二十四将、荒野《こうや》の轍《わだち》のダントという。

（——気に食わない）

ここイマグ北部平原は、陣を敷くに絶好の地形だ。東には広大な運河。前方、トギエ市の方面に深い森。背後にあたる南方にはイマグ市があり、補給物資に困ることもない。有害な虫獣の少ない乾いた台地で、この場を押さえている限り、イマグ市の陥落はない。

……だが。だからこそ、この布陣の容易さを利用されている気がしてならない。

森の反対側、トギエ市を拠点とする旧王国軍は、今もなお黄都《こうと》の手届かぬ辺境より参画者を募り、膨れ上がり続けている。つい先日まで微塵嵐《みじんあらし》なる大災害が黄都《こうと》本国を脅かしており、そちらに大軍を割く必要があったために、当分こちらの軍には増援が望めぬ状況であるという。

(気に食わない。俺の軍だけでいつまでも抑えられるものか。小出しにした兵力をぶつけ、消耗させろというのか。王城試合、微塵嵐《みじんあらし》……どいつもこいつも……勇者だ英雄だと、戯言《たわごと》を抜かしやがって。現実の問題が目に見えているのは、俺しかいないのか)

この北方方面軍を率いる将は、第二十四将ダント。そして第九将ヤニーギズ。敵を押《お》し止《とど》め持ちこたえるだけならば、それで十分な戦力であると考えられている——それは間違いない。黄都《こうと》軍と旧王国軍では、装備も兵の練度も違う。だが、軍を動かさず黄都《こうと》本国を攻撃する微塵嵐《みじんあらし》という策が不発に終わった以上、彼らがすぐにでも行動を見せるであろうこともまた確実だ。旧王国側も、可能な限り有利な形勢で黄都《こうと》との戦争を収める必要がある。そのために狙われる標的があるのだとすれば、前線の主力の一つとして対峙しているダントの部隊だ。

(持ちこたえる、では不十分なのだ。勝つつもりならば、徹底して叩き潰すべきだ——いたずらに戦を長引かせれば、こちらの兵も、取り返すべき領土のトギエ市も疲弊するばかりだぞ)

微塵嵐《みじんあらし》の通過点であるグマナ交易点の避難誘導に兵力を割いていた一方で、ほぼ確実に交戦が予期されるこの地には増援がない。王城試合の運営に伴う用兵の硬直であると、ダントは考えている。

第六将ハルゲントなどに至っては武官としての体裁すら捨て、どこぞで〝本物の勇者〟の候補を探し回っているのだという。呆れた話だ。

(こちらに援軍は来ない。だが、あと何日でギルネスは動くつもりだ。前線で指揮を執っているの

は、あの摘果《てっか》のカニーヤ……奴の戦術次第になるか）

摘果《てっか》のカニーヤは生まれつき筋骨が極めて肥大した、ギルネスにも劣らぬ剛力の女丈夫であると聞く。この膠着《こうちゃく》が意図的に仕組まれたものであるなら、知謀も侮れぬ相手だ。

イマグ北部平原は、守りには向く。だが攻めはそうはいかない。

行商の通行に用いられる狭い街道は低地の森を潜る形である上、森を西に迂回した湿地は蛇竜《ワーム》の生息地であり、黄都《こうと》軍ですら甚大な被害を免れ得ない。

大軍の自由な機動を制限される森と、蛇竜《ワーム》の危険を伴う湿地帯。黄都《こうと》の防衛のための大兵力を、うまく動かす手立てがない。

それでも、いざとなればここを後退してイマグ市に籠もることは容易だ。そうなれば相当な長期間を持ちこたえることができるだろう。

だが、そのようになれば市民への負担も少なくはない。それはイマグ市の黄都《こうと》議会への支持を下落させることにもなりかねないはずだ。民は自分自身に累が及ぶとなれば、すぐさま掌を返す。

王城試合を控える今の時期、ダントが黄都《こうと》の足を引っ張ることは許されていない。

そこまでを思考した頃、司令部へと帰還した伝令が報告を伝える。

「団長閣下。森林の突破を試みた斥候部隊ですが、三名が戦死、一名が重傷です。森には罠と手練の遊撃手が待ち伏せており、現状で突破は困難とのことです」

「……そうか。森は既に要塞化されていると見ていいな。把握した。帰還できた者をすぐに司令部によこせ。状況を取りまとめてから一律で情報を共有させる」

この膠着に業を煮やした兵から志願者を募った偵察の試みであったが、やはりダントが予想した通りの結末になった。今回の四名の犠牲で、他の兵の逸《はや》りを抑制できるだろうか。

（力押しでの突破は犠牲が大きい。不可能ではないにせよ、こちらからの積極的な動きを躊躇わせるには十分だな）

恐らく、街道周辺の森を焼き払うことが最も手っ取り早い一手だ。だがそれが容易くできないことも、敵は承知の上のはずである。

この森は林業を営むイマグ市の財産であり、黄都《こうと》側がそれを焼き払うのであれば、今後数年に渡る損失補填を考慮に入れねばならない。第二十四将ダントがその責を負うことになる。

一方で、旧王国主義者にその枷《かせ》はない。相手はいつでもこの緑の防壁を焼き払い、必要十分な準備を整え次第、正面から攻め込むことができる。

（前進して森を犠牲にするか、後退してイマグ市に負荷をかけるか。どちらにせよ非難の矛先がこちらに向くなら早いほうが良い……だが……）

黄都《こうと》が援軍を寄越すまで持ちこたえさえすれば、ダントがこの地を抑えている状況のまま、湿地帯を避ける形で大きく別働隊を迂回させ、旧王国軍を包囲することができるはずだ。今、ダントの軍に求められている役割はそちらである。

――敵軍が動くよりも早く援軍が間に合うのならば、ダントが危険を冒して動く必要はない。しかし、その希望が却《かえ》って彼らの足を止めているのも事実だ。

「……団長閣下！　報告です！　オカフ自由都市と思われる軍がこちらに向け進行中！」

「オカフだと!?」

「規模二千！　現在カミケ街道を行軍中とのこと！」

ダントは、急ぎ地図を広げる。オカフ自由都市の動きは第二十七将ハーディが抑える手筈だったはずだ。現に彼らはハーディが差し向けた黒《くろ》い音色《ねいろ》のカヅキの攻撃で少なからぬ被害を被っており、動くことはあるまいと考えていた。

いや。それよりも何故わざわざダントの陣へ。仮に彼らが黄都《こうと》へ攻撃を仕掛けるつもりだとして、最初に攻めるべき要所は他にいくらでもある。

「傭兵どもめ……旧王国主義者と合流するつもりか……!?　すぐに各隊長を招集しろ。イマグ市に取って返す！」

「この平原を放棄するということですか!?」

「そうだ！　奴らの進路は、横合いからこの戦線へと割り込む動きだ！　退路を塞がれ、イマグ市との繋がりを断たれれば、この台地などただの野晒《のざら》しの棺桶《かんおけ》になる！　すぐにでも撤退しなければ全員が干上がるぞ！」

オカフ軍の位置からすれば、全軍を撤退させる時間はある。両軍を阻む森がある以上、旧王国軍が撤退中のダントの後背を突くことはできないはずだ。

だが、結局は後退の選択肢へと追い込まれてしまっている。

あのハーディが調略に先んじられたということか。旧王国主義者がオカフ自由都市の援軍を見込んでいたのだとすれば、どこまでが敵の手の内だったのか。

ダントは歯嚙《はが》みする。

（――気に食わない）

◆

「そう」

陣の前線指揮官、摘果《てっか》のカニーヤは、平時と同じ笑みで頷いた。

それが本当に笑みであるのか兵の目からは判別できぬが、血風吹きすさぶ戦場においても、彼女の表情が変わったためしはない。

「オカフ軍の狙いはなんでしょうか？」

「黄都《こうと》軍の撃破を手土産に、こちらに下るつもりなのかも。どちらにせよ、今は敵でも味方でもない……」

カニーヤの太い腕が、肉厚の包丁の如き剣をくるくると回す。

彼女は戦闘を予感している。それも互いに死線を交える激闘ではなく、勝利を伴う蹂躙の予感だ。

「けれど、利用できるわね」

「敵が動くのが今なら、我らが動くべき時も今です」

「ええ。森を抜ける」

旧王国軍は精鋭を森に置き、黄都《こうと》軍側からの偵察を阻んだ。

それはダントの軍が後退する時を待っていたからだ。台地の高所に位置取る黄都軍《こうとぐん》は、森の全貌を見渡せていると思っている。だが、イマグ市側からのみ森を見ている以上は必ず死角が存在する。

それは黄都《こうと》がトギエ市内に潜ませている諜報部隊《ちょうほうぶたい》の視点からも知り得ない情報だ。

「……切り拓いた道を通ってね」

分厚く茂る森は、トギエ市に面した側が大きく抉れていた。

侵入者を阻む密林はその一帯のみが伐採されており、森の東に面する運河を用いて運び出している。黄都軍《こうとぐん》との膠着を作り出した時点からカニーヤが準備していた策だ。

森林地帯の厚みがなければ、騎馬隊の機動力が制限されることもない。大軍を迅速に動かすことが可能だ。この間隙を抜け、逃走する黄都軍《こうとぐん》の後背を全速で叩く。

彼らが生きてイマグ市にまで辿り着くことはない。

「行きましょう。ギルネス様もきっと喜ぶわ」

「はい！」

かくして、カニーヤの率いる騎馬部隊を先陣にして、大軍が鳴動する。

トギエ市に集った者はその多くが有象無象の雑兵だが、カニーヤの配下はそうではない。全員がかつて中央王国の正規軍として武を奮った戦士であり、そして一つの思想の下に統制されていた。

「騎馬部隊に続け！　伏兵のないことを私が証明する！」

カニーヤの鬨《とき》を受けて、おう、という声が重なり響く。

大地を踏み荒らす、嵐の如き蹄の音。敵の死角であった森の空白地帯へと全軍がなだれ込んでいく。駆けながら、カニーヤの笑みがさらに深くなる。

これほどの大軍勢が今や背に触れる距離にまで迫っていることを、敵の将は知らずにいる。敵が戦術の敗北を悟り、混迷の内に死んでいく様を想像する。

「さあ、さあ、さあ。第二十四将ダント。首級をくれ。私に首級を！」

彼女は全速力で丘を駆け上る。当然、森を出た先に伏兵はない。横合いから動いたオカフ軍の動向に対し、ダントは犠牲を最小限にすべく動いたはずだ。元より退路を確保している状況で、命を賭して殿を務める部隊を置くはずもない。

膠着を作り出すにあたって、あの地形は誂《あつら》えたように彼女の軍のみに追い風となる――

……ふと。

カニーヤの脳裏に疑惑が浮かんだ。

（……誂えたのか？）

その時であった。

馬や兵が作り出したものではない、別の恐るべき地鳴りとともに、背後に悲鳴が響いた。

カニーヤと並んで駆けていた兵が次々に馬を止め、味方の軍を振り返った。カニーヤは、最後にそれを見た。災害が起こっていた。

竜《ドラゴン》の如き濁流が運河より流れ込んで、低地に残された兵をことごとく沈めている。

――誂えたように。

本来ならば洪水を阻むはずの木々は、カニーヤ自身が刈り取っていた。

「馬鹿な……運河の、堤防を！」

カニーヤに続く大軍が低地を通過すると同時に、東の運河の堤防が破壊されたのだ。何故。

森林伐採の事実が漏洩《ろうえい》する要素はなかったはずだ。少なくとも黄都軍《こうとぐん》に対しては。

（……誰だ。誰が。黄都軍《こうとぐん》ではない）

黄都軍《こうとぐん》であるはずがない。丘の上からは見える。

流れ込む洪水から散り散りに逃げる兵を高所で待ち伏せ、一人一人、打ち殺している者達がいる。

小さく、素早く、見たこともない……少なくともこの数十年見られることのなかった種族が。

森の中より小鬼《ゴブリン》が現れて、彼女の兵を殺している。罠。戦技。集団戦術。全てにおいて精鋭の遊撃兵を、下等な小鬼《ゴブリン》が一方的に。

「……。出遅れた者を救出する。異論あるものは」

「……カニーヤ様！　あれ……あれは!?」

参謀は、答える代わりに丘を指差した。その先にいる者をカニーヤは見た。

異形が待ち受けていた。

まるで、この場にカニーヤ達の部隊が現れることを知っていたかのようであった。

「――誰モガ。誰モガ英雄ノ素養ヲ、ソノ身体ニ持ツ」

巨大な狼のようでもあるが、蒼銀の光を灯す毛並みは自然のそれではない。

その存在はゆっくりと頭を動かし、若い新兵を見た。

「ソノ男ノ足ノ腱《けん》ハ、素晴ラシイ瞬発力ヲ持ッテイル。脚力ニ限ルナラバ、緑帯《りょくたい》のドメント……彼ニモ迫ル才ガアル」

兵士は指示を受けるまでもなく弓を狼へと向けた。疑いなく危険な存在だ。

狼は動かない。彼らを品定めしているかのようだった。

「…………。ソチラノ君ハ……弓手向キノ身体デハナイ。上腕筋ノ付キ方カラシテ、上下ノ動キニ適性ガアル。振リ下ロス技──例エバ、剣士」

パン、と弓を撃ち放つ音が響き、怪物はぐらりと身を揺らした。

だが、それだけである。牙で受け止めた矢を大地に捨て、獣は言葉を続けた。

「……ソウデナケレバ、コノ程度ノモノダ」

「こいつを仕留めるぞ」

ぐるぐると巨剣を回して、カニーヤは呟く。

感情の読めぬ瞳のままで、怪物は答えた。

「敵対行動ト取ラレタノハ心外ダ。……ダガ、同ジコトダナ。名ヲ伝エテオコウ」

ぐばり、と──巨大な背が開いた。

それは流麗な狼の形態からは考えられぬ、名状し難い変化であった。

空洞の胴体内よりぞろぞろと生え現れたのは、無数の腕である。

「私ハ、オゾネズマ」

金線と腱で継ぎ合わされ、それぞれが鋭い医療器具を携える……白い人体の腕。

「混獣《キメラ》ダ」

◆

旧王国軍が壊滅して間もなく、オカフ軍の使者は荒野《こうや》の轍《わだち》のダントへと接触していた。まるで黄《こう》都《と》軍の撤退経路を先読みしていたかのような、迅速な接触であった。

「……どういうことだ……！」

撤退を引き止め、横合いから攻める罠であるとも考えたが、旧王国軍が一瞬にして壊滅している以上、彼らはダントの考えていたような勢力ではないことは明らかでもあった。

「オカフが動いた！　旧王国軍が壊滅した！　訳が分からん！」

「……。お初にお目にかかります。ダント閣下」

使者は、落ち着き払って話を切り出す。傍らには一人の小鬼《ゴブリン》を伴っている。

逆理《ぎやくり》のヒロトという。歩兵銃《マスケット》を流通させている〝灰髪の子供〟。得体の知れぬ〝客人《まろうど》〟。

「逆理《ぎやくり》のヒロト……！　何を……貴様は何を目論《もくろ》んでいる！　オカフの差し金か！」

「いいえ。これはオカフではなく、あくまで私の考えです。私はダント閣下の助力となるべく、こうして参上いたしました」

「……その言葉を俺が信じると思うのか。戦争に横合いから介入し、助けてやったのだから恩に着ろと？　それは貴様らが黄都《こうと》を侵略する口実だろう……！」

「ダント閣下。よくお考えください」

ヒロトは軽く身を乗り出して、両指を組んだ。

「黄都《こうと》本国はこの状況をどう見るでしょうか？　ダント閣下にはトギエ市との膠着状況をいたずらに動かすことなく、微塵嵐《みじんあらし》の事後処理が終わり次第、本国からの援軍を以て制圧という結果が求められていたはずです。今の結果は……ダント閣下がオカフ制圧を担当するハーディ将軍に無断でオカフ自由都市との交渉を進め、傭兵を援軍に用いた、と見られはしませんか？」

「その状況からして、貴様らが仕組んだことだろうと言っているのだ！　今すぐに貴様らを捕らえ、正しい話を証言させることができぬと思うか！」

「――事実の話ではありません。私は解釈する余地があるかどうかの話をしています。ダント閣下は何故、この難しい戦局の中で援軍を後回しにされているのですか？　北方方面軍のもう一人の将……第九将のヤニーギズ将軍は後方のイマグ市ですね？　そちらは責任者として前線には立たれていないのですか？」

「……」

「ダント閣下は勇者による改革を望まない女王派でしたね。今回の配置が初めから、あなたをイマグ市への敗走に追い込み、立場と発言力を削ぐための……王城試合を仕組む改革派が差し向けたものである可能性は高いと考えます。ダント閣下自身もそれには気付いているはずです」

――微塵嵐《みじんあらし》への対応は、単発の災害への対応とは事情が違う。多重の意図を含む軍事作戦だった。

黄都《こうと》本国からの援軍が遅れていることには、未曾有の大災害、微塵嵐《みじんあらし》への対処という正当な理由が存在する――しかし理由が正当であるが故に、微塵嵐《みじんあらし》や本国防衛に割かれた兵力が過剰であるという非難も封じられている。

旧王国主義者を抑え込むだけであれば、ダントの軍のみで十分だった。しかしあるいは、地形を利用した摘果《てっか》のカニーヤの策謀がこの戦いで実現していたのだとすれば。

「目先の勝利のためにオカフを雇い入れたのだ、と改革派があなたを陥れることは極めて容易でしょう。我々はそれも含めて……黄都《こうと》ではなく、女王とダント閣下の助けになりたいと考えています」

「……」

答えを返せぬダントを前に、ヒロトは席の横に立つ小鬼《ゴブリン》を、上に向けた掌で示した。

「ご紹介しましょう。彼の名はジギタ・ゾギ。私はトギエ市との取引の中で船職人を安価で派遣し、逆に材木を高値で買い取るよう市場を操作しました。全て彼の考えに基づくものです。森林を挟んだあの膠着の形は、彼の頭脳が思い描いた図を、摘果《てっか》のカニーヤが実行したに過ぎません」

「――旧王国主義者からすれば、微塵嵐《みじんあらし》で作り出した援軍の遅れに乗じて迅速に勝負を決めたいと思うのは当然の考えですからなあ。実際のところ、あちらさんにとっても行軍を阻む森というのは邪魔だったわけです。その障害をどう取り除くか、手っ取り早いところを考えさせたわけですな。クックックック」

醜い口を歪めて、ジギタ・ゾギは含み笑いを漏らした。

「戦術なんてのは……自分の脳で閃いたと思っているもんほど、穴に陥りやすいもんですから」

「……」

「いかがでしょう？　あなたの軍は無傷。そして我々の小鬼《ゴブリン》の軍は、全て彼が鍛えた兵です。そして後方にはオカフ自由都市の軍。全て、あなたにお貸しできます」

「ぞ、造反を……唆しているつもりなのか。それとも、恫喝《どうかつ》か。それは」

外見は十代の前半だ。白髪交じりの灰髪だけが老成している。

間違いなく、この男は弱い。摘果《てっか》のカニーヤよりも、荒野《こうや》の轍《わだち》のダントよりも。

にも関わらず……この男は。

「さて。どうでしょうか。それを決めるのはあなたがたです」

「舐《な》め腐るなよ。俺は……この俺は、黄都《こうと》を売り飛ばすほど恥知らずな男ではない。俺の手で内乱の引き金を引くつもりも、ない」

「ならば、そのどちらでもない道もご用意できます。オカフ自由都市の軍を解体し、完全に黄都《こうと》の傘下に下るという道です。その交渉を取りまとめた功績を、ダント閣下に差し上げましょう」

ダントが独断でオカフとの交渉を進めていたと見做される今の状況でも、彼が非難の矛先を逃れ得る道が一つだけある。それは、オカフ自由都市が完全にその脅威を喪失することだ。

「意味が分からん。そうしたところで、貴様らに何の得がある」

「勇者を集めているようですね。黄都《こうと》二十九官はそれを探していると」

またもや、勇者だ。誰も彼もが、その一つばかりを気にかけている。

気に食わない。この戦いは最初から、ダントにとって気に食わない物事ばかりだ。何よりも気に食わないのは、ダントがその流れに巻き込まれつつあることだった。

「そこで……もしも勇者がただ一人でなかったとしたらどうなるのでしょう？　〝本物の魔王〟の死の有様は誰も確認したためしがありません。例えば大軍を動かせる者が、その兵力を以て〝本物の魔王〟を倒したのだ、と主張したとしたら？」

「そんな話があり得るか……！　恐怖で誰もが狂う〝本物の魔王〟の力を見たことがないのか！　弱い者ほど、数が集うほど、立ち向かうほど、狂気のままに殺し合い、死ぬ力を！　勇者は個人でしかあり得ない！　子供でも理解できる話だ！」

「それは誰も証明できることではありません。私は解釈する余地があるかどうかの話をしています。勇者の背後に国家があったとした場合、その国家の民は黄都《こうと》にとって、あるいはこの世界の大多数にとって敵と言えるでしょうか？」

「……王城試合。貴様らも、王城試合が目的か」

「彼を勇者として送り込みます。千一匹目《せんいちひきめ》のジギタ・ゾギ。彼が、小鬼《ゴブリン》の軍とオカフの傭兵の支援を受け、魔王を打ち倒した。彼らは一蓮托生の英雄である――」

ダントの額にじわじわと汗が浮かんだ。

それが意味するのは、王城試合への出場の権利だけではない。

勇者の関係者であった可能性がある限り、オカフ自由都市への手出しができなくなる。少なくとも建前上は、そうせざるを得ない。逆理《ぎゃくり》のヒロト。この男が狙っていたのは最初から、王城試合への出場枠。全ての状況が、そうなるように導かれていたのだとすれば。

「二枠をいただきます」

「……二枠……！」

「はい。すぐに話が通り、あなたにとって扱いやすい黄都《こうと》二十九官に推薦をいただきたいのです。あなたほどの将であれば、一人くらいは思い当たるでしょう。あなたとその人物とで、二枠を擁立していただきます」

有形無形の情報で旧王国主義者を扇動し、壊滅へと追い込む。

オカフの兵に一滴の血も流させることなく戦いを終わらせる。

黄都《こうと》とオカフ自由都市との間で、優位な講和を締結する。

そして……新たなる戦場を用意する。

逆理《ぎやくり》のヒロトは、公約の全てを果たした。

「ヒロト」

陣屋の内へと、巨大な影が音もなく着地した。それは狼のようであるが、誰も見たことのない形態の獣である。外からは、脅威の侵入を知らせる声もない。誰一人気付けていない。

「マダ続ケテイタノカ？　私ノ方ハ既ニ片付ケタゾ」

「そうか。いつも助かるよ。オゾネズマ」

「……君ヲ助ケテイルノデハナイ。私タチハ、アクマデ対等ナ協力関係ダ」

……いつの間にか。

ダントはこの脆弱な少年をこの場で殺すことができなくなっている。

交渉に注意を惹《ひ》いている間に、彼は二種の暴力を手元に呼び集めていた。今のダントには、何が可能だろうか。オカフ軍を解体し、その功績を以て疑いを晴らし、引き換えに彼らを勇者候補者として擁立する。逆理《ぎゃくり》のヒロトが要求する以上の解決策を、今この場で思いつくだろうか。

「二枠。彼らが、私の勇者候補です」

戦術家《タクティシャン》。小鬼《ゴブリン》。千一匹目《せんいちひきめ》のジギタ・ゾギ。

医師《メディック》。混獣《キメラ》。移《うつ》り気《ぎ》なオゾネズマ。

――そして。

「貴様……貴様はッ……逆理《ぎゃくり》のヒロト！　貴様は一体、何なんだ!?」

机を叩いて立ち上がったダントを前にして、ヒロトは両手を広げた。

今や支配下へと置いた全ての軍勢を背負って、彼は完璧な微笑みを笑った。

「それを決めるのは、あなたがたです」

それは聴衆の選択肢を一切封ずる、世界逸脱の演説と交渉の才を持つ。

それは一瞥《いちべつ》のみで心を理解し、敵の欲し恐れる全てを知ることができる。

それは知られざる国家を生み、人の文明すら追い越す発展を成し遂げている。

異世界の理によって、旧き理の全てを捻じ曲げる文化侵略者である。

政治家《ステイツマン》。人間《ミニア》。
逆理《ぎやくり》のヒロト。

十◇全ての敵、シキ

街道の途中に、野営の光が一つ灯っていた。

たとえ馬を用いずとも、うまく行程を配分する限り、黄都《こうと》までの道行きには野営の必要はない。

しかしその日は、少し計算が狂った。

遠《とお》い鉤爪《かぎづめ》のユノはまだ旅慣れていない。こちらの常識に馴染めぬ〝客人《まろうど》〟たる柳《やなぎ》の剣《つるぎ》のソウジロウと同行し、黄都《こうと》の命で各地を行き来している。

ソウジロウは今回、オカフ自由都市の攻略に失敗した黒《くろ》い音色《ねいろ》のカヅキの代わりの候補とされていたようで、当該作戦を指揮する第二十七将ハーディへの面通しに出向いた。しかしユノらが到着した時には既に上で話がついてしまっていたようで、ソウジロウは攻略作戦に参加することすらなかった。ユノにとっても、全くの無駄足だ。

旅路をともにするソウジロウは、少し離れたところで簡易寝袋に包《くる》まっていた。傍らに、ナガンの訓練用練習剣が無造作に転がされている。

「……もっと勉強しておけば良かったかな。野営に必要な道具とか、草木の採集とか……私、ナガンの外に出たことがなかったから」

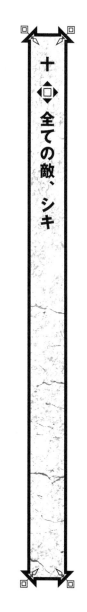

「んァ。いいんじゃねーの。獣もいねェ。安心して寝れりゃ上等だろ」

ソウジロウはこのような突然の野営に、とても慣れているように思える。〝彼方《かなた》〟の文明はこちらよりも進んでいると聞いていたユノにとっては、多少は意外な事実であった。

ユノはふと、頭に浮かんだ問いを尋ねた。

「……この世界に来る前は、どうだったの？」

「あァ？」

「この前教えてくれたでしょう。M1エイブラムス……って、別の国の戦車なんだって。そういうのも含めて……〝彼方《かなた》〟の世界って、どうなっているのかなって」

「ああそれ……なんか、オレも正直、わッかんねェんだよな」

「……？」

◆

二十一年前。

〝本物の魔王〟が現れ、地上に絶望が蔓延《まんえん》して、けれどいつかそれを終わらせる誰かがいるのだと、人が希望を抱いていた最後の時代。

「や、やめっ……やめてください！　もう死ぬ！　死ぬから！　死んじゃいます！」

生者の声がとうに途絶えた廃墟だった。狂った蛇竜《ワーム》が少年を追い、荒い鱗がやすりの如く市街の名残を砕いていく。小一ヶ月前までは生きていたこの地の住人は、人でありながら、もはや心は人でなくなってしまった。

逃げ惑う少年の先を、崩れた瓦礫の山が阻んだ。

「あああ!?」

彼は明るい赤髪をガシガシと掻く。

「死ぬ！　ここで死ぬのか!?」

もはや終わりだ。彼は本気でそう信じた。

血と腐肉の臭気を漂わせる蛇竜《ワーム》の口が大きく開き……そして助けが来ることもあり得ない。ここは〝本物の魔王〟の支配地なのだから。

「――ああ……ああもう！　死んじゃいますから――ッ！」

蛇竜《ワーム》の捕食速度よりも遥かに速く、光の軌跡が走った。槍の先端が、すれ違いざまに蛇竜《ワーム》の口内を掠《かす》ったように見える。

少年の着地は僅かに返り血の尾を引き、巨獣は襲いかかった勢いのまま地面を抉って、止まった。

絶命していた。

鱗に覆われぬ口内より頭蓋の間隙を通し、脳の一点を穿《うが》って切る、神速の絶技であった。

「ハァ……ハァ……ハァ、畜生……！　死んだらどうすんだよこの野郎……！　僕だって頑張ってるんだぞ……頑張ってるよな……？　こんな、毎日……！　誰も彼も、命を狙いやがって……！　こんなことされる謂《いわ》れはないだろ……！」

振り抜いた赤槍を支えとして、彼は荒い息をついている。若き槍術の天才。無明《むみょう》の白風《はくふう》アレナという名を知る者も、当時は多くはなかった。

「ヒャハハハハハ！」

石塀の上から、一連の戦闘を眺め続けていた少女がいた。塀に腰掛けたまま、手を叩いて笑う。

「相変わらずすげーなお前！　本当に人間《ミニア》なのかよ!?」

「ル……ルメリー……まさか見てたの!?　僕が!?　死にそうなのを!?」

「どこが死にそうなんだよ」

落ち着いた印象の黒髪を揺らしながらも、その口は意地悪い笑みを浮かべている。

汚《けが》れた地《ち》のルメリーという、森人《エルフ》の少女であった。見た目はアレナとそう変わらない年頃だ。とはいえ森人《エルフ》は外見の若さを長く保つ種族であるので、本当にそうであるのかは、旅路をともにしたアレナすらも知らぬ。

彼に分かっているのは、ルメリーが計り知れぬ領域にいる詞術士《しじゅつし》であって、生まれ育った里を追われたのもそれ故のことであるらしい、という程度でしかない。

「お前は鼠《ねずみ》が出ても竜《ドラゴン》が出ても死ぬ死ぬ言ってるじゃねーか。誰も本気にするわけねーだろ。一回くらいは本当に死ね」

「あのね……僕だって、いつも必死なんです。死にたくないから、毎日鍛えて、もう火事場の全力を思い切り出して、ようやくこれくらいの速さが出るわけ。寿命なんて二年とか三年とか毎回削ってる気分なわけ。ルメリーみたいなお気楽な天才じゃないんだからね」

「おっ、言うに事欠いてあたしを天才扱いか？　すっげー面白えな！　ま、そう思われてた方がいいかもなァ！　ヒャハハハハハ！」

汚《けが》れた地《ち》のルメリーは、間違いなく天才だった。

最強にして最悪の魔王と呼ばれた色彩《しきさい》のイジックと詞術《しじゅつ》の戦で渡り合ったという伝説は、今や西王国の民の誰もが知っている。そんな芸当ができる者は二人といない。

彼女が放った、黒く、蝕むような熱術《ねつじゅつ》の光を見たことがある。

他者の詞術《しじゅつ》の命令に介入し書き換える、再現不能の異能を用いる少女であった。

「君が来てるってことは、他の皆も？」

「あァ。イジックのクソ野郎が準備がどうのこうのってまだグズグズ言ってやがったから、引きずってきてやったよ。……ようやくだ」

石塀の上で屈み込んだまま、彼女は一つの砦を睨んでいる。

彼女は一行の誰よりも、その存在を憎悪していたのだろう。

「――〝本物の魔王〟。ようやく殺れるな」

正義や道徳のような世間一般の価値観を、ことごとく冷笑するような少女であった。アレナ自身と同じように、彼女も英雄としてあるべき志で戦っていないようでもあった。

ルメリーは、何故あれほど恐ろしい〝本物の魔王〟に挑もうとしているのだろう。

その理由を尋ねられる日が来るのだろうか。もしも魔王を倒したのなら。

「……ふむ。蛇竜《ワーム》が死んでいる」

別の声があった。

「アレナ君は、また喧嘩に巻き込まれたのかな」

ふらりと路地を曲がって現れたのは、丸眼鏡をかけた、朴訥《ぼくとつ》とした風貌の男だ。

星図《せいず》のロムゾという、これも彼らの同行者の一人であった。

「いや先生、喧嘩じゃないんですってば！　まともな人間《ミニア》が蛇竜《ワーム》と喧嘩しますか!?　魔王軍に関わっちゃいけないって皆言ってるのに、だから逃げようとしたのに、僕……今日こそはもう僕、真面目に死ぬところだったんです！」

「同じことだよ」

ロムゾの後方では、立ち上がる力を失った住人がまばらに倒れている。

狂い果てた魔王軍と化した者達を、このように傷つけることなく……何より自身が一切恐怖に呑まれることなく、制圧可能な達人であった。

「場末の喧嘩でも、魔王軍の暴徒であっても。心の乱れを悟られれば、それは相手の感情の炎を煽るだけになってしまう。だから君は不運に巻き込まれやすい」

「ぜ、全然関係ないじゃないですか。でも怖いのはどうしようもないですよ。僕もサイアノプと一緒に残ればよかった……」

「そうだね。君はそうできた。なら、どうして〝本物の魔王〟に挑もうとしたのかな」

「それは……」

——何故だろう。この世界の誰かがやらなければならない。それは間違いなかった。

けれど無明《むみょう》の白風《はくふう》アレナに、そんな英雄的な行いに足る信念があるだろうか。

この期に及んでも、そう思ってしまう。彼の旅はもう、〝本物の魔王〟の、その目前にまで辿り着いてしまったというのに。

「じゃあ、三人で行こう。イジックが待ちかねてるよ」

「……はい。行きましょう」

「ずっと待たせてたのはあの野郎だろうが！　やっぱり一度叩き殺さなきゃ分からねえみたいだなあのクズが……！」


二十一年前。〝最初の一行〟と呼ばれる七名がいた。


弓の技のみで奴隷から英雄に至った、天《てん》のフラリク。

部族に連綿と続く武技を極めた狼鬼《リカント》の闘士、彼岸《ひがん》のネフト。

世界に見放された邪悪なる詞術《しじゅつ》士、汚《けが》れた地《ち》のルメリー。

騒動と悪運を纏う不世出の槍の神童、無明《むみょう》の白風《はくふう》アレナ。

地上最悪の所業を恐れられた魔王自称者、色彩《しきさい》のイジック。

異界に伝わりし闇の技を操る〝客人《まろうど》〟、移《うつ》り鹹剣《かくけん》のユウゴ。

人体経絡の全てを理解した技術医療の先駆者、星図《せいず》のロムゾ。

彼らはこの地平に生きる全ての生命の希望だった。初めて〝本物の魔王〟に挑む勇気を心に抱いた七名だった。各々が互角の力を持つ超絶の英雄として、時に敵対し、時に手を組んで魔王軍へと立ち向かった彼らは、ついにこの日、最後の戦いへと挑んだ。

口元を黒いマフラーで覆い隠した男が、ルメリーらの到着を出迎える。

「――ルメリー。ティリート峡での戦い以来だな」

「ユウゴさん……！　あの時の約束、覚えてるよ。あたし、きっと力になるから。〝心の刃を隠せ〟。ユウゴさん、言ってくれたよね」

移《うつ》り鹹剣《かくけん》のユウゴは、かつての敵の言葉に穏やかに頷く。

彼だけではない。今はサイアノプを除いた全員が、魔王の居城の前に集結していた。

ただ一人だけが胡座《あぐら》をかいて座り込んでいる。緑の外套を羽織り、くたびれた印象を与える中年の男であった。

彼は、指で作った窓から砦を覗き込んでいる。常日頃の飄々《ひょうひょう》とした態度で。

「んー、いやいやいや、まずいねこれ。やっぱこれ、かなーりキツいよ」

「おいイジック！　クソ野郎！」

「痛っつ！」

ルメリーは、容赦なくその背中を蹴った。ユウゴに対するものとは正反対の態度であった。

「四の五の言わねえでやるッつったろ！　つい今朝だぞ！　ビビってんじゃねえ！」

「いやあルメリーちゃん、俺、ビビってないよ？　あー……あー、いや、嘘ついたかな。正直、ビビってるかもしれない。おかしくない？　血も涙もない色彩《しきさい》のイジックがだよ？」

存在するだけで、その地を狂気へと染め上げる〝本物の魔王〟。

誰もその姿を見たことがない。近づく者も、近づかれた者も、ことごとく狂ったからだ。

未知の恐怖に立ち向かうためには、勇気が必要だった。ここに集った七名のように、自我を支える真の力がなければ辿り着けなかった。

目を背けたくなるような恐怖がある。

何も異常のない領主の砦であるはずなのに、そこに〝本物の魔王〟がいると一目で理解できる。

この中に潜んでいるのはそれほどの、確かな実体を備えた恐怖だ。

「どうする、フラリク。攻めるか否か。イジックほどの男が言うなら、事実、機が悪いのかもしれない。俺はどちらでもいい」

ユウゴは、腕を組んだまま尋ねた。

「……う」

天《てん》のフラリクはごく短い発声のみを返し、砦をじっと見据える。

彼の喉は幼い頃に潰されて以来、機能していない。そのようにしか意志を伝達できない男だ。

「あ」

「――フラリクは行くと言っている。ならば俺も行く」

「クゥ、クゥ……今日殺るしかなかろうよ。すぐ先に市街がある。魔王の侵攻を許せば、そこが滅ぶぞ。そればかりは貴様らの本意ではあるまい」

彼岸《ひがん》のネフト。人族《じんぞく》に排斥されゆく狼鬼《リカント》の里の、最後の英雄である。

イジックも渋々と立ち上がった。

「まー、別にいーけど。いつ死んでも悔いないように、好き勝手悪いことばっかやってきたんだしさ！　ハハハハハハハ！　死ぬか殺すかなら、精々派手な終わりだ！　楽しくやろっか！」

「ん」

フラリクが微笑む。言葉を語ることはないが、彼は常に一行の中心にいた。

――そして彼らは皆へと踏み込んでいく。死地へと。


そう。それは死地である。

後《のち》の時代の誰もが知るように、〝最初の一行〟は敗北した。

後に続く多くの英雄と同じように、あまりに無力なままに。当時の誰もの希望とともに潰えた。

その未来を、無論この時の彼らは知らぬ。

「……分かるぜ。〝本物の魔王〟……この先だ」

生成した造人《ホムンクルス》で先を探るイジックが、一行を導いていく。足首程度の大きさしかない造人《ホムンクルス》は、その部屋に近づくだけで狂って果てた。魔族《まぞく》ですら、心を持つ者はそうなる。

得体の知れない死の予感を、七名の誰もが感じている。

真っ先に扉に手をかけたのは、無明《むみょう》の白風《はくふう》アレナ。

「僕が開けます」

そうするべきだと判断した。フラリクの矢とルメリーの詞術《しじゅつ》の射線を通すべきだ。

今は全員がロムゾの点穴の技を受けており、尋常ならぬ集中力を発揮できるはずである。しかし、常人ならば発狂するほどの、この恐怖の重圧に耐える点穴の技はない。

心臓が高鳴り、口の中が乾く。

寒い。息苦しい。恐ろしい。

アレナは恐ろしさに震えている。彼は成り行きでここまで来てしまっただけだ。そうではない他の英雄達は、きっとそんなことを思わないのだろうか。

（……〝本物の魔王〟）

扉を開いた。ぞっとするような寒気が、神経を撫でた。

全てを焼き尽くすルメリーの熱術《ねつじゅつ》の詠唱が走る。指の宝石が輝きを増す。そのはずだった。

「【ルメリーよりハレセプトの瞳へ。《rumeyryiohalese》爪弾く翠のさざなみの、《hamsuwakabaal》光の虚ろの《morteka zuorurg》——】」

詠唱が止まった。

誰よりも疾かったはずのフラリクの弓の弦も動かなかった。

影に乗じて全てを切断するはずのユウゴも、その場に立ったままだった。

（どうして）

鳴り止まぬ自分自身の鼓動に怯えながら、アレナはその理由を探そうとした。

探すまでもなく明白すぎる理由を。


——恐ろしい。

「ああ。お客さんかな」

綺麗な声だと思った。それは寝室の中で、ごく普通に椅子に座って、ごく普通の人間の学士《ミニア》のように小さな書を読んでいた。

さあ、と風が吹き込んだ。外の世界に吹くのと同じ……この絶大な恐怖のない世界と、同じ風であるはずだった。

黒く長い髪がさらさらと揺れて、そして真っ黒な瞳が彼らを見た。

彼女は微笑んだ。

恐るべき魔王。全てを蹂躙する荒廃の悪魔。

あるいは形持たぬ、破滅という現象そのもの。

どれでもなかった。

ただの少女だった。

〝本物の魔王〟が彼らと異なるのは、ただ一点しかなかった。

単純な縫製の黒い生地に走る白い線。胸元に目立つ赤いスカーフ。

……それは、どこよりも遠い異文化の衣である。

「――こんにちは」

セーラー服、という。

◆

「分からない？　自分の世界が？」

要領を得ぬソウジロウの答えを、ユノは訝しんだ。

ソウジロウは、自分の世界のことを自分で分かっていないとでもいうのか。

「……どういうこと？」

「なんつーか、オレの国さ。随分昔にめちゃくちゃになっちまって、色んな国の連中もやってきてさ。ずっと戦いっぱなしで、分かんねェのよ」

「それって……。その、戦争ってこと……よね。あなたの国って、もう……」

「ウィ。そうなんのかな。子供の時からそうだったし、オレは聞いただけだけどよ」

そうだ。考えてみれば、当然の話であった。ソウジロウは異国の兵器と戦ったことがある。言われるまでもなく、そのような状況があったということになる。

ユノにとっての迷宮都市の滅びを、この異界の剣士はとうの昔に味わっている。

「相原四季《あいはらしき》ってやつが、滅ぼしちまったんだってさ」

◆

オカフ自由都市の日は暮れて、賑わいを示す灯がちらほらと眼下に浮かびはじめた。

中央砦のテラスからその光景を見下ろしながら、逆理《ぎゃくり》のヒロトはふと呟く。

「水村香月《みずむらかづき》さんが言っていました」

黒《くろ》い音色《ねいろ》のカヅキまでもがついに死んだ。

十三年前。既に活動の拠点を他の大陸に移していたヒロトが、彼女であればと見込んで銃を託した英雄であった。

「有山盛男《ありやまもりお》さん。あなたに伺いたいことがあったと。今なら、彼女が何を恐れていたのか……何をあなたに尋ねようとしていたのか、私は分かります」

「……黒《くろ》い音色《ねいろ》のカヅキは最後まで、俺達にとって最悪の敵だった。奴との取引なんて、今更無理な話だ」

「彼女もそう考えたのでしょうね。だから最後まで敵として戦おうとしたのでしょう」

いつでも、ヒロトの思惑が完璧に運ぶわけではない。

カヅキと最後に出会った日に交渉の場を用意できていたなら、と思う。

この数十年は、失わずにいることのできた物事のほうがずっと少ない。

「それで、奴は何を知ろうとしていた」

「ヒントはごく僅かしかありませんでした。何故、ここ最近で現れた〝客人《まろうど》〟が、私達の国の者ばかりなのか——あるいは私が推測で辿り着くことすら危険な情報なのだと、彼女はそう考えていたのかもしれません」

「……。そうだな。そうかもしれん。あんたは違うが、俺もカヅキも、黄昏潜《たそがれもぐ》りユキハルも、ここ二十年の連中か」

「ですので、その雪晴《ゆきはる》さんに調査してもらいました」

彼は、卓上に千切れた布の切れ端を差し出す。この世界の殆どの者は、一瞥でその意味を理解できぬ物品であろう。

モリオは怒りとも憎悪ともつかぬ、複雑な表情でそれを見た。

朽ち果てた学生服——セーラー服の襟の一部分であった。

「〝最後の地〟でこれを入手した顛末《てんまつ》は改めて説明するまでもないでしょう。四十万雪晴《しじまゆきはる》さん。ジギタ・ゾギ。両者を送り込んだのは私です。オカフの作戦に相乗りさせてもらいました」

「…………〝本物の魔王〟の情報……カヅキの狙いもそれか」

「そうです、有山盛男《ありやまもりお》さん。あなたはその一つの情報を誰も知らないのだと、その事実を確実にしたかったのではありませんか？　だからこそ、〝最後の地〟を誰よりも恐れた。小さな農村の駆除依頼にすら介入させるほど、常に神経を尖《とが》らせていた——」

ヒロトはすぐさま、その布地を燭台《しょくだい》の火で燃やした。

「躊躇いなく燃やしたな」

「ええ。そうすべきだと思いましたから」

この物証の存在こそが、魔王自称者モリオへと直接交渉を取りつける最後の一手であった。

だが、もはや必要ない。それはモリオだけでなく、ヒロト自身にとっても危険すぎる事実であるからだ。

「〝本物の魔王〟は〝客人《まろうど》〟ですね？」

ある時期から、彼らの国の者ばかりが逸脱者として転移するようになった。

……ヒロトには、〝彼方《かなた》〟に伝わる超人にまつわる知識がある。

〝彼方《かなた》〟の戦争において、あり得ざる戦果を残したパイロットや兵士。あるいは歴史上、人とも思えぬ超人的な奮戦を見せた武者。個々の具体例を引くまでもない。その異常性が世界逸脱を果たさぬ域であったとしても、人智《じんち》を絶する超人が生まれる環境というものがある。

哨《みはり》のモリオも、黒《くろ》い音色《ねいろ》のカヅキも、〝彼方《かなた》〟では兵士だった。死と混沌《こんとん》をもたらす戦乱こそが、人が消えても顧みられることのない混沌の時代こそが、世界の逸脱者――〝客人《まろうど》〟を、修羅を生み出しているのだ。

ならば〝彼方《かなた》〟では、ヒロトの想像を絶する大戦乱が起こり続けていることになる。

「言っておくがこいつは、この国でも俺一人しか知らん。〝最後の地〟の口封じに動いていた連中にだろうと、任務の範囲以上のことは何も知らせていない。知ろうとした奴は消してきた。こればかりは、俺達全員に関わる話だからな」

「分かっています」

〝本物の魔王〟は〝客人《まろうど》〟だった。

この一つの真実が明らかになるだけで、世界は再び転覆するだろう。

異世界から〝客人《まろうど》〟を導き、天地を始めた詞神《ししん》。既に様々な形でこの社会の文明へと浸透してしまった〝客人《まろうど》〟の知識。今を生きる者の価値観の根本が恐れられ、排斥されることになる。

その後は少なくとも、〝教団〟や〝客人《まろうど》〟が生きていられる世界にはならないだろう。

(水村香月《みずむらかづき》さんも、誰にも言うつもりはなかったんですね)

——英雄として。この世界への責任を、果たすだけよ。

真実に直面して、彼女がどのような形でこの世界への償いを果たすつもりだったのかは、もはやヒロトには分からないことだ。

けれど〝本物の魔王〟のような途方もない災厄を前にして、そのように考えることはとても難しいことであると、彼は知っている。

(……水村香月《みずむらかづき》さん。やはり、私が見込んだ通りの英雄でした)

英雄ならざる逆理《ぎやくり》のヒロトにとっては、到底。

(あなたは、きっと否定するでしょうけれど)

◆

(〝本物の魔王〟)

移《うつ》り緘剣《かくけん》のユウゴは、この敵を仕留める動きを理解している。

地を滑るように短刀を投げ、足首を刈る。這うように低い投擲姿勢から、即座に天井に達する跳躍。下段を注視させ、そのまま頭蓋を唐竹に割る。〝ケブリ〟という名の技だ。殺した。

真正面から斬りかかったとしても、彼が先手を取れるだろう。縦の振り下ろしにしか見えぬ動きで横薙《な》ぎを放つ、〝クラミ〟と呼ぶ技がある。これでも殺した。

脳裏に、それらの動きを仮想している。〝ヒラキ〟。〝ススケ〟。〝ネムリ〟。ユウゴが習得している無数の技術のうち、この少女を殺せぬ技はない……

（――殺せる、はずだ）

移《うつ》り緘剣《かくけん》のユウゴの足は、まったく動いていない。

拘束されているわけではない。苦痛や消耗のためではない。片膝を突いたまま、ただ、立ち上がることができていない。誰よりも速く彼が動くべきだというのに、彼はそうしていない。

「つーか……つーかさ」

彼の背後で、色彩《しきさい》のイジックがぶつぶつと呟いている。

「言ってくれよ！　ずっと変だったよな!?　俺！」

いつものように笑い混じりの声ではあったが、明確な恐怖があった。

「なんで……誰も気づかねえわけ？　おかしいだろ、だって俺が……なんで敵の居場所が分かった時点でさ……蝗《いなご》の屍魔《レヴナント》とかで、街ごとやっちまわねえのかな!?　そういうこと、やるだろ！　やるよ！　俺はさあ！」

「……イジック」

「ま、まるで……ハハ……ビビってたみたいだ……。手を出したら駄目だって、おしまいだって、ビビってたみたいだろ……なァ⁉　ふざけんじゃねェ！」

袖の内から、彼は肉の触手を繰り出そうとした。生命を腐食させ崩壊させる生体兵器だ――それすらも、少女に到達せずに停止した。

彼女は何もしていない。到達させなかったのはイジック自身だ。

触手に意志がなくとも、使い手がそれを恐れた。

「……嘘だろ……嘘……」

ルメリーも、その光景を呆然と見ていた。七名もの英雄が立っていて、不発の攻撃を試みることができた者すら、一名しかいない。

誰もがすべきことを、誰もができなかった。

まるでただの愚か者の集まりのようだった。

「詞術《しじゅつ》だ！」

アレナと思しき声が叫んだ。

「詞術《しじゅつ》を書き換えてくれ、ルメリー！　詞術《しじゅつ》なら、君が！」

「ち、違う……そんなんじゃない！　どうすればこんなっ……！　これは、詞術《しじゅつ》じゃない！」

ユウゴは、必死で息吹を整えながら思考を巡らせている。

（そうだ。詞術《しじゅつ》でも、他のどんな技術でもない。この現象に強制力はない。ただ……心が、恐怖を

感じているだけだ。それだけだ）

体を動かすことができる。〝本物の魔王〟への敵意を抱くことができる。

（指先だけでいい。針を撃ち込む二本の指だけでいい。それで殺せる。〝本物の魔王〟に戦闘能力がないことは、もはや分かった。絶好の機会は今だ。今。……早く、殺さなければ）

血鬼《ヴァンパイア》の感染や毒や幻の類でもないことは、ユウゴの体質であれば分かる。無論、詞術《しじゅつ》のはずがない。どこにも、〝本物の魔王〟を殺せぬ理由などないのだ。

「……ね、君」

〝本物の魔王〟は、彼の眼前に屈《かが》んで、ユウゴの目を見ていた。

ごく普通の少女の歩みで、近づかれていた。彼女が椅子から立ち上がって歩いてくるまでの間……それが見えていて、ユウゴはその間に何をしていたのか。

細い指先が彼の手を握って、小さな金属の棒を手渡す。

目にも映らぬ迅速を誇り、何者も近づかせることのなかった、移《うつ》り threads剣《かくけん》のユウゴの手に。

「これ、刺してみたい？」

ユウゴは、自身の掌中にある物を見た。先端が潰れて、血や髄液が染みついた何かだった。それは元はボールペンと呼ばれる器物であったが、〝彼方《かなた》〟の器物を知るユウゴですら、その判別は困難であった。

（この距離なら。目が。武器が手元にある。指……一本が動けばいい。それで殺せる。黒い目が。声。殺せ……殺せ、〝本物の魔王〟だ。本物の。恐ろしい。恐ろしい。恐ろしい）

息が短く途切れる。呼吸法を続けることができない。世界が聞こえない。見えているのに、黒い瞳しか見えない。恐ろしい。逃れたい。これまで恐怖を感じる必要なんてなかったのに。彼女が見ている。微笑んでいる。脳の裏側を掻きむしられて、狂うほどに怖い。怖い。怖い——

ブチリ、と弾ける感触が伝わる。

彼はいつの間にか、ボールペンを自らの眼窩へと突き立てている。生きた眼球を抉って、自らの手で掻き出している。

それは恐ろしいことだと知っているのに、止めなければならないと意識が叫び続けているのに、紛れもなく自らの意志で、そうしている。

恐ろしい。恐ろしい。どうしてこんなことをしなければならないのだろう。

「あ、ああ……あああああ！　がはっ！　ああああ!?」

「——ああ、ああ。よかった。ふふふ」

何が楽しいのか、〝本物の魔王〟は、その様を見て笑った。

安堵《あんど》でも愉悦でもない、子供のように無邪気で純粋な笑いだった。

「おま……お前、なんなんだよォ……！　くそっ、卑怯《ひきょう》な真似……詞術《しじゅつ》が……詞術《しじゅつ》さえあれば！

こ、声が、かすれて、くそっ……くそぉぉおっ……！」

ルメリーの声も、実際には涸《か》れてなどいないのだ。

ただ、ありふれた物事のように、恐怖で声が出せないだけのことだった。

〝本物の魔王〟は、動けぬ英雄達の間を悠然と歩いた。

「私は、人間《にんげん》だよ」

そしてネフトに眼差しを向けた。

「大丈夫。怖がったりしなくてもいいんだよ。楽にしていいから。……ね？」

「来るな。グゥ……来るな……！　やめろ！　儂を、み、見るなァ――ッ！」

ネフトは、自らの腕で腹を裂いた。斧すら用いずに、素手で。彼は血を吐き、自らの生術《せいじゅつ》で再生し、さらに自身を拷問した。

生きた内臓が床に滴った、己が細胞寿命を自らの手で縮めながら、ネフトは不死ゆえの苦痛と恐怖に悶《もだ》え続けた。

「アアーッ！　ガッ、グアッ、ガハッ……アッ……！」

「ああ。君はどうしたいんだい？」

「あ……ひぁ……！」

深く黒い瞳は、次にアレナを見た。彼は槍を手にしたままで、座り込むことすらできていなかった。立ったまま、〝本物の魔王〟をただ見ていた。

くすりと笑って、〝本物の魔王〟は彼の手を取る。

「ほら。好きなことをやっていいんだよ。君達はお客さんなんだから」

「フ、フラリク……さんを……」

アレナは槍を持ち上げた。そのようなことを、絶対にしたくなかったのに。この槍をただ突くだけで、〝本物の魔王〟の恐怖は終わるというのに。

彼女の前でそうしないということが……自身の思う最大の絶望と悲惨に塗れずにいることが、恐ろしかった。

「こ、殺したい……助けて……殺させて、ください……」

「……そうなんだね。なら、そうすればいいんだよ」

〝本物の魔王〟は優しく笑った。

彼女は一言も命じなかった。

『仲間を殺せ』と、『自らを殺せ』と、〝本物の魔王〟がそのように強いていたのだったら、どれだけ救われただろう。

色彩《しきさい》のイジックは自らの屍魔《レヴナント》の触手で気管を詰まらせ、動かなかった。

移《うつ》り鹹剣《かくけん》のユウゴは両の眼球を、手渡された一本のペンで抉り続けている。

星図《せいず》のロムゾが、動けぬままのルメリーの骨を砕いていた。

誰もが泣き叫んでいた。自分自身の意思で狂い、自らを傷つけていた。

「うう……！　う……う……」

天《てん》のフラリクすらも、声を出せぬままに泣いていた。

尊敬すべき彼を引き裂いて、永久に物言わぬ肉に変えてしまう。その手を下すのは、他ならぬ自分なのだ。まるで悪夢のようだった。アレナは恐ろしかった。

――ああ。どうして、人は勇気を出そうなどと思ってしまうのだろう。

どうして、恐怖を知ってなお立ち向かうのだろう。そこに恐怖があることを、何よりも自分自身が分かっているというのに。

彼らはここまで辿り着いてしまった。生命としてのあらゆる本能が、それを避けるように、触れてしまわぬように、叫び続けていたのに。

「ごめん……ごめんなさい、フラリクさん！　ひっ、ひう……！」

「う～～！　うッ、ああ！　あ！　おッ」

「嫌だ……嫌だ、嫌だ、嫌だ……もう、嫌だァァッ！　あああああああッ！」

槍の柄を通して伝わる感触は、他でもないフラリクの肉だった。脂肪だった。脊髄や血管が、彼の赤槍に絡んで切れた。

一息で死なぬように、可能な限り長く苦しめて殺せる技術が、アレナにはあった。

地獄だった。いつも正しかったロムゾに、もう一度導いてほしいと願う。

「ああ……あああ……。容易い。容易い。容易い。容易い。容易い」

とうに首の千切れたルメリーを、まだ殴り続けているロムゾに。

彼の知る限り究極の詞術士《しじゅつ》だった森人《エルフ》は、何一つも為せずに死んだ。

ネフトは終わらない苦役に死に続けていた。イジックの悪罵も、もはやなかった。

恐怖。恐怖だけがある。

恐怖。恐怖。恐怖。恐怖。恐怖。恐怖。恐怖。

「――そうだ。本の続きを読まなくちゃ」

〝本物の魔王〟は、何事も起こらなかったかのように言った。

完全なる地獄の光景の中で、彼女ただ一人が普通の少女のようであった。

何か理由があるはずだ。

極め尽くした心理の技や、知られざる系統の詞術《しじゅつ》でも、異能でもいい。

きっと、力が及ばなかっただけだ。だから負けるのだと信じたかった。何か計り知れない仕掛けがあって、彼女自身の邪悪な動機があって、世界の全土を恐怖させているのだ。

そうでなければならない。きっと何か理由がある。

そうでなければ、どうすればいいというのか。

◆

「……サイアノプ」

壮年を過ぎてなお若々しさを保ち続けた体は、その一日で限界にまで老衰していた。

ロムゾ。アレナ。イジック。手遅れではなかった者達を連れて脱出しても、彼は生き延びることができた。〝本物の魔王〟は、彼らを打ち倒そうとすらしていなかったのだから。

けれど一生逃げることはできないのだろう。

〝本物の魔王〟の恐怖は、いつまでも彼の精神に巣食い続ける。

英雄の心と誇りを永久に穢《けが》す……口にすることもおぞましい、正真正銘の恐怖は。

「貴様は、挑んではならぬ。あれには勝てぬ。あれには……」

生術《せいじゅつ》によって蘇り続けた細胞の命を測る。二年。否、一年と残っていないだろう。

「……も、もはや誰も勝てぬ……」

彼岸《ひがん》のネフト。彼はゴカシェ砂海で、世界にただ一人残した仲間を守り続けることになる。

外敵からではない。勝ち目のない敵へと挑む、彼らと同じ絶望の死から。

◆

アツィエル貴族領の外れをうろつく、みすぼらしい男の姿があった。

「ふざけんな……ハハ……！　俺……俺は、魔王イジックだぞ……！　うぶっ、こ、このくらいで諦めるかよ……」

かつて、地上最悪とすら呼ばれた魔王自称者であった。

自らの術によって焼け爛《ただ》れた内蔵を吐瀉《としゃ》しながら、彼は当てもなく進んだ。

諦めないことで何ができるのか、誰にも分からなかった。

「まだ俺は生きてる……こ、殺して……殺してやるからな……ハハ……最強の魔族《まぞく》を作ってやる……！　今度こそ……こ、今度こそ……！　ごぼっ、ぐっブエッ」

山道の中から、同じ身なりの者達が現れた。

自らの肉親の血に染まり、血涙と絶望に塗れた、それは今のイジックと同じ表情の怪物だった。

誰もが、元は人間《ミニア》だった。今も人間《ミニア》だ。

「ハハハ……ふざけんなよ……？」

彼は引《ひ》き攣《つ》ったように笑った。

その恐れに引き寄せられるかのように、魔王軍は彼に群がった。

「来いよ！　来いよ、なあ！　無学なカス野郎如きが、ふざけんっ……うッ、グッ、がッアあああああああ――――ッ！」

◆

「ああ……容易い。こんなに、た、容易いだなんて……ふふ。ふふふふふ」

星図《せいず》のロムゾは、虚ろな様子で市街へと帰還した。

誰の言葉も届かぬようで、ただ、同じような呟きだけを繰り返していた。

彼だけが一つも傷を負うことなく〝本物の魔王〟との戦いから人里へと帰還した。彼岸《ひがん》のネフトと並び称される、〝最初の一行〟のただ二人の生存者であるとされている。

しかし彼の場合は、人知れず精神が破綻した。

三年が経《た》ち、表面では理性を取り戻したように見えても、そうではなかった。

「こんなに、容易かった」

その時を境に、彼の心からは人間らしい一貫性が失われていた。

正義や信念の何もかもを信じられぬ、無軌道な獣の心と成り果てながら、全てを捨てた隠遁の暮らしを送ることになる。

「な、仲間を殺すのが、こんなに。ふふふ」

ロムゾの目にはいつも、血に塗れた自分自身の手が見えている。

◆

「怖い。怖い。怖い。怖い。怖い。怖い。怖い。怖い」

一つの影が、人の絶えた廃墟をよろめきながら歩んでいる。

その口は人肉と人血に汚れて、後戻りのできぬ堕落を物語っている。

彼は、この地の生き物のことごとくと同じように成り果てた。臓物の絡んだ赤槍が引きずられて、カラカラと虚ろな音を鳴らしていた。

「怖い……怖い。助けて。誰か……誰か！」

〝本物の魔王〟に挑んだとされる英雄達は、ただ二人を除いて生存者として見做されていない。全てが彼のように成り果てた。

真の勇気の故に、真の恐怖に直面してしまった者達だった。

「怖い……怖いんだ！　怖い！　魔王が見ている！　あの声が聞こえる！」

――故に、彼に関して語るべきことは何もない。

無明《むみょう》の白風《はくふう》アレナの行く先は、誰一人知らぬ。

◆

それは一切の過去も動機もなく、力も技も備えていない。

それは詞術《しじゅつ》も異能も、魔具の力すら持ち合わせていない。

それはただ一人の人間《ミニア》であって、ありとあらゆる現象の理由が存在しない。

とうに敗北した過去の残影に過ぎない。彼女は既に死亡している。

魔王《アークエネミー》。人間《ミニア》。

全《すべ》ての敵《てき》、シキ。

ISHURA

AUTHOR: KEISO
ILLUSTRATION: KURETA

六節

六合上覧 I

十一 上覧前夜

空の星も瞬きを止めてしまうような、純白の氷原。

地平線に至るまで静かで、戦うべき敵も、会話を交わす友もいない。

彼女は静かに目を閉じている。

（――戦い。ああ、なんて素晴らしいんでしょう）

このイガニア氷湖の外では、まだ人の世の争いが続いている。

いつかの昔に、同じ竜《ドラゴン》が語っていた。人の争いはひどく醜く、愚かなものだと。同じ族、同じ種でありながら互いに傷つけ合う行いは、その奥底の邪悪さの証明であるのだと。

ルクノカはそうは思わない。

人ならぬ者は知らないのだ。自らとは異なる他者へと挑み、持ち得る力で、智《ち》で、己を貫かんとすることが、どれだけ尊いことか。

願い。情動。悪意。信念。そのどれでもいい。

その内なる心の領域が、眼前の現実よりもずっと大きなものであると証明するために。

地平全ての生命が諦め果てない限り、争いは不滅だ。

遥かな孤独に凍《い》てついたこの世界の外でも、それだけが終わらずにいてくれる。

闘争の螺旋が続く限り、いつか、冬《ふゆ》のルクノカに挑む者が現れる。

永劫の繰り返しの中で、いつか、戦える者が現れる。

(いつか)

今日、彼女に闘争を約束してくれたハルゲントは、いつ再び現れるだろうか。

それは明日かもしれない。永遠に現れないかもしれない。そうして待ち続けている者が、ルクノカにはいくらでもいる。

(いつか。いつか)

それでも。僅かでもその可能性があるのならば、彼女の生は虚《むな》しくはない。

敵が欲しい。勝利が欲しい。敗北が欲しい。

——己の全てを尽くして、彼女が見てきた英雄のように戦いたい。

◆

「いイか。黄都《こうと》二十九官は人族《じんぞく》ノ最高権力者。この黄都《こうと》全てを動かしてイる連中だ。決して失礼のないヨウ、教えた通りにノックをして入るんだ」

「うん、まかせて！　たくさん練習したから！」

高級住宅街の邸宅。明るく照らされた夜間の回廊を進む、奇妙な二人組がある。全身をローブで包み、足を引きずるようにして歩む奇怪な男。栗色の長く柔らかな三つ編みを揺らしつつ、右に左にせわしなく注意を惹かれながら小刻みな歩幅で歩く少女。

二人組は、第五の詞術《しじゅつ》系統を見出したという真理《しんり》の蓋《ふた》のクラフニルと、〝魔王の落とし子〟たる魔法《まほう》のツーだ。その正体を知ったとて、誰もが不可解に思うであろう組み合わせであった。

「見てクラフニル！　かっこいい彫刻！　なんだろう？　太陽なのかな？」

「きさッ……!?　貴様、それは扉の彫刻ダロう……！　なぜ破壊しテいる！」

「えっ、これ外れないやつだったの？　えっ、えっと」

扉に施されていた青銅の彫刻は工術《こうじゅつ》による一体成型であり、到底人間《ミニア》の膂力でねじ切れるようなものではなかったが。

「クラフニル持ってて！」

「駄目だ。貴様ガ持つのだ」

「出場取り消されちゃうよ！」

「賠償しろ！　私は知らン！」

そのようなやり取りで使用人の耳目を集めつつ、二人は目的とする一室へと辿り着く――黄都《こうと》第七卿《きょう》、先触《さきぶ》れのフリンスダ。真理《しんり》の蓋《ふた》のクラフニルを出場者として擁立する文官である。

「あのー……はじめましてこんばんは……」

ツーはあからさまに後ろ手に何かを隠しながら、恐る恐る入室した。

クラフニルは横の少女の様子に呆れながら一礼している。

「……久しイな、フリンスダ。彼女ガ……魔法《まほう》のツーだ。先立ッテの連絡ドオリ、このツーを勇者候補に推薦シタい」

「ホホホホ！　ツーちゃん？　緊張してるのね？　私は先触《さきぶ》れのフリンスダ。仲良くしましょう」

先触《さきぶ》れのフリンスダは、豪奢《ごうしゃ》な衣装と金銀の装飾に身を包んだ、極度の肥満体の女である。手入れをしていた美しい爪に息を吹きかけ、彼女はにこやかに二名を眺めた。

「大丈夫よ〜。楽にして、座って構わないわ。お茶を持ってこさせましょうか？　ツーちゃんは、橙《だいだい》茶と琥珀《こはく》茶のどちらが好きかしら？」

「えっ、ぼくは、どっちも……どっちも飲みたい！」

「何を言ってイル」

「いいのよいいのよ！　それなら、両方持ってこさせるわ。クラフニルの方はいらないわよね？　いくら人嫌いだからって、私とも魔族《まぞく》越しでしかお話できないのは寂しいわね〜」

「そうだよ！　クラフニルは卑怯！」

「ひ、卑怯……そうデはない！　魔族《まぞく》トノ遠隔同調！　この唯一無二の技術を大衆に包み隠サズ明かし、心術《しんじゅつ》の有用性を知らしめルため私は……」

「小難しい話はいいのよ、クラフニル。それで、本題は何の話だったかしらね？」

フリンスダは、あくまでにこやかに話を促す。

「……上覧試合の話だ。他の候補に決シテ打ち負けヌ、無双の強者を擁立スル必要ガアるのだろう。無論、私とテ負ケルつもりはなイ……が」

「……そこのツーちゃんが、あなた以上に強いとでも？」

クラフニルの背後のツーは、運ばれてきた茶を両手にそれぞれ持って交互に飲もうとしていたようだったが、どちらもすぐに飲み終わってしまっていた。

「そうだ。私の考えうる手段デハ倒せン」

「どのような攻撃にも傷つかず、毒や炎も効かない。確かにそれが本当なら、信じられないわね。ホホホホホ！　〝濫回凌轢《らんかいりょうれき》〟とどちらが硬いかしら？」

「〝濫回凌轢《らんかいりょうれき》〟は結局ハ死んだ。完成度ノ高い魔族《まぞく》デはアッたかもしれんが……搭乗者を要スル以上、弱点の余地ガあッタのだと考えテぃル」

「ツーちゃんには？　予想のつかない弱点は本当にどこにもないと言い切れる？」

「……調べればヨい。ツーは貴様に預ケる」

「えっ」

茶菓子を口にしていたツーは、驚いてクラフニルを見た。

「手元に置いて検証を行うベキだろう。試合開始まで、そレだけの猶予は充分ニアる」

「クラフニルがそこまで言うのなら、試してみてもいいわねえ」

「えっと……ぼく、どうすればいいんだろう」

ツーは眼前で交わされる話の内容をほとんど理解していない。今日この邸宅を訪れたのも、今後の相談をするという口実で引き連れられてきただけだ。

「大丈夫よツーちゃん。私のお屋敷《やしき》に来れば、毎日だってお菓子もお茶もご馳走するわ」

「……それは、嬉しいけれど」

ツーは掌に載せたままの皿に目を落とした。

「セフィトに会える？」

「……女王様に？」

「ぼくが会いたいのはその子なんだ。黄都《こうと》に来れば会えるって信じて来た。……試合に出れば、セフィトにだって会えるの？」

セフィト。黄都《こうと》の頂点に位置する女王の名であり、〝魔王の落とし子〟なる正体不明の存在が謁見できる存在ではない――それが勇者候補でない限りは。

「そうね。ツーちゃんが勝ち進めば」

「……！　頑張るよ、フリンスダ！」

花のような笑みを浮かべるツーを眺めつつも、クラフニルは内心で思考している。

（……これで、私は候補から外れた）

クラフニルは、フリンスダの性質を熟知している。彼女は長年の友であるクラフニルや勇者の権威などより、ただ財力のみを信ずる現実主義者だ。そして無敵の候補者を必要としている。他の勢力が味方に引き入れざるを得ないほどの。

そうして得た金で自らの勢力をさらに拡大し、後《のち》の権力をさらに盤石なものにしようとしている。

彼女のように、自らの政治目的のためだけに勇者候補を利用する二十九官もいる。

（フリンスダの目論見《もくろみ》に利用されるだけならば、まだいい。この上覧試合自体が……危険だ。全て、その後に続く時代のための下準備。互いの命を奪い合う真業《しんごう》の勝負も、黄都《こうと》にとっての異分子――逸脱した存在を排除するための謀略に他ならないのだろう）

クラフニルが生き延びるためには、そのような謀略に巻き込まれるわけにはいかない。

少なくとも彼はツーとは違う。真なる無敵の存在ではないのだから。

◆

「……〝灰髪の子供〟が、上覧試合に食い込んできました」

黄都《こうと》中枢議事堂、会議室。主要な支援者が集った一室にて、絶対《ぜったい》なるロスクレイは口を開いた。

金色の髪に、赤い瞳。全ての民を魅了する美貌は、今は民に見せるような笑顔を浮かべていない。

「それも単なる勇者候補を立てるのではなく、オカフ自由都市全体を勇者として受け入れさせる――勇者の解釈として、こちらの想定外の運用です」

黄都《こうと》が上覧試合に向けた動きを止められぬ今の時期に、〝灰髪の子供〟は行動した。

微塵嵐《みじんあらし》に乗ずる旧王国主義者という脅威を巧みな情報操作によって作り出し、交渉と弁舌を以てオカフ自由都市を動かすことで、旧王国主義者を自ら討った。

リチア新公国。微塵嵐《みじんあらし》。黄都《こうと》にとって優先すべき事案が積み重なった不可避の結果として、この最終的な形へと持ち込まれた。最初から〝灰髪の子供〟の狙いは、国家そのものの力を用いた上覧試合への参戦であったのだ。

「ロスクレイ。受け入れる必要はない。奴らは黄都《こうと》の外敵だ」

即座に答えたのは、暗い色眼鏡をかけた褐色肌の男だ。黄都《こうと》第二十八卿、整列《せいれつ》のアンテルという。

「この要求を呑めば、どこまでも踏み込まれるぞ。上覧試合に注力しなければならないこの時期に、黄都《こうと》全体が〝灰髪の子供〟に食い荒らされかねん」

「……〝灰髪の子供〟がダントの野郎と結託しやがったのも懸念要素ですねェ。オカフという国を味方につけた女王派が、どれだけ私達の邪魔をしてくるかでしょう」

針金のような体格と乱杭歯《らんぐい》の男は、第九将、鏨《たがね》のヤニーギズという。

旧王国主義者との戦線においては、ダントと並び防衛任務に当たっていた将であった。

「そもそもヤニーギズ、ダントが敵方の調略を受けないよう監視するのはお前の役割だっただろう。何故むざむざと使者との接触を許した？」

「……しっかりと見張っていましたよ。ですが、急な退却の途上を狙いすまして接触されたのですから、こちらとしてもお手上げです。監視人員も退却中だったわけですからね。アンテルさんならできたって言うんですかァ？」

「そこまでにしろ、ヤニーギズ」

ヤニーギズの挑発を、ロスクレイが制した。

「……ですが状況としては、彼の言う通りです。〝灰髪の子供〟はダントの部隊が退却を選ぶことも計算の上だったということになります」

実際には戦闘すらしないオカフの軍勢を見せることで、旧王国主義者とダントの部隊を一度に動かした。黄都《こうと》内部の派閥関係についても十全に把握されているということになる。

アンテルが、中指で色眼鏡を押さえる。

「だが、少なくとも今後の動きははっきりしただろう。勇者候補としての参加を認めるべきではない。既にオカフは〝黒《くろ》い音色《ねいろ》〟の不正規戦闘で国力を消耗している。こちらの優位な条件で交渉を進めなければならない」

「――それは」

薄い眼鏡をかけた、鋭い印象の男が答える。第三卿、速《はや》き墨《すみ》ジェルキ。

「不可能だ。あちらから現状以上の譲歩を引き出す材料を用意できない。アンテルの言う通り、戦えば勝てる相手だ――しかし、陥落させてもいけない。陥落後のオカフを統治、、、するだけ、、、の財政的余力はこちらにない。哨《みはり》のモリオにオカフを統治させ続けることが絶対的な必要条件になる。これば かりは動かせることではない」

「俺とてそれは理解している！　代替となる条件を提示して、勇者としての介入を阻止する必要があると言っているんだ……！　解釈を曲げて認めてしまえば、他の二十九官がどのような手に出てくるかも分からないぞ！」

「――その代替条件はどうする。勇者としての参戦を認める限り、先のトギエ市戦線介入に対するオカフへの財政補填は行わずに済む。もう一度言うが、もはや財政の余裕がないのだ。上覧試合の開催に費やす予算及び、それに伴って予想される被害の損失計上。リチアへの復興支援に、微塵《みじん》嵐《あらし》の被害を受けた各都市への災害給付。相手はこちらの対応力の限界を見極めて無理を通そうとしてきているのだ。財務を担当する私から言えることは、『不可能』。これだけだ」

ただ戦争を行うだけならば、相手を上回る兵力を正面から当てることが最善手だ。

故に、黄都《こうと》がリチア新公国や微塵嵐《みじんあらし》への対応に個の英雄を動員したことには、純粋な戦力や隠蔽性以上の理由がある——英雄は金がかからないのだ。

個人への報酬額がいくら高くつこうと、それは一軍規模の兵を動かす総額に比べれば微々たるものだ。上覧試合という大規模な本命政策を控えた上で敵対勢力を排除するために、彼らはそうする必要があった。

アンテルは顎に手を当て、別の方策を探ろうとしていた。

「……ならばオカフとの交渉そのものを引き伸ばし、上覧試合が終了するまで条項保留の状態にする。それは……いや、だからこそ、勇者候補……なのか」

「そうだ。不確定の勇者候補が存在している限り、上覧試合そのものを開催できない。新公国の一件のように〝灰髪の子供〟や哨《みはり》のモリオを直接的に排除したとして、資源すらないオカフ自由都市の絶大な統治負担がこちらにのしかかってくる。この場で必要な意見は、アンテル。受け入れるか否かではなく、受け入れた上で、どのようにするかという案だ」

さらに、オカフ自由都市は陥落させたリチア新公国やトギエ市とは事情が違う。オカフ自由都市は、成立時点から〝客人《まろうど》〟である哨《みはり》のモリオの思想が反映された都市だ。荒れ果てた岩山に構築された、軍事的優位以外の資源が一切存在しない傭兵産業の都市。占領して得られるものが存在しないが故に、負けたとしても真に敗北することがない。

「……彼らを黄都《こうと》に移住させましょう」

ロスクレイが述べた。額の前で手を組んで、沈思している。

「オカフ本国が放棄する傭兵産業の補填として黄都《こうと》市民権を与え、労働に従事させます。勇者を名乗り上覧試合への参戦を望む以上、軍の解体は相手方も呑んでいる条件です。オカフの統治は引き続き哨《みはり》のモリオに任じ、〝灰髪の子供〟はダントと行動をともにさせます」

「それは……ロスクレイ。門を開けて敵の軍勢を招き入れるようなものだぞ」

「傭兵業だって、完全に禁止できるわけじゃあないでしょォ。個人単位の契約は止められない」

「……無論、それで完全に脅威を抑えられると考えてもいません。必要なのは、彼らの勢力を本国と黄都《こうと》に分断し……そして現状のオカフの唯一の資金源である〝灰髪の子供〟を事実上人質に取るということです」

ジェルキが眉間の皺を深めて言う。

「……逆にこちらがオカフの財政を攻めるというわけか。懐に潜り込むのを許す代わり、組織的な戦争を行えるだけの資金捻出を許さない。〝灰髪の子供〟の資産とオカフの国庫……上覧試合が終了するまでの期間が不明な以上、体力の勝負ということになるな」

「そうです。傭兵産業のみで運営していたオカフ自由都市が、今回のような状況まで見据えて財源を蓄えているとは思いません——けれど上覧試合関係の予算であれば、こちら側は既に計上済みでしょう？　ジェルキ」

「ああ。先程言った通りだ」

「……戦争の動きを封じ合った上で、決着はやはり上覧試合か」

アンテルも苦々しく頷く。

「熟考が必要とは思うが、ロスクレイの策で行くしかないかもしれない。……金の問題ばかりは、どうしようもないことだからな」

「充分に、こちらが有利です」

ロスクレイは断言する。絶対の名を背負う者として。

「黄都《こうと》で戦う限り――彼らに民の力はありませんから」

予測を越える脅威はあまりに多く、そして無制限の力を行使できるわけでもない。それでも彼らには、秩序のため力を尽くす以外の選択肢はない。いずれ平和が訪れるまで。

――黄都《こうと》。世界の存続を脅かす修羅すらも掌握し、人の力を以て世界の制御を目論む、最大にして最後の人族《じんぞく》国家。

◆

（……オカフの動きは予想外だったが）

同議事堂内。オカフ自由都市の動向を基に、別の企てを目論む者もいた。

室内で一人ラヂオからの連絡を待ちつつ、第四卿、円卓《えんたく》のケイテは思考している。

（ロスクレイどもの注意を惹けたという点で悪くはない。ロスクレイと〝灰髪の子供〟を相争わせ、

新たなる主流をこの俺が作り出す。この歴史を、根本から改革する)

彼の擁立候補は既に決まっている——窮知《きゅうち》の箱《はこ》のメステルエクシル。

他のどの英雄と比べても、冬《ふゆ》のルクノカや星馳《ほしは》せアルスと比べてすら、規格外の存在だ。

〝彼方《かなた》〟の技術の無尽蔵な再現。それは単なる戦力どころの域ではない。軍事に限ったところで、リチア新公国の空軍など及びもつかぬ優位性を彼の勢力のみが得ることができる。

メステルエクシルの存在は、この世界の時計の針を数百年は先に進めることだろう。

(魔王。〝本物の魔王〟め。この俺がいる限り、停滞させはしないぞ。新たな技術を、新たな知識を……誰一人夢見たことすらない、真の力をこの世に知らしめてやる)

その改革は、改革派を名乗るジェルキやロスクレイの考えるような王政の撤廃とも根本的に異なるものだ。ケイテが望むのは、より大きく長期的な改革。未だこの世にある不足や争いをそもそも無意味と化す、予測不能の、可能性の未来だ。

(この俺が、全ての恐怖を地上から駆逐してやる)

ややあって、ラヂオが信号を受け取る。

〈ケイテ、このガキ！　迎えの一つも寄越せ！　黄都《こうと》の兵隊どもがこっちを囲んできてるぞ！〉

ケイテの思考は強制的に中断された。

「く……」

声の主の老婆こそ、軸《じく》のキヤズナである。メステルエクシルをこの世に生み出した究極の機魔《ゴー》生《レム》成者にして、色彩《しきさい》のイジック亡き今、地上で最も恐るべき魔王自称者とされる。

「そんなに近くにまで来ていたのか！　どうして先に連絡しない！」

〈メステルエクシルが早く黄都《こうと》を見たいって言うからだよ！　黄都《こうと》のウスラボケ連中にゃどうせ気付かれねェだろって思ってたんだがよ、こんな時だけ仕事しやがる！〉

「見つからんわけがあるか！　いいか、俺が到着するまで絶対に手出しはするな！　殺せばメステルエクシル擁立の流れも水の泡だ！」

〈面倒くせえな！　あんまり待てねえぞ。なあメステルエクシル！〉

〈は、はははははは！　ケイテ、ひさしぶり！〉

「どうでもいい！　俺が行くまで大人しくしていろ！　いいな！」

最も苛烈なる文官として知られる第四卿は、すぐさま身支度を始めた。

彼女がなんらかの行動に出るよりも早く、迎えに行かなければならない。

「どいつもこいつも……面倒な連中ばかりだ……！」

◆

早朝。黄都《こうと》の尖塔の中で星馳《ほしは》せアルスは目を開け、軽い羽ばたきで窓にまで昇った。来訪者の気配を感じ取ったためだった。

眼下の白い市街は、まだ目覚めていない。

「…………誰？」

鋭敏な感覚を持つ者にしか聞き取れぬ、囁きのように小さな声だったが、返答があった。

「――サイアノプだ。無尽無流《むじんむりゅう》のサイアノプ」

アルスは小さく首を傾げた。塔の真下にいる存在は、粘獣《ウーズ》だ。

通常はアルスの如き鳥竜《ワイバーン》と会話を交わさぬ種族である。粘獣《ウーズ》は鳥竜《ワイバーン》を恐れるためだ。

「サイアノプ。誰だったかな……」

「砂の迷宮で行合っただろう。僕は記憶しているぞ」

「……ああ。砂の迷宮。大したところじゃなかったな……」

取るに足らぬ記憶の一つに、アルスはようやく思い当たった。

迷宮という称号は、あくまで人族《じんぞく》の尺度で名付けられるものでしかない。過酷な熱砂の只中とはいえ、地形にも狼鬼《リカント》の一団にも妨害されず直接到達できてしまうアルスにとっては、砂の迷宮など迷宮と呼ぶにも値しないものであった。

「〝本物の魔王〟の死は、貴様を通じて知った。こうして黄都《こうと》に訪れた以上、一言ぐらいは挨拶をしておこうと思ったのでな」

「……別に、いいよ…………。粘獣《ウーズ》のあいさつなんて……おれは、覚えてなかったし……」

「おぞましきトロアについてはどうだ」

その名を出され、アルスは反応を見せた。それは、僅かに頭を上げる程度の動きではあったが。

「貴様に殺されたはずの魔剣の怪物が、黄都《こうと》に来ているという噂がある。上覧試合で自分の仇でも討つつもりかもしれん。貴様がどう思っているのかを聞きたかった」

「……偽者だよ」

アルスは小さく、しかしはっきりと断言した。

「…………仇を討ちたいなら、すぐにおれを斬りにくればいいのに……なんでそうしないの……？できないのは…………本物のトロアと違って、弱いからだろ……」

「強いからかもしれんぞ」

サイアノプは淡々と返す。

「互いに殺す気で戦えば、この街が無事に済まんと考えているのかもしれない」

「……おれとあんたが戦っても、そうなるかな」

アルスは、眼下の小さな粘獣《ウーズ》を見下ろした。彼は強者との戦いに興味を抱いたことなどないが、このサイアノプはきっと強い。それは理解している。

サイアノプは、携えていた書物を仮足で開いた。

「どうだろうな。今、試してみるか？」

「…………」

表情の動かぬアルス以上に、粘獣《ウーズ》の感情は読めない。書物を開いていてもなお、本当に視線をそちらに落としているのかどうかすら判別することはできない。

「…………面倒くさいな」

「ふ。残念だな。僕の用件は終わりだ」

サイアノプはその場を引き返すことにしたようだった。来た道を通って塔から離れていく。

「最後に一つ聞きたい」

そうしながら、サイアノプはアルスへと訪ねた。

「貴様は魔王の死を知っていたな。何故それを断言できた？」

「…………」

「あるいは、貴様が……」

――勇者の正体ではないのか。

〝最初の一行〟の生き残りは、その問いを最後まで続けることはなかった。

◆

黄都《こうと》旧市街。微塵嵐《みじんあらし》の一件以降、おぞましきトロアは成り行きでこの一区画にある労働者街に身を寄せ、荷を運搬する力仕事などの手伝いを自主的に行っている。

正式な市民権を有していない以上、この黄都《こうと》に長く留まれる保証はない。ただでさえ彼の並外れた体躯と剣呑極まる装いは、市民をいたずらに恐れさせているのだ。

「あ！　おぞましきトロアじゃん！　久しぶり！」

「……」

横合いからの声に、トロアはややうんざりした様子で足を止めた。

怪談の存在へと無遠慮に声をかけた者は、旧市街に迷い込んだ貴族の子供のような外見だが、紛れもなく黄都《こうと》二十九官の一人だ。最年少の第二十二将、鉄貫羽影《てっかんうえい》のミジアルである。

「……ミジアルか。政務はどうした」

「今の時期、武官はヒマなんだよね。旧王国とかオカフとの戦争の話もごっそりなくなっちゃったもんな。だから、トロアでも見ようかなーって」

「俺は珍しい植物か何かか」

ミジアルは無遠慮に荷車を回り込んで、その積荷を眺める。

「今日は何？　荷物運び？　魔剣背負ったまま？」

「薬を運んできただけだ。隣の区画の診療所の分もあるから、これからまた少し回ることになる」

薬瓶を満載した馬用の荷車は、到底人族《じんぞく》が牽けるようなものではないが、これを牽引《けんいん》して広大な黄都《こうと》を走り回り、息も切らしていないトロアの身体能力は尋常ならぬものがある。

「……だから言っておくが、お前の話に付き合う時間はないぞ」

ミジアルは初めてトロアと会ったその日に彼を上覧試合へと誘い、断られていた。しかしその後もこうして本人が気の赴くままにトロアの居所へと訪れるため、トロアは本当にこの少年が黄都《こうと》の最高官僚なのかを疑いはじめている。

「えー。ちょっとくらい休んだって……」

「——おぞましきトロアってのはお前か？」

二人の会話に割り込む声があった。

路地を横に大きく塞ぐように、剣呑な一団が現れている。弩《いしゆみ》や短剣、槌などで武装し、二台の馬車をも引き連れた大集団だ。

ミジアルは不機嫌を隠さぬ態度で尋ねた。

「……君達、何？」

「俺がおぞましきトロアだ」

ミジアルがそれ以上何かを言う前に、トロアは前へと進み出ている。仮に荷車やミジアルに危害が及ぶ場合、即座に対応できる位置取りである。

「お前らも俺に用があるのか」

「俺らは〝日の大樹〟。この辺りじゃ自警団みたいなことを任してもらってる。だから善良な市民様の依頼は断れなくてね……テメェ一日中そんな武装でほっつき歩いて、黄都《こうと》の皆さんを怖がらせてるって話じゃねえか。その上、おぞましきトロアの名前を騙《かた》ってるときた」

「……」

それらの指摘は全くの事実だ。黄都《こうと》に滞在している間も、トロアは片時たりとも魔剣を手放すことはしていない。これらの魔剣を守り続けることが今のトロアの存在理由である。

「それに市民権も持ってないらしいなあ？　ま、その見た目じゃあ無理な話なんだろうがよ。だから俺らが、黄都《こうと》議会のノロマどもの代わりに危険人物を追い出してやろうってわけだ」

「――議会の許可がある限りは」

ミジアルは両手をポケットに入れたまま、武装者の一団を睨んだ。

「市民でない者にも小三ヶ月以上の滞在が認められてるよ。第四種二項『戦時傷病者の緊急避難』。

トロアはちゃんと労働してるし、黄都《こうと》で立件された犯罪歴もない。君らに強制執行権限はない」

「ガキは黙れ。いいか？　俺らはそっちの野郎に話しているんだ。法律とか許可がどうとかいう問題じゃねえだろ。現に市民からの要望が俺らのところに来てるんだ。それなら、お互い穏便に済ませたいもんじゃあねえか。なあ？」

煙草の男は笑みを深めた。〝日の大樹〟達が構える武器はトロア自身だけでなく、明らかにその背後の診療所にも向いている。

「……。俺がここを出れば、それで話は終わりか？」

これまでの暮らしにおいても、彼の風体を見て絡んできた与太者は少なくない。星馳《ほしは》せアルスの追跡を諦めるつもりもないが、上覧試合の催しが終わり、彼が黄都《こうと》を離れた後でもいい。自分の存在が必要以上の騒動を呼ぶ時が来たなら、大人しく立ち去ろうとも思っていた。だが。

「それで落とし前がつくと思ってんのか。魔剣を寄越しな。全部だ」

「……何だと？」

「頭の鈍い野郎だな。背負ってる魔剣を渡すなら、痛い目見せずに帰してやろうって言ってんだよ。……知ってるんだぜ。名前は騙りかもしれねえが、そいつは本物の魔剣なんだろ？」

（……どこから得た情報だ？）

トロアは内心で警戒を強めた。彼を死から蘇ったおぞましきトロア当人であると信じる者は、そもそも戦いを挑みはしない。逆にトロアの名を騙る偽者と断じる者は、偽のトロアが真の魔剣を所有しているはずがないと考えるだろう。

〝日の大樹〟は、これまでトロアに絡んできたような与太者とは違う。

「あのさ！　第二十二将なんだけど！　僕が第二十二将！」

無視される形となったミジアルは、大声で主張した。

「僕の前でさー……そういう騒ぎを起こそうとすんの、やめてね。ナメられてる気持ちになるから」

「ナメてんだよ、鉄貫羽影《てっかんうえい》のミジアル。俺らの上には勇者がいるんだぜ。テメェら二十九官に……黄都《こうと》までお越しくださいって頼まれて、わざわざ来てやってんだろうが。ああ？」

（魔剣を奪うのは自分の勇者候補のため……実力行使の裏にはそれなりの後ろ盾があるわけか）

包囲状況はとうに把握していた。今のトロアが最も警戒しているのは、荷車に積まれた薬瓶を割られることと、市街や市民に被害が及ぶことだ。

（凶剣セルフェスク。神剣ケテルク。ムスハインの風の魔剣。……特に、問題はない）

直後、トロアの顔のすぐ横を矢が掠めた。最小限の動きで持ち上げた魔剣の柄がそれを弾いている――柄しか存在しない剣だ。矢は薬瓶に当たることなく、屋根の上にまで飛んだ。

「アハ！　撃っちゃいましたけど！　すいません！」

弓を撃ち放った粗暴な構成員が、悪びれもせずに叫んだ。煙草の男は予定調和のように笑う。

「おいおい！　手荒い真似はいけねえな！　……おぞましきトロア。早いとこ魔剣を渡して終わらせようぜ。困るだろ？　もしこの街が火事にでもなったらブッ」

顎が砕けた。噛み千切れた煙草の断片が宙を舞った。

分銅めいた投擲物が真下から直撃したのだ。鉄貫羽影《てっかんうえい》のミジアル。第二十二将は獣めいた低姿勢で集団の只中へと滑り込み、既に攻撃を終えていた。

「――無視するからさー。ねえ」

周囲が突然の強襲を理解するよりも早く、ミジアルの指先から次なる分銅が離れ、さらに風切り音が二つ響いた。左右に位置するならず者の肩を、腰を、同時に砕いた。

「僕のこと無視するから、こうなるんじゃん」

〝日の大樹〟はトロアに備えてはいても、その突発的な攻撃を予測できていなかった。黄都《こうと》第二十二将ミジアルは戦場の切り込み役を何よりも好む武官であるのだと、果たして構成員の何人が知っていただろうか。

「てめッ……」

「何やってんだコラ！」

武装集団の只中へと飛び込んでいるのだ。いくつもの拳と蹴りがミジアルへと叩き込まれる。本来の作戦も忘れ、ならず者は反射的に少年へと武器を向けようとした。

「――凶剣セルフェスク」

横殴りに襲いかかった楔《くさび》状の金属片の嵐が、凶器をことごとく弾き飛ばした。

……それは、柄しか存在しない剣に見えるかもしれない。柄から先の剣身を無数の楔状に分割し、磁力によって操作する魔剣の名を、凶剣セルフェスク。

「あははっ」

初めて目の当たりにする魔剣の力を前にして、ミジアルは笑った。

直後、ばね仕掛けのように起き上がると、顎を砕かれて悶絶していた煙草の男に馬乗りになり、顔面へ四度も肘鉄を叩き込んだ。一切の迷いのない動きだった。

「まだ喧嘩する？」

「ぶっ、ぐばっ」

「あははは。ぐば、じゃあ分かんないなー。皆はどう？」

返り血の飛んだ顔で、ミジアルは周囲の〝日の大樹〟を見回す。彼は最初に煙草の男の顎を砕いた。集団の中心人物から、それ以上の指示を出せなくしたのだ。

「……」

「頭の鈍い奴らだな。痛い目見せずにね。帰してやってもいいって言ってるわけ。今ならただの喧嘩ってことで処理してあげるから。決めていいよ……どっちにするか」

上半身を起こしたミジアルの両指には、ヒュルヒュルという風切り音がある。二つの分銅を糸で連ねたような、独特の武器であった。

「ひ、退くぞ。おい」

「クソッ……首領がいればテメエ、クソガキ如き……」

ならず者は一人また一人と消え、旧市街の路地には再び静寂が戻る。

「あははは！」

返り血と自らの鼻血とに塗れながら、ミジアルは手足を伸ばして横たわった。

「いやー、久しぶりだな、こういうの！」

「……ミジアル」

トロアは彼の傍らで屈む。彼のおかげで、必要以上の魔剣を抜くことなく事態を収めることができた。街に被害を及ぼしてもいない。だとしても……

「無茶をしすぎだ」

「はは、なんで？」

ミジアルは高級な上着の袖で鼻血を拭ったが、その端から新たな鼻血が溢れた。

「……ムカつくじゃん。魔剣を……渡せとか。怪談の……おぞましきトロアの、魔剣なのにさ」

「……」

彼は黄都《こうと》二十九官だ。おぞましきトロアを上覧試合に擁立しようとしている。

それは、トロアが守り続けてきた魔剣が他の何者かに利用されることであるのかもしれない。

「ミジアル。こんな時になんだが……俺でも、市民権を手に入れる方法はあるか？　すぐに欲しい」

「はは」

彼の言葉の意味を、ミジアルも理解することができた。

「こんなの、ただの喧嘩じゃん。……恩に着る必要ないって」

「そうなのかもな」

星馳《ほしは》せアルスを殺す。ヒレンジンゲンの光の魔剣を取り戻す。その時まで彼の人生は、彼の人生ではない。地獄から蘇った死神として戦わなければならない。

だから、そのようなことを考えたことがなかった。

「……だが、その方が楽しそうだ」

◆

黄都《こうと》の市街は、地上の一層のみではない。建造物の上階同士も木や鉄の足場で接続され、特に旧市街の景色は混沌とした積層の様を見せている。

（トロアは無事に済んだか。……とりあえずだが）

空へと張り出した鉄の足場の突端に佇《たたず》む者がいる。焦茶色のコートを身に纏った小人《レプラコーン》だ。

彼が眺め下ろしている旧市街も張り巡らされた足場に半分以上の面積が隠されていたが、その空色の瞳は地面の砂粒の動きまでも鮮明に認識している――同時に、全て。

「……まさか、おぞましきトロアの心配をしているのか？」

背後からの声を捉え、肩越しに左目を向ける。もっとも、そのようにせずとも彼は、接近者の姿形も歩幅も、心音までも認識できている。それが戒心《かいしん》のクウロの見ている世界だ。

階段を上って現れたのは、両目を包帯で隠した森人《エルフ》の女だった。韜晦《とうかい》のレナという。

「面白いな。この話はなかなか笑えるぞ」

隠し持った武器の有無や接近までの挙動から、彼女に敵意がないことは既に理解していた。故にクウロは単純な問いのみを投げる。

「――何の用だ？」

互いに知らぬ間柄ではない。かつてクウロとレナは、地上最大の諜報ギルド〝黒曜の瞳〟に同じく所属する工作員であった。クウロの離脱後、魔王の時代の終期に統率たる黒曜《こくよう》レハートが死亡し、組織もまた崩壊したのだという。

「何の用だ、もないだろう。もう一度こちらに戻ってくる気はないか？」

「……〝黒曜の瞳〟に、か。統率が死んだという噂は嘘か？」

クウロはレナを一瞥した。指先の動き。心音の変化。発汗。包帯の奥の瞳孔。

「嘘じゃないな。今の〝黒曜《こくよう》〟は誰だ。……お嬢様か？　……分かった。それなら、ずっとマシだ」

「……。そういうのは、クウロ……やめろ。正直言って気味が悪い」

「昔の仲間だ。気兼ねする必要はないからな」

それは、天眼《てんがん》という名で呼ばれている。超視覚。超聴覚。第六感。共感覚。ありとあらゆる異能感覚を同時に兼ね備える戒心《かいしん》のクウロは、仔細《しさい》に知覚した生体反応から、問いかけへの返答までも言葉を待たずに知ることができる。

「……お前の言う通りだ。〝黒曜の瞳〟はまだ生きている。統率の遺した意志を継ぐべく、お嬢様が懸命に組織を支えている。今、お前の力が必要だ。〝黒曜の瞳〟最強の男の力が」

「それは、本当に困っているんだろうな」

クウロは苦笑した。

「そうでなきゃ、答えが分かりきってる質問なんてしない」

〝黒曜の瞳〟として手を血で染め続けた過去は、クウロにとって忘れ難いものだった。屍を積み上げることが真の望みではなかったのだと知るまで、ひどい回り道をしてしまった。

「そうだとしても、一時でも我々の仲間であった者として、義理は通す必要がある。そうだろう？　今後〝黒曜の瞳〟は……この黄都《こうと》で作戦行動を取る。我々の動きを最初に知るのはクウロ、お前だ」

「……その時に、他の組織に情報を流すかどうか、か」

両手をポケットの中に入れたまま、小人《レプラコーン》は地上よりも幾分近い空を眺めた。

「心配するな。そんな真似をして何になる？　つまらない小遣い稼ぎくらいにしかならない。俺はあんた達の所に戻るつもりはないが、黄都《こうと》の肩を持つつもりもない。どちらについたところで、つまらない仕事をさせられるだけだ」

「お前はトギエ市から亡命した。その見返りとして黄都《こうと》への協力が義務付けられているはずだ」

「微塵嵐《みじんあらし》の一件でそれは済んでる。部隊の配置や二十九官の所在まで見えるような目を、黄都《こうと》がいつまでも手元に置いておきたいと思うか？　連中が俺を引き抜いたのは、万が一にも旧王国側が俺を使わないためだ。……用が済んだらとっとと出ていってほしいとすら考えてるだろうさ」

脇腹の傷を意識する。ほぼ癒えてはいるが、微塵嵐《みじんあらし》を撃破したと同時に貫かれた傷だ。

「いや。もっと確実に、俺に消えてほしい連中がいるのかもしれないな」

その場で彼を撃ったのは、黄都《こうと》ではなく〝黒曜の瞳〟だ。微塵嵐《みじんあらし》を撃破した時点で、それ以降の観測の〝目〟を絶つために、彼らはそのようにした。万が一〝黒曜の瞳〟最強の男を殺し切れぬことがあったとしても、クウロが黄都《こうと》に疑念を向ける段階までが作戦に組み込まれている。

無論、張り巡らされた謀略の全貌をクウロが知り得るはずもない――だが。

「俺は黄都《こうと》の兵に撃たれた」

「笑える話だ。微塵嵐《みじんあらし》観測の任務中に、負傷して運び込まれたそうだな。天眼が用済みになった黄都《こうと》の連中にやられたわけか」

「そうだ。挙動も身につけていた装備も、黄都《こうと》の兵以外にあり得ない。即死しないようにするだけで精一杯だったが……それでも、俺はそいつらの顔を見た」

どれほど遠方から狙っていようと、死角に潜んでいようと、見える。逆に言えば、撃たれる瞬間までは見えていなかった。あの時のクウロの感覚を知るのはただ一人、クウロだけだ。

「俺はあの日――陣地に出入りした兵士全員の顔を見ていたんだよ。俺を撃った連中は陣地で見たことのない顔だった。別の派閥が、観測作戦に乗じて俺を始末しようとしたと考えるべきなのか？　俺の天眼を脅威視するなら、どうして暗殺が成功するなんて思ったんだ？」

「……現に成功しかけた暗殺だったんだろう。お前は昔ほど周りが見えてるわけじゃない」

「本当のところを試してみるか？　あいつも……瘴癘《しょうれい》のジズマも言っていたぞ。俺の天眼は衰えた、と。あんた達と同じ〝黒曜の瞳〟のジズマが。聞くぞ、レナ。俺を殺そうとしたのは……実のところ、あんた達じゃあないのか？」

青い瞳が、レナを正面から見た。鼓動。反射。呼吸。

――ただ、尋ねるだけだ。自らを偽る技術にどれだけ長けていても、たとえ〝黒曜の瞳〟であろうとも、全てを暴くことができる。それが天眼。

「……」

レナは見える口元だけで薄く笑った。

「知らないだろう？」

言葉の意味を、クウロも理解している。彼が目視したレナの反応は、肯定でも否定でもなかった。

「……そうだな。お嬢様なら、作戦内容を知っている奴をわざわざ俺の目の前に寄越したりしない。それに、仮に俺の推測が的外れだったとしても……預かり知らないところでそれが実行されていないとは、お前自身も言い切れない。〝黒曜の瞳〟である限り」

「感覚は抜けていないな、戒心《かいしん》のクウロ。長い間現役を離れていたとはとても思えない。……やっぱり私は、お前に戻ってもらいたいと思うよ。この数年で、仲間がいなくなりすぎた」

「……それでも、戻るのは無理だ。もう俺は従鬼《コープス》になれない」

クウロは己の首筋に人差し指を当てる。

「連れてこられる時、血清を打たれた。元〝黒曜の瞳〟である以上、黄都《こうと》だって俺が従鬼《コープス》であることを一番に警戒してる。それだって最初から分かっているだろ？」

「それでもだ。〝黒曜の瞳〟は……従鬼《コープス》でなくともお前を必要とする。……いや。従鬼《コープス》でないほうがいい。お嬢様ならそう言うはずだ」

「やっぱり、レハートとは違うな」

彼は目を伏せて、幾分穏やかな表情で呟く。

クウロが組織にいた頃、令嬢はまだ幼かった。彼女は今どのようになっているのだろうか。その成長を見届けたい気持ちもあった。

「……じゃあな。お嬢様をよろしく頼む」

「クウロ」

去っていく背中に向けて、レナは呼びかける。

「まだ黄都《こうと》に留まるつもりなのか」

「……心配するな。長くはいないさ。ただ」

鉄と木々の足場。入り組んだこの旧市街の片隅に、最強の一角がいることを知る者はいない。六《りく》合上覧《ごうじょうらん》の勇者候補にすら名を連ねず、どこにも属することのなき修羅が。

「気に入った劇場があるからな」

◆

日差しを遮る森。館の一室で戒心《かいしん》のクウロの会話を聞く者がいた。

レナが身につけていたラヂオから届く、受話のみの音声通信だ。仮に双方向の音声であったならば、一切言葉を発さずとも、息遣いや身動《みじろ》ぎの音だけで天眼は全てを見抜いただろう。

(……クウロさま)

テーブルの上の受話器を伏せて、令嬢は長い睫毛《まつげ》を伏せた。その肌は闇の中でもなお白く、夜空の月のようにその美貌を際立たせていた。

黒曜《こくよう》リナリスという。地上最大の諜報ギルド〝黒曜の瞳〟の残党を率いる、若き血鬼《ヴァンパイア》の少女だ。

彼女の隣には、小人《レプラコーン》の老婆が佇んでいる。

「クウロを始末できなかったのは、大きな失態でした。お嬢様」

リナリスの身の回りの世話を担う家政婦長、目覚《めざ》めのフレイは、ギルド設立当初からの古参だ。微塵嵐《みじんあらし》に乗じたクウロの暗殺を発案した者でもある。現地にてクウロを撃った者達は、彼女ら〝黒曜の瞳〟が、支配下にある黄都《こうと》二十九官――第十三卿エヌの指揮系統から送り込んだ野戦部隊に他ならない。

クウロの天眼は衰え、もはや集中した一点しか見ることができなかった。フレイが正しく能力を推測し、それを基に打ち立てた計画は、クウロが再び取り戻した全盛期の力と、その場に居合わせたおぞましきトロアによって覆された。

「血清治療を受けたという話が真実なら、クウロは、もはやお嬢様のお力でも支配することは難しいでしょう。……彼は、全盛期と同様の天眼を取り戻しているんでしょうねえ。彼がそう、し、よ、う、と思うだけで、私達の動向は全て見透かされてしまいます」

ただ接近するだけで感染した生物を支配下へと置く、空気感染の血鬼《ヴァンパイア》。正体を誰にも悟られぬ限り、リナリスの異能は無敵だ。裏を返せばその力は、秘密を見抜く戒心《かいしん》のクウロこそを天敵とする力でもある。

膝の上で両手を握りしめて、リナリスは呟く。

「クウロさまは……私達には手出しをしないと仰《おっしゃ》っております」

「それは、嘘です。彼が黄都《こうと》の作戦に従い、未だ黄都《こうと》に残っているということは、黄都《こうと》側に何らかの弱みを握られているためだと考えるべきでしょう。昔のご友人を……仲間をお疑いになりたくないお気持ちは、お嬢様。ようく分かります。しかしクウロはもはや〝黒曜の瞳〟ではございません」

「……」

組織の外に出たことのないリナリスにとって、クウロは今でも英雄なのだろう。〝最初の一行〟の最強を今も信じる者がいるように、多くの民にとっては絶対《ぜったい》なるロスクレイがそうであるように。

「ご心配なく。私が責任をもってクウロを殺し切ります。万が一にも、お嬢様を危険に晒すわけにはまいりませんので。クウロの性格を思うに……黄都《こうと》に握られている弱みは、物や情報ではなく――恐らくは人物。ならば必ずや見つけ出し、こちらの手の内へと収めましょう」

「それは」

リナリスは立ち上がった。彼女がフレイに向けた眼差しは、非難とは異なる色を帯びていた。

「どうか、おやめください。……私達のために」

どこか怯えたような、しかし確信を持った瞳。

「クウロさまは、本意から私達と敵対しようとはしておりません。それが分かっただけでも……彼が私達を信じているのだと分かっただけでも、レナの交渉はよい結果だと……存じます」

「私達は一度彼を殺し損ねました。これ以上に関係が悪化することはありませんよ」

「……フレイさま。クウロさまが怒ったところをご覧になったことは？」

「彼が、怒る」

クウロの顔を思い出す。常に薄暗く、不機嫌そうな表情。睨みつけるような眼差し。

しかし常に淡々と、求められる全ての仕事をこなしてきた男だ。真の意味で激情を垣間見せたことも、深い悲しみを露わにしたこともなかった。

「仰られてみれば……彼のことを随分長く見てまいりましたが、怒ったところは、一度も」

「私には、ございます。クウロさまが怒るのは、自分が殺される時ではないのです。クウロさまに関わる以上……確信できます。真に危ういのは……刃に手を触れてしまっているのは、彼の弱みを握っている黄都《こうと》の方です」

「……」

彼の目が衰えている限り、黄都《こうと》がクウロを意のままに動かす機会はいくらでもあっただろう。しかし、あの日に力を取り戻した以上……もはや、それすらも絶対ではない。

「フレイさま。私達は、彼が天眼を取り戻したことを存じています。少なくとも、黄都《こうと》はその事実を知りません。まだ手綱を握れている――と、きっと考えていることでしょう」

「黄都《こうと》はいずれクウロを持て余し、自滅すると」

「……ええ」

フレイはそれ以上リナリスの内心へと踏み入ろうとはしない。ただ、彼女の心を慮るだけだ。

（……クウロと決定的な敵対を避けるべきであるという言い分も、確かに一理はあるでしょう。それでも……やはりお嬢様は、仲間を失うことへの恐れを消せずにいる）

敵である者、信頼を裏切った者に対して徹底的な非情を貫くリナリスの策謀は、そうではない者を切り捨てることのできぬ、危うさを孕《はら》むものでもある。

（地上に再び戦乱の時代を。それは私達〝黒曜の瞳〟が生きるための時代。故に、そこに皆を辿り着かせなければならない……戦乱のためにこそ、生き残らせなければ。お嬢様はその矛盾をずっと抱えている。……故に、背負わせてはなりますまい）

〝黒曜の瞳〟。影の中から謀略の糸を引き、時代の逆行を画策する組織。その中枢は幾重もの秘密に覆い隠されている。

しかしそれがただ一人の少女であることを、戒心《かいしん》のクウロは知っているのだ。

（……いざとなれば。私自身の手で、クウロを）

◆

蝋燭一本の光でも淡く輪郭が分かるほどに、その小部屋は狭い。

まるで告解室のように――事実、改装する前はそうだったのだろう――対面する二つの椅子と、その中央の丸机。それ以外の物は存在しない部屋だ。

「……例の、上覧試合の件だが。議会は試合を真業《しんごう》にて行う意向でいるらしい」

「へえ……そりゃ、大変だ」

クゼの向かいに座る老神官は、空《そら》の湖面《こめん》のマキューレという。クゼのような男と未だに付き合いがあることを除けば、聡《さと》く慈悲深い、敬愛すべき先達であった。

「どうしてこんな時代に真業《しんごう》なんですかね。それこそ貴族同士の決闘だとか、大昔の王位争いだとか……そういう類の、時代遅れの野蛮なルールでしょう」

「……だからこそ、なのだろう。民にとって、勇者の出現は緑の時節の真王帰還にも劣らぬ一大事変だ。ならばその頃と同じく形式に則《のっと》り、民の面前で力を披露するという考えも通る」

「正気じゃありませんね……。そこら中から英雄かき集めて、見つけ出したっていう勇者サマに皆殺しにさせるってわけですか」

「認めたくはないが……民もそれを望んでいるのだろうな。これほど大規模な真業《しんごう》の王城試合は、先にも後にも、数百年はあるまい。無力な時代だった……人の心は、力に飢えている。英雄の流血を望む心と、全てに勝利する勇者を望む心。どちらも、同じ心なのだよ」

武器、技巧、詞術《しじゅつ》。どれ一つとして仮のものを用いず、加減もせず、試合上で相対する個人の全てを懸ける戦となる。その命も含めて。

真業《しんごう》とはその取り決めだ。そんな儀礼が必要だった時代が、この世界にも確かにあった。だが。

「……ちょっと待った。もしもその試合で勇者が死んだら、どうなるんです。せっかくのお披露目が台無しでしょう」

「死ぬと思うのか？　〝本物の魔王〟を倒した、〝本物の勇者〟が」

「他の連中はそう思うかもしれませんが。俺は……思いませんね。生きてる奴は死ぬ。誰だって死ぬんだ」

「――ならばこういう考えもある」

老人は、他に聞く者がいないと分かっていても、なお声を潜めた。

「議会は勇者など見つけてはいない。勇者が勝ち抜く戦いなどではなく、勝った者を勇者とするつもりだと」

「そんな馬鹿な」

クゼは一笑に付したが、根拠のある否定ではない。

頭の回転の速さでマキューレに追いつけるとも思っていない。

「だとしたら、俺が勝ち残る目もあるんでしょうがね」

「……今なら、取りやめることもできる。〝教団〟からの君の推薦を取り消すことも」

この老神官が真剣にクゼの身を案じていることは理解している。

敗北すれば死ぬかもしれない。万が一勝ち残ったとしても、それ以上の陰謀に巻き込まれることは最初から目に見えている。

……だが、仮にこの催しによって勇者が生まれてしまえばどうなるのかも、既に先が見えている話だ。

リチア新公国。旧王国主義者。オカフ自由都市。……今の黄都《こうと》は、既存の権威を脅かしかねない組織を次々と解体している。次は〝教団〟だ。黄都《こうと》からの援助は露骨に減少しつつあり、民衆の不満の矛先が〝教団〟へと集まりつつあるのも、詞神《ししん》への不信のみがその理由ではないだろう。

勇者。〝本物の魔王〟に脅かされた世を救うことのなかった詞神《ししん》に代わり、真の意味で人々を救った、現実の偶像が現れる。

試合の出場者枠を〝教団〟に選ばせているのは、勇者が〝教団〟の象徴を打ち倒す様を、大衆の面前に見せるためであるのかもしれない。

「俺は……本気ですよ。負ける気はどこにもありません。先生ならご存知でしょう。俺にはナスティークがついてる」

「よく考えることだ。絶対《ぜったい》なるロスクレイが相手でもそう言えるか？　もしも黄都《こうと》の言う通りに、〝本物の勇者〟が実在したとしてもか？」

「ふへへ……確かにそういう連中は、無敵の英雄サマなんでしょうな。俺にはとても勝てない」

クゼは軽薄に笑ってみせた。

表面だけでもそうでなければ、〝教団〟の始末人であり続けることはできない。

そして無敵であり続けることも。

「けど――そいつらは、食事の間や寝ている間も、ずっと無敵の英雄でしょうかね？　そいつらの友人やら家族も、やっぱり無敵の英雄サマなんですかね？　寝ている間の家族は？　友人は？」

ナスティークを知覚できる存在は、クゼの他にはいない。白き死の天使には、どのような存在であれ抹殺する権利がある。

そして恐らくはクゼだけに、そのような戦い方ができる。

最強であることへの自負も矜持《きょうじ》も、何一つ持ち合わせぬ男であるからだ。

「それに……もしかしたら俺には、弟弟子がいるかもしれないんです」

彼の天使は彼以外を救わない。巡回の中で偶然にクノーディを救う機会を与えられながら、クゼは恩師である彼女を救うことができなかった。

アリモ列村の虐殺は〝最後の地〟からの怪物によるものだとされている――しかし、クゼはあの事件の真実を知っている。

手記には虐殺を為した者の名前があった。不言《ふごん》のウハク。

クゼがまだ見ぬ、そして同類の〝教団〟の虐殺者。

「……上覧試合で、そいつと会うような気がするんですよね」

「……クゼ」

「〝教団〟がなくなったら、どれだけの子供が路頭に迷うか、俺は……考えたくない。誰かがやらなきゃならないなら、俺でしょう。俺は無敵ですからね」

老神官は暫《しばら》く俯き、投げかけようとしていた言葉を止めた。

そして絞り出すように言った。

「…………クゼ。頼む……頼んだ」

彼らのささやかな救いが、これ以上失われることのないように。

新たな時代が始まることのないように。

「勇者を殺してくれ」

上覧試合に向けて動きはじめている勢力は数多い。だが彼らは最も無力な、衰えつつある組織だ。

それでも、遥かに巨大な時代の流れに押し流される以外にない彼らは……今、何か手を打つ必要があった。この先の世界に、彼らの同胞を生かすために。

〝教団〟は、最後の策を動かそうとしている。

◆

建物の間に田園が広がり、管理された街路樹が立ち並ぶ。黄都《こうと》に程近い大都市、ギミナ市である。

そんな街路樹の中に、巨人《ギガント》が牽く重貨車で輸送される長大な貨物があった。

「おい、慎重に運べや！」

声を張り上げているのは、そんな巨人《ギガント》達の中にあって際立って大きな体格の者だ。巨人《ギガント》の基準ですら、まるで大人と子供のようである。

「大事な代物なんだからよ！　角曲がる時に建物に引っ掛けるんじゃねえぞ！」

市民の中には、きっと気付く者もいただろう。

塔よりも高いこの男こそが、サイン水郷の無敵の英雄――地平咆《ちへいほう》メレなのだと。

「うわ、すごいな……」

ただ歩むだけで人目を惹くメレの威容を目の当たりにして、その少女も思わず声を漏らす。

少女は滅亡したナガン迷宮都市の生き残りだった。遠《とお》い鉤爪《かぎづめ》のユノという。

（……地平咆《ちへいほう》メレ。あのメレも、本当に上覧試合に出るつもりなんだ……）

彼女は黄都《こうと》から与えられた任務の帰路、休憩のためにこの市に一泊している。

同行していた柳《やなぎ》の剣《つるぎ》のソウジロウと宿は別だが、買い出しのついで、横着なソウジロウに間食程度の紅果《こうか》を差し入れようと考えていた。

だが、こうして恐るべき英雄を目にすれば、否《いや》が応《おう》でも自分の心を自覚することになる。

(私は――ソウジロウを殺そうとしている)

……故郷が滅んだあの日に迷宮機魔《ダンジョンゴーレム》を切断したソウジロウは、今目の当たりにしているメレをも斬ることができるのだろうか。

ユノがソウジロウを上覧試合に送り出そうとしているのは、彼を死地へと誘導し、自分自身でも確信の持てぬ感情の仇を討つためである。

(メレだけじゃない。第二将ロスクレイも。星馳《ほしは》せアルスも。もしかしたら……私なんかには計り知れない、もっと恐ろしい怪物達まで……)

ユノでは、そのような修羅の渦へと踏み込むことはできない。

きっと、本当の勇気がなければ挑むことのできない試合なのだろうと思う。

「……あ」

どれだけ長く足を止めていただろうか。ユノはふと眼前の状況に気付いた。

重貨車の貨物に引っかかった太い街路樹が根本から折れ、ユノに倒れかかっていた。

「わ、あ」

間の抜けた声が漏れた。

――死ぬ。こんなところで。遅れてそれを実感した。

「おい、大丈夫かあ!?」

だが、そうはならなかった。巨大な手が街路樹を摑んでいた。

輸送の様子を見張っていた地平咆《ちへいほう》メレが、巨体に見合わぬ素早さで突発的な事故に対応したのだ。

折れた街路樹を、彼は軽々と道の反対側へ置き直した。

「ボーッとすんなよ！　人間《ミニア》は弱っちいんだからよ！　すぐ死んじまうぞ、ガハハハハ！」

「あ、あ……ありがとう、ございます……」

ユノは目を白黒させながら礼を述べたが、伝説の巨人《ギガント》はもはやそれを聞いていないようであった。

メレは民間人を危険に晒した輸送隊の巨人《ギガント》への叱責すら笑い混じりで、そのような様子を見ると、今自分に降り掛かった信じ難い命の危機すら、取るに足らぬ小さい出来事であったかのように思えてしまう。

「……なんだったの」

ユノは輸送隊の後ろ姿を呆然と見つめながら動きを停止していたが、不意に、彼女の背から少女の声がかかった。

「お姉さん、紅果」

「え？」

「袋から落ちてるでしょ。大丈夫？」

緑色の衣に身を包んだ、森人《エルフ》の子供だった。透き通るように綺麗な碧眼《へきがん》がユノを見上げた。

「ほら、泥がついちゃってるわ。洗えば食べられるけど、人間《ミニア》ってそういうの嫌なんじゃない？」

「……ごめん。ちょっと色々ありすぎて、気付いてなかった。ありがとう」

袋に三つ入っていたはずの紅果は残らず落ちて、昨日降った雨のぬかるみに浸っていた。

「さすがに買い直さなきゃね。私が食べるのはいいけど、人に差し入れる用だったから……」

「ふーん……」

少女は特に興味もなさそうにユノを眺めた。

そして自分が持ち歩いていた袋から、紅果を三つ取り出してみせた。

「あげるわ」

「え!? でも、そんな、通りすがりの子にもらうなんてできないよ」

「でも、今から市場まで往復するのって大変でしょ? さっきのだって、別にお姉さんの責任じゃないし。本当に巨人《ギガント》って大雑把で迷惑よね! あたし、巨人《ギガント》って嫌い」

「でも、きみがお金を出して買った紅果なんでしょう?」

「……そう見える?」

少女は何故か、いたずらっぽく笑ってみせた。

「このくらい、全然気にしなくたっていいわ。あたしはなんでも、できるんだから」

◆

黄都《こうと》から遠く離れた山岳に、オカフ自由都市は位置している。市街に暮らす傭兵は数多くとも、中央砦の哨《みはり》のモリオと直接顔を合わせる者は少ない。

だがこの日、骸魔《スケルトン》の槍兵がその一室を訪れていた。

「音斬《おとぎ》りシャルクだな。大体の話は聞いてる。まあ楽にしろ」

「楽かどうかなら、とっくに楽になってるがな。――上覧試合の件だ。哨《みはり》のモリオ」

シャルクは勧められた椅子に座ることもない。扉の横で壁に寄りかかったまま話す。

「魔族《まぞく》の俺を擁立する奴などそうはいないと考えていたが、どうやらいたらしい。〝黒《くろ》い音色《ねいろ》〟が抜けた分の枠を俺がもらえることになった。契約の途中で悪いが、このオカフからは抜けさせてもらうことになる」

「……ああ。兵士が自分の戦場を見つけ出すのは自由だ。ついでに、ここで俺を突き殺しておけば大手柄だぞ」

「冗談はよせ。俺は黄都《こうと》に味方するつもりも、お前らに味方するつもりもない。最初からだ。俺は勇者の情報だけが欲しい……〝本物の魔王〟を殺した勇者が、何者だったのかを」

「それがお前かもしれないわけか？」

「俺が思うに――〝本物の魔王〟を倒した勇者自身も、きっと自分が何者かを分かっていない。だから名乗り出ない。筋が通る話だろう」

「そう簡単な話ではないと思うがな」

モリオは葉巻に火を点《つ》ける。魔王が死んでから今まで〝本物の魔王〟に関する事実の隠蔽を行い続けてきた当事者の彼にすら、勇者の正体は皆目検討がつかない。

〝本物の魔王〟の証拠が残されているのなら、この世のどこかに〝本物の勇者〟の証拠も存在するはずなのだ。それが生きているとしても、死んでいるとしても。

地平に生きる誰もがその一つの真実だけを望み、しかし見つけ出せていない。

「音斬《おとぎ》りシャルク。お前はどうしてオカフにまで来た」

「言ったはずだろう。勇者の情報を得るためだ」

「お前は〝最後の地〟の調査にあたった勢力を渡り歩いてきたはずだ……人族《じんぞく》国家の黄都《こうと》を除いて。魔族《まぞく》を受け入れている傭兵都市のオカフを最初に選ばなかった理由があるはずだな」

「……言わせる気か？」

モリオは苦笑した。

「なに。そういう未来も面白そうだったと思ってな」

シャルクは初めから、オカフが契約通りに〝最後の地〟の情報を渡しはしないことを理解していたのかもしれない。あるいはカヅキのように、オカフと一戦を交える可能性もあった。

「やめろ。面白くもない話だ」

「ついでに聞きたいが……お前は、どうして〝最後の地〟に自分で行かなかった？」

「……」

「カヅキを殺したお前なら、あの地獄に踏み入ったとしても生き延びることができたはずだ。口封じを目論む輩がいたとしても、お前の槍に追いつけるとは思えん」

哨《みはり》のモリオは、逸脱の〝客人《まろうど》〟にして一つの国を興した魔王自称者である。戦士の心理は、その当人以上に知り尽くしている。

「……怖いのか？」

「そう……なのかもしれんな」

シャルクは、諧謔《かいぎゃく》で答えることをしなかった。

「俺は、怖いのかもしれない」

恐ろしい。それ故に、知らなければならないのだ。勇者と魔王の真実を。

◆

同じくオカフ自由都市の城下町。商店の事務所めいた建物を訪れる男がいた。

「いやあ、取材していて死にそうになったことは何度かありましたがね」

小柄で太めの体格の、木箱を背負った男だ。饒舌《じょうぜつ》な性質のようで、扉を潜った瞬間から話しはじめている。

「今回ばかりは一番怖かったですよ。戦場より怖い。つくづく実感しますけど、ちょっと前まであんな代物が生きてたんですよねえ。それだけでこの世界に来たことを後悔してますよ」

「……ご苦労さまです、四十万《しじま》雪晴《ゆきはる》さん」

木製の回転椅子に座っていた少年が、座ったまま一礼する。

年は僅か十三程度の子供にも見えるが、〝客人《まろうど》〟にその尺度は通用しない。特に〝灰髪の子供〟として知られる彼——逆理《ぎゃくり》のヒロトには。

黄昏潜《たそがれもぐ》りユキハルがジギタ・ゾギから受けた〝本物の魔王〟の調査は、逆理《ぎゃくり》のヒロトがオカフ自由都市と交渉するための材料を入手するための依頼であった。

「ですがこれ以上、〝本物の魔王〟や勇者に関する調査を行う必要はありません。……ひとまず、第一段階の目的は達しました」

「あ、それでいいんですか？　ヒロト先生がお望みなら、この勢いで〝本物の勇者〟についても調査しようかなって思ってたところなんですけど」

地上の誰一人到達していない謎に対してそれはあまりに大言壮語であるかのように見えるが、それだけの自負があるのだろう。黄昏潜《たそがれもぐ》りユキハルもまた、世界を放逐された逸脱の記者《ジャーナリスト》である。

「――上覧試合になんか、わざわざ乗ってやる必要はないじゃないですか。〝本物の勇者〟を明らかにして証拠と一緒に突きつければ、上覧試合ごと連中の目論見を吹っ飛ばしてやれますよ。なんならヒロトさんがそいつを直接擁立してやればいい。僕は手っ取り早い方がいいですね」

「それは、私にとってはあまり良くない手ですね」

ヒロトは苦笑する。長年、ユキハルは彼の目としてこの大陸を駆け回っていたが、それ故にヒロトの計画の全貌を把握しているわけではない。

「それでは黄都《こうと》が崩壊してしまうじゃないですか。我々がオカフを動かして、上覧試合を使ってやろうとしているのは……それよりは、かなり穏やかな浸透ですよ」

「またまた。政治家さんのそういう言葉って、侵略の言い換えとかじゃないんですか？」

「ユキハルさん。侵略は損ですよ。支持者を減らすだけですから。私の目的は、あくまで」

……そしてこの世界には、それを実現しようとする者すらもいる。

まるで不可能と思えるほどの理想を。

「――ハッピーエンドです。誰もが得をする結末にしなくてはね」

地平の全てを恐怖させた世界の敵、〝本物の魔王〟を、何者かが倒した。
その一人の勇者は、未だ、その名も実在も知れぬままである。
恐怖の時代が終息した今、その一人を決める必要があった。

——今、修羅の名は十六名。

柳《やなぎ》の剣《つるぎ》のソウジロウ。
星馳《ほしは》せアルス。
世界詞《せかいし》のキア。
静《しず》かに歌《うた》うナスティーク。
地平咆《ちへいほう》、メレ。
黒曜《こくよう》、リナリス。
おぞましきトロア。
窮知《きゅうち》の箱《はこ》のメステルエクシル。
戒心《かいしん》のクウロ。
絶対《ぜったい》なるロスクレイ。
冬《ふゆ》のルクノカ。
無尽無流《むじんむりゅう》のサイアノプ。
不言《ふごん》のウハク。

音斬《おとぎ》りシャルク。
魔法《まほう》のツー。
逆理《ぎゃくり》のヒロト。

十二 序章

そして、現在。

「——十六名だ。候補者の情報もここで共有しておく」

黄都《こうと》第一卿、基図《きず》のグラスはそのように続けた。十六名。臨時議場に集う黄都《こうと》二十九官の半数以上が、各々が最強と信ずる勇者候補を擁立していることになる。

生死を懸けた真業《しんごう》へと挑む擁立候補の勝敗に、自らの未来をも懸ける。それが六合上覧《りくごうじょうらん》だ。

「十六名もいるなら、申請順にするか。俺からでいいか？」

「それが分かりやすいだろうな。では、第二十卿。鎹《かすがい》のヒドウ」

ありとあらゆる驚異と逸脱を許容するこの地平において——仮に。

全ての種族、全ての戦闘者の内から、ただ一人。全ての手段を尽くして最後に残る〝最強〟が存在するのだとすれば、それは如何なる存在であるのか。

「星馳《ほしは》せアルス。わざわざ説明する必要もないよな。迷宮も財宝も、全てを獲《と》り尽くした鳥竜《ワイバーン》。……つーか色々抜きにして、〝本物の魔王〟を殺せた奴がどこかにいたとしたら、こいつくらいだろ」

数多《あまた》の神秘を略奪し、欲望のまま全てを蹂躙しゆく、万能の適性を持つ冒険者《ローグ》か。

「……二番手。こっちを先にするか。第十一卿。暮鐘《ぼしょう》のノフトク」

「はぁ……〝教団〟からの推薦枠ですなぁ。通《とお》り禍《か》のクゼ。〝教団〟の始末屋として、屠《ほふ》った敵が幾百と。まぁ……それなりには、頑張ってくれるのでは」

この世の誰にも認識されることなく、一撃にて致命の刃を突き立てる暗殺者《スタッバー》か。

「では、第二十五将。空雷《くうらい》のカヨン」

「そもそもなんだけど、ここにいる皆は分かってるんでしょうね？　この試合の本題、〝本物の魔王〟を倒したかどうかって話なんでしょ？　それなら地平咆《ちへいほう》メレよ！　魔王のサイン水郷侵攻を押し止めて、微塵嵐《みじんあらし》を撃破した英雄！　実績が全然違うわ」

万物を捉える地平線の果てより放たれる、防御不可能の破壊をもたらす弓手《アーチャー》か。

「第二十七将……弾火源《だんかげん》のハーディ。次の候補だ」

「一つ言っとく。ナガン迷宮都市の話は本当だ。それをやった奴の話もな。誰も知らない勇者ってことは、つまりつい最近までこの世にいなかった〝客人《まろうど》〟ッてことだろうが。ロスクレイにゃ悪いが、俺は柳《やなぎ》の剣《つるぎ》のソウジロウに賭けるぞ」

敵の生命形態を問わぬ斬殺の技。剣の魔道の果てに法則を逸脱した剣豪《ブレード》か。

「四番目の候補だな。第十三卿、千里鏡《せんりきょう》のエヌ」

「……奈落《ならく》の巣網《すあみ》のゼルジルガ。元〝黒曜の瞳〟。彼女の離反なくして、黒曜《こくよう》レハート討伐は成らなかったと断言していい。糸を操るだけで、触れずとも縛り、操り、敵を裂く。私の知る限りは――彼女が最強の使い手だね」

知られざる影の底より陰謀と支配で侵食し、群体たる目と耳を操る斥候《スカウト》か。

「……第十将、蝋花《ろうか》のクウェル。候補は」

「サ、サイアノプです。……無尽無流《むじんむりゅう》のサイアノプ。えっと、あの。〝最初の一行〟の、彼岸《ひがん》のネフトさん。知ってますよね。……あの人を、倒しちゃうくらいなので。あっ、武器も持たずにです。……強いですよ。私の全力より、ずっと」

鉄の執念を以て知識と鍛錬を積み上げた、異形の肉体に武を極めし武闘家《グラップラー》か。

「では……第十七卿。赤《あか》い紙箋《しせん》のエレア」

「私の候補は、他の方のように大層な実績などはありませんけれど。ギルド〝日の大樹〟首領、灰境《かいきょう》ジヴラート。実力は市民の誰もが知るところでしょう。数合わせの候補としては最適かと」

神の如き全能を与えられた、万象を思うがままに破壊し創造すらできる詞術士《ウィザード》か。

「……フ。勝ち抜き戦なんだ。そういう輩も必要ではあるな。第十六将、憂《うれ》いの風《かぜ》のノーフェルト。そっちの候補はどうだ」

「俺のは数合わせとかじゃねーから。アリモ列村の虐殺犯を鎮圧したのも、あの裂震《れっしん》のベルカを殺ったのも、全部マジの話なんで。不言《ふごん》のウハク。まァ……面白いもん、見せられると思うよ」

世界の根源の呪いを否定し、言葉の神秘を一つの法にて殺す神官《オラクル》か。

「九番目の候補は、こいつか。第七卿、先触《さきぶ》れのフリンスダ」

「ホホホホホ！　ツーちゃんね！　魔法《まほう》のツー！　もー良い子なのよォあの娘！　素直に言うことだって聞くし、いつも明るくて……あら、強いかどうかって話だったかしら。そりゃあもう！〝最後の地〟で暮らしてたくらいだものね〜。ホホホ！　あの娘……〝本物の魔王〟の残り香が、何も怖くなかったってことでしょ？　……ねェ？」

あらゆる害意が意味を成さぬ、天衣無縫の身体能力のみで圧倒する狂戦士《ジャガーノート》か。

「第二十二将、鉄貫羽影《てっかんうえい》のミジアル」

「はーい。でも、おぞましきトロアの名前なんて、とっくに皆知ってるでしょ？　別に僕が紹介することもないと思いまーす。生きてて、出ます！　以上！」

多種多彩なる魔剣を完全なる形で用いる、恐怖の伝説の後継者たる魔剣士《グリムリーパー》か。

「……。まあいいとするか。第二十四将。荒野《こうや》の轍《わだち》のダントの候補だ。説明を頼む」

「……千一匹目《せんいちひきめ》のジギタ・ゾギ。我々の知る軍勢では〝本物の魔王〟を打ち倒すことは叶《かな》わなかった。ならば、我々が現在まで把握していなかった軍勢こそが魔王を撃破したと……いう主張は一考すべきだ。俺は……旧王国軍を無傷で破ったジギタ・ゾギの戦術こそが、魔王撃破に最大の貢献を果たしたものと愚考する」

「順番が前後したが、第十四将、光量牢《こうりょうろう》のユカ。……まさかお前が候補を見つけてくるとはなあ」

「いやあ、俺もびっくりだよね。移《うつ》り気《ぎ》なオゾネズマ。混獣《キメラ》だってさ。俺は他の皆みたいな話はできないんだけど……うん。とりあえず、凄く強い奴だったなあ」

自らは戦場に立つことなく大局を動かし、異才の弁舌を以て数を力へと変える政治家《ステイツマン》か。

「次だ。第四卿、円卓《えんたく》のケイテ」

「ハッ！　知っての通りだ。魔王自称者、軸《じく》のキヤズナは我ら黄都《こうと》の軍門に下った。〝本物の魔王〟を討伐した兵器――窮知《きゅうち》の箱《はこ》のメステルエクシルという手土産を持ってな。それの性能は、この俺が見て、認めた。よもや異論はあるまい？」

卓絶の術者に構築された、理論上永遠に打倒を果たせぬ生術士《クリエイター》にして工術士《アーキテクト》か。

「第十九卿、遊糸《ゆうし》のヒャッカ。次はお前だな」

「はい！　音斬《おとぎ》りシャルク！　先日オカフ自由都市との講和が成立しましたので、黒《くろ》い音色《ねいろ》のカヅキを討ち果たしたという旨、確認が取れております！　無影にして至妙！　反撃すらも許さぬ槍の絶技、まさしく最強の名に相応しいかと！」

何もかもを置き去りにする神速。槍の間合いが不可避の死を意味する槍兵《スピアヘッド》か。

「最後はハルゲントだな。第六将、静寂《せいじゃく》なるハルゲント。どうだ」

「冬《ふゆ》のルクノカ。ふ、ふはははは……知らぬ者はおるまい……彼女は実在していた！　その爪は遍く英雄の剣を折り、その息《ブレス》は……いや…………あー、とにかく、最強……最強の、候補だ！」

英雄達の終焉《しゅうえん》として君臨し続け、揺るがぬ最強に自身すら絶望させた凍術士《サイレンサー》か。

「これで十五名。そして、ロスクレイ」

「はい」

運営者すらも味方する策謀者にして、不敗の偶像を作り上げた無謬《むびゅう》の騎士《ナイト》か。

「――第二将、絶対《ぜったい》なるロスクレイ。無論のこと、この私が勝ちます」

六合上覧《りくごうじょうらん》が、始まる。

十三　黄都

金色の光だった。

川の対岸で溢れていた灯《あか》りの海。馬車が橋を渡りはじめると、それはキアの見る視界を埋め尽くして、道の両側いっぱいに並んだ。

イータ樹海道《じゅかいどう》では見たこともなかった、星よりも力強い地上の光。

「すっごい……！　まるで昼間みたい！」

キアはその小さな体を、客車から落ちんばかりに乗り出していた。吊り目気味の碧眼が鏡のようにその夜景を映す。

信じられなかった。とうに陽の落ちた暗闇の夜に、これだけの光が浮かんでいる。皆起きているのだ。働いているのだ。一体、何をしているのだろう？

「はっはっは。どうだ嬢ちゃん！　すごいもんだろう、黄都《こうと》は！」

エレアならば咎《とが》めたような行いに対しても、年配の御者は上機嫌に返した。彼もきっと、このきらびやかな黄都《こうと》が誇らしいのだろう。

「あの光、何を燃《も》しているか分かるかい。獣の脂とか薪なんかじゃねえぞォ！」

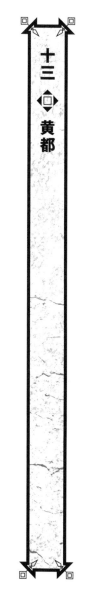

「――ガスよ！　ガス燈！　熱術《ねつじゅつ》がなくても燃える空気！　すぐ近くのマリ地孔《ちこう》から、管を……鉄の管を通して！　それを燃やしてるの！　ねっ、そうよね！」

「おうおう、なんだ嬢ちゃん！　ちっちゃいのに俺なんかよりずっと分かってるんじゃねえか！　はっはっは！　俺もそこまで知らなかったよ！」

金色の光。今まで通り過ぎてきた町並みのランプとは、こんなに違う。

それはきっと、ガスの光だからなのだ。

「エレア……ん、腹黒先生にね、習ったの！　ギミナ市で見送ってた人よ」

「おう、あの物凄《ものすげ》え別嬪《べっぴん》さんかい！　そりゃ羨ましいなあ！　人生やり直せるんなら、俺もあんな先生に教わりたいもんだ！」

「別に、ぜーんぜん、ついてこなくてよかったけど！　あの人がついてきてたら、絶対絶対、横でうるさいんだもの！」

走り続けていた馬車は、ついに異世界のような光の只中へと飛び込んだ。

土の道とは違う、整然と整えられた、まっすぐな煉瓦《れんが》の道。

きっと、これは市場だ。赤。緑。ガス燈の金色に照らされた色彩の数々が、人の声が、一つ一つを目に留められないほどにたくさん、キアの両側を流れていく。

「カイディヘイの特等羊肉は今日いっぱいまでだ！　今より安くは買えねえぞ！」

「ご存知ですか!?　正真正銘！　〝彼方《かなた》〟の最新機構！　〝双眼鏡〟をお試しあれ！」

「さあさあ、今夜を〝青《あお》い甲虫亭《こうちゅうてい》〟で過ごしたい奴はいないかい!?　ミナツ水源街《すいげんがい》からの本物の詩人が歌うぞ！」

誰しもがうるさいほどに声を張り上げ、自分が生きていることを主張している。

静かで穏やかだった彼女の故郷とは正反対で、けれど素晴らしい喧騒《けんそう》。

「ねえ、これ……これって、全部、本物のお店なの!?」

「そりゃそうさ！　他の街じゃあ見たことなかったかい！」

「でも、こんなにいっぱい……お、お客さんが足りなくなるじゃない！　小一ヶ月かけても、全部見て回れないわ！」

「はっはっはっは！　いるんだよ！　ここにはなぁ、たくさん人がいるんだ！　小一ヶ月どころか――一年かけたって、黄都《こうと》の全部なんて、見て回れやしないさ！」

馬車が止まった。再び身を乗り出して眺めると、小さな旗を横に突き出す鉄の柱が見える。

格子模様の旗は柱の振り子機構で、カシャン、という軽い音を立てて下がった。そのようにして、十字路を縦横に行き交う馬車の流れを導いているのだった。

「あんなの、知らない……！　授業でも聞いたことない！」

そうだ。キアの馬車だけではない。沢山の馬車が、路地を行き交っている。

四台もの馬車がすれ違えるほどの道幅が、どこに行っても広がっている。

稀に馬の牽かない馬車が白煙とともにすぐ横を通り過ぎて、キアを驚かせた。

「ああ……！」

馬車は、見上げるような大きな住宅が立ち並ぶ一角に入っていく。

市場ではないのに夜の街を歩む人達がいて、道は明るく照らされている。

そこに暮らす人々の姿形は、どれも違っている。ただ、色とりどりの衣装のせいでそう見えるのではない。人間《ミニア》。森人《エルフ》。山人《ドワーフ》。小人《レプラコーン》。砂人《ズメウ》。

この黄都《こうと》には……世界最大の都市には、全ての人族《じんぞく》がいるのだろうか？

授業で聞いた物事だけではない。信じられないくらい、知らないものばかりがここにはある。

「見ろ、嬢ちゃん！　あれが王宮だ！　セフィト様の王宮だよ！」

「王宮……!?」

馬車は、一際大きい道へと抜けたようであった。その先にそびえる建物を見た。

白く照らされた、とても大きくて、美しい城がある。

眩《まばゆ》い光の全ては大きな堀に鏡写しになって、色とりどりの太陽が列を成したかのように、それは美しかった。

――人族《じんぞく》に与えられた、絶対の王権の象徴。

この大海の如き人の営みを全て見下ろす、輝きと権威の歴史。

〝本物の魔王〟によって一度滅びに瀕した世界で、ただ一つ現存する王宮であった。

ああ。エレアはなんてかわいそうなんだろう。夜の暗闇に浮かぶこの天上の御殿を、キアの横で見られないのだから。

「すごい……」

そんな溜息《ためいき》だけが漏れた。

キアはこれからの一年を、こんなに途轍《とてつ》もない都市で過ごすのだ。

どれほどの未知が、どんな楽しみが待ち受けているのだろう。

イータ樹海道《じゅかいどう》を発《た》つ前の自分は、今のような光景を想像していただろうか？

「――六合上覧《りくごうじょうらん》！　六合上覧《りくごうじょうらん》！　今からでも手配できます！　観戦席のお申しつけは、我らインサ・モゼオ商会へ！」

「どうよお姉さん！　勇者記念硬貨！　曾孫の代までの自慢の種になるよ！」

「さああ、一世一代の勇者の戦いぶりを残したくはないかい!?　銀板写真《ダゲレオタイプ》のご注文はメルオラ造影所に！」

王宮前の大通りには、市場に負けず劣らずの商人が露店を構えていて、押し寄せる人波は馬車の通行を妨げんばかりだ。彼ら全員の関心となっているらしいその言葉も、キアは初めて耳にした。

「ねえ……ねえ！　六合上覧《りくごうじょうらん》ってなに!?」

「おや物知り嬢ちゃん、六合上覧《りくごうじょうらん》を知らないのかい!?　こりゃ驚いた！　王宮が開く、一番でっかい王城試合だよ！　戦うんだ！　神話の時代みたいな、真業《しんごう》の大試合さ！」

「へえ……！　それって、誰が出るの!?」

「はっはっは！　〝本物の魔王〟を倒した、勇者だってよ！」

御者の語り口は興奮の熱に満ちていて、それはきっと黄都《こうと》でも、なお特別なことなのだろうと思った。

キアもその試合を見に行けるだろうか。エレアは、やっぱりそんな野蛮なものを見てはいけないと叱るだろうか。

(絶対、見に行ってやろう)

こんな素晴らしい街でただ勉強するだけだなんて、本当につまらない。

授業から抜け出して、この活気の夜を歩いて、見たことのないものを見よう。

ヤウィカにもシエンにも、十年話しても尽きないくらいの、たくさんの物事を。

「勝てば何でも願いが叶う！　それくらいの物凄い賞金だ！　だから最強の英雄が集まってくる！」

「そうなの!?　……じゃあ、あたしも出てみようかしら！」

「おいおい、はっはっは！　俺はちっちゃい英雄サマを乗せちまったかい！　でも、十年後まではやめときな！　最強ってのは本物の最強さ！　絶対《ぜったい》なるロスクレイだって出るんだからなぁ！」

「――でも、あたしは最強だもの！」

様々な空気を孕んだ風が路地を通って、客車の中を通り抜けた。

キアの金色の髪は、照り返す夜の光と風に、きらきらと靡《なび》いた。

そして、破裂のような轟音の風で翻った。思わずそちらを振り向く。馬車を恐ろしい速度で追い抜いて、巨大な鉄の蛇竜《ワーム》のような――

「すごい」

蒸気機関で動く汽車という存在を、キアは初めて見た。

あれだけの機械が、毎日動き続けている。巨体の中には、沢山の人が乗っている。それを動かす燃料が、地平の全土から集まってくる。

人が。全ての営みを動かす無数の人々が、この黄都《こうと》には暮らしているのだ。

「黄都《こうと》……！」

遥かな勢いで過ぎ去っていく汽車の背を見送りながら、キアは呟いた。

きっと彼女のことを、想像もできないようなことが待ち受けている。

「これが、黄都《こうと》！」

十四　青い甲虫亭

　どこに行っても、同じような出来事に行き合う気がする。

　……きっと、それは錯覚なのだろう。だがシャルクの生において、その二度か三度の不運の繰り返しは、十分すぎるほどに人生を占める密度であると言っても良いように思えた。

　ともあれそれは、この黄都《こうと》でも起こった。

　〝青い甲虫亭〟という酒場の片隅に座ったシャルクは、飲めぬ酒の一杯を座席代の代わりにして、陽気な管楽器の演奏と女詩人の歌を聞いていた。

　自分自身が骸魔《スケルトン》であるためなのか、陰鬱な曲は好みではない。勝手の分からぬ黄都《こうと》で見つけたこの店は、その時点では当たりと言ってよかった。

「わーっ、綺麗！　どれにしようかなあ！」

　それが誤りだったと気付かされた最初の兆しは、底抜けに明るい少女の声だ。

　十九ほどの、溌剌《はつらつ》とした印象の少女だ。彼女は長い栗色の三つ編みを落ち着きなく揺らして、カウンターの棚に並んだ酒瓶の色を眺めていた。

「おじさん、これ！　これをちょうだい！　緑のやつ！」

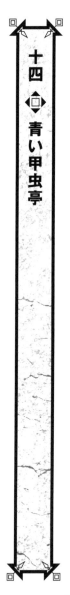

「……」

音楽とは不釣り合いに寡黙な主人は、黙々とグラスの準備を始めている。

少女は軽い足取りで混み合った店内を進み、シャルクの向かいの席が唯一空いているのを見ると、そこに迷いなく座った。

「おいおい」

本来引き止めるべき主人がその有様なので、シャルクが咎めることになった。

「……その年で樽奥酒か？　知らないいなら、別の酒に換えてもらえ。一口目で潰れちまうぞ」

「？　大丈夫だよ！　あっ、向かい座っていい？」

「もう座っているだろう。嫌ならそう言ってるさ」

怖いもの知らずの子猫のような娘だ、とシャルクは思う。座ってもなお落ち着きのない動きに合わせて揺れる長い三つ編みは、事実一つの尻尾のようでもある。

「ふふ、ありがとう。ぼくは魔法《まほう》のツー。君は？」

「〝音斬《おとぎ》り〟。音斬《おとぎ》りシャルクで通っている」

――魔法《まほう》のツー。

擁立者である遊糸《ゆうし》のヒャッカに伝えられた参加者の名を思い出す。今朝方のことで、シャルクも真剣に記憶してはいない。

だが出場者の一人が、そのような奇妙な二つ目の名を名乗っていたように思う。

「……酒場なのに、君はお酒飲まないの？　氷が溶けちゃってる」

「幸い、呑まなくても酔い歩けるようになった身でね」

シャルクの濃緑の襤褸の下からは、指先が覗いている。それは宝石じみて純白に脱色された、生命条理に反して動く人体の骨格そのものである。

混み合った店内で、彼の眼前の席だけが開いていた理由でもあった。

音斬《おとぎ》りシャルクは魔族《まぞく》である。オカフ自由都市のような例外を除き、彼が旅したどの街でも……多種族が共存する黄都《こうと》にあっても、骸魔《スケルトン》は忌避されていた。

「いつ覚めるか分かったもんじゃないのさ。こんな酒で良ければ、奢らせてくれ」

「いいの？　やった、得しちゃった！」

ツーは両手でグラスを持って、シャルクの酒をごくごくと飲み干した。

ぎゅっと目を瞑《つぶ》って、グラスをテーブルに置く。

「ううっ……苦い！　でも、おいしいな！」

「本当にそう思ってるか？」

「うん！　お酒って、皆好きなんでしょ？　クラフニルも言ってた！」

「……」

本人が喜んでいるとはいえ、軽率に勧めるべきではなかったのかもしれない。

とはいえ……明らかに酒に慣れている風ではないのにも関わらず、水でも飲み下すかのようにグラスを空にできるのは、余程に強い喉の持ち主なのだろう。

（……こいつが、六合上覧《りくごうじょうらん》の敵なのか？　俺の素性を知っていてこの態度なのか？）

ニコニコと体を揺らしながら詩人の曲に聞き入る姿は、とてもそうは見えない。

試合開始まで小一ヶ月。この場でシャルクから仕掛け、対戦相手の力を測るのも悪くないのかもしれない。シャルクは、壁に立てかけた白槍の位置を意識している。

「あっ、そうだ、シャルク！　聞きたいことがあるんだけど！」

注文した酒が運ばれてくると同時、ツーの席の向こうから口論の怒声が飛んでくる。

「ああ!?　黙ってろクズが！　借りてる金がどうだかってのが、今の話でそんなに大事か!?　……くだらねえ額でテメエ、ああ!?　小せえこと抜かしてんじゃねエ！」

「おうおうおう、踏み倒す気か!?　上等だコラァ！　今すぐその腹ん中ブッバラして、ロクでもねえ酒代の代わりにでもするか!?」

シャルクは辟易《へきえき》の溜息をついた。

——どこに行っても、同じような出来事にばかり行き合う。

「シャルク？」

「ああ」

シャルクはツーの問いに生返事を返しながら、面倒事を知覚している。いざという時に巻き込まれることを避けるためだ。一方のツーは、まったく注意を払っている様子がなかった。

口論していた男の片方が、小型銃を取り出したことが分かった。まさか装填状態で呑んでいたのか。銃口が上がる。相手の喉に突きつけられる。

シャルクの速さであれば、制止することはできる。離れた席に駆けつけて銃弾を弾くどころか、引き金を引く指を直接止めることもできる――だが、ならず者どもの問題は、彼ら自身の自由に任せるべきだと彼は考えている。

彼らがしたいようにすればいい。警《いまし》めのタレンや、麻《あさ》の雫《しずく》のミリュウと同じだ。

「――テメェが先に死ねや！」

座席を蹴り倒す音。銃声。客の悲鳴。シャルクの席へと流れ弾が飛ぶ。

シャルクは沈黙したまま、対面の席を見ている……その一瞬で同席者が消えた椅子を。

彼が槍を取るまでもなく、飛来する弾丸が止められた瞬間も見た。

ツーが掌で受けたのだ。シャルクが見る限り、弾丸は少女の表皮すら傷つけていない。

「やめろッ！」

そうして飛び出したツーは、二人を同時に押さえつけていた。明らかに暴力の世界に身を置く屈強な男二人が、それぞれ少女の細腕一本で引きずり倒されている。

「みんな、音楽を楽しみにしてるんだ！　君達の喧嘩じゃない！　迷惑かけるなよ！」

「う、ぎぐっ」

ツーは相手をただの酔客と見て、ある程度の容赦を与えようとしたのだろう。彼らの喉から手を離して宣言した。

「まだ続けるなら、蹴っ飛ばしてわからせてやるぞ！」

「……ツー。そいつらは」

シャルクが槍を手にして立ち上がろうとした時、次の異変が起こっていた。

木材が強く弾けるような、パチ、という音が響く。酔客の手の内から飛んだ何かが背後のランプの一つを砕いた。ツーはランプが割れる音に気を取られた。

二人が同時に逃げた。一人は入口側。一人は、それが吹き飛んだ地点——裏口へと。

裏口はシャルクの席から見て対角に当たる、酒場の最奥だ。それでも遥かに速く……欠伸《あくび》混じりでも、シャルクは回り込むことができる。

「……！」

「——お前はナイフと結婚しているのか？」

裏口の暗がりに寄りかかったまま、酔客の到達より早く奪ったそれを……ナイフの刃を、彼の眼前に取り出してみせる。ただのナイフではない。火薬で刃だけを射出する機構が備わった暗器だ。

「不躾な質問で悪いな。あんなかわいい娘に押し倒されてこっちを選ぶってのは、俺にはそうとしか思えないんでね……」

「そいつを返せ」

何が起こったのかを推測できる。ツーの体に隠れた死角で、この剣呑な兵器を突き立てたのだ。刃はツーの体を貫通せず、表皮を滑って弾かれた。この男は証拠を回収して逃げるつもりでいた。

尋常の人体ならば、内臓ごと爆散しているはずだ。どのように防御したのか。

「……普通に手に入る武器じゃない。誰の差し金だ」

「シャルク！」

後ろから、ツーが呼び咎めた。

肩越しに彼女の腹部を見る。大きく裂けた布地は、今しがた彼女が受けた攻撃と一致する。

「……ぼくは大丈夫。放してやりなよ」

「分かってないようなら言うが、こいつはお前を殺そうとしたぞ」

「そうなの？　大したことないよ。でも喧嘩はだめだ。皆、音楽を聞きに来てる」

「……お前」

そうした会話を交わしている間に酔客が逃げ去ったことも、知覚している。

店を出て、路地の分岐が二つ。その先に、それぞれ三つと四つ。シャルクの速さであれば、全てを総当りにしても十分に追いつけるだろう。取り押さえて背後関係を尋問する時間はあるはずだ。

今すぐなら。

シャルクは、まずツーを案じた。

「本当に無事か？　まずは手当てが先決だ。俺と違って生きてるんだろう」

「大丈夫だって！　あっ、引っ張らないでよ！」

骨の指先から伝わるツーの腕の感触は――無論、骸魔《スケルトン》の疑似的な触覚だが――ごく普通の少女のそれだ。肌の滑らかさがあり、力を込めれば肉の弾力がある。

「……。お前の体はどうなっている」

結論から言えば、シャルクの懸念はまったくの見当外れであった。

致死的な二種類の武器を受けたはずの肌には、内出血一つ見当たらない。魔法《まほう》のツーは痛みすら感じていない。

竜鱗《りゅうりん》のような単純な硬度で防いでいるわけではないはずだ。銃でも刃でも貫けぬ靭性《じんせい》を、この柔肌が備えているとしか思えない。だが、その防御力の上限はどれ程になるのだろうか。

「あはは！　ぼくも難しいことはわかんないんだよね。でも、ぼくはこういうの……生まれつき、大丈夫な体だから。平気なの」

「大丈夫だからって、軽々しく体を張るな」

「……うん。ありがとう。シャルク、いいおじさんだね」

「おじさん」

存外に衝撃を受けている自分自身に、シャルクは困惑した。

彼は、自分が何者であるかの記憶を持たない。

当然のことながら、可能性の一つとしてあり得るはずだが……

「……おじさんに、見えるか」

「あれ？　嫌だった？　ぼくはおじさん、好きだけどな」

「いや、いい。大した問題じゃない。拘るような男は馬鹿だ。そんなことよりも、もっと重要な話がある」

それを隠したまま彼女から情報を引き出す方が、音斬《おとぎ》りシャルクにとっては有利なのだろう。

だが所詮死人が、僅かな保身のために矜持を捨てるほど愚かなこともない。

「魔法《まほう》のツー。お前は六合上覧《りくごうじょうらん》の出場者だな」

「うん！」

「話は早いが、素直に答えるんじゃない。俺もそうだ。音斬《おとぎ》りシャルク。今の連中が、ただの酔客じゃなかったことも分かるな」

「えっ、そうだったの!?」

シャルクは、空洞の頭蓋を押さえた。呆れた少女だ。

最初に酔客を取り押さえた時からそうだ。ツーの心構えは、何もかも戦士ではない。まさか身体能力一つだけで、これからの試合を勝ち抜くつもりでいるのか。

「……奴らが揉《も》めていた時、流れ弾はこの席に飛ぶところだった。狙ったんだ。それをどうやって対処するか見ようとした奴がいる」

「シャルクが回り込んだみたいに？」

「いいや。間違いなく、お前の方だと思う。銃と刃。奴らには攻撃手段を使い分けた意図があったはずだ——例えば、お前の防御力の限界を見ようとしたとかな」

ここはシャルクが渡り歩いてきたような、ならず者の吹き溜まりとは違う。

どこに行っても、同じような出来事に行き合う。しかし、この黄都《こうと》に至っても同じことが起こるのであれば、それは不運の領域ではない。間違いなく異常な事態だ。

「……恐らくは、参加者の誰かの差し金だ。すまんな」

「そうなんだ。でも、なんでシャルクが謝ったの？　シャルクじゃないんだよね？」

「お前が銃弾を受け止めるのを、俺も見ていた。俺と同じ勇者候補がどうするかに興味が出ちまった。もしもお前が目の前で死んでいたら、さすがに少しは後悔したかもしれん」

恐らく、しなかっただろう。音斬《おとぎ》りシャルクは数え切れない死を眺めてきたが、真に後悔したことは一度もない。人の生死の判断を含めた、確固たる正義を信じてはいないからだ。

「そっか。シャルクは頭いいなあ。ぼくは全然思いつかなかった」

ツーはニコニコと笑って、やはり気にしていない。迷いなく人を助けるために動いた彼女のことを、少しだけ羨ましく思う。信念があるということは、自分を知っているということだからだ。

（だが、もう俺達の戦力を探りはじめている奴がいるのか。参加者が知らされたのは今朝方だぞ）

彼女は気にも留めていないが、そうだと仮定するなら、相当に早い動き出しだ。

兵の手配。襲撃計画の立案。魔法《まほう》のツーが保有する、防御力という強さの絞り込み。

それだけは、シャルクの速度でも追いつけない種別の速さだ。

（――相当に切れる奴がいるな）

そして眼前に座るこの少女すら、シャルクの敵となり得るのだ。

あるいは今の会話で伝えるべきでない情報を与え、不必要な不利を招いただろうか。

僅かな矜持と引き換えにしたものが、いずれシャルクを追い詰めるだろうか。

「やっぱり、シャルクは優しいね」

「美人と手を繋げただけで、男にとっては十分な釣りになるさ」

「ふふ。ぼくの手、柔らかかった？」

「……。まあな」

六合上覧《りくごうじょうらん》が始まっている。既に、与り知《あずか》らぬどこかで。

十五　サミギ記念公園

「ようヒドウ！　頑張ってるか！」

「ああ」

「あらヒドウ、うちで食べてくかい？　量多くしとくよ！」

「気が向いたらな」

「へへ……二十九官ってよお、女王様に謁見できるんだろ。どうだヒドウ、セフィト様は？　凄え美人じゃねえのか？」

「まーな」

「おーいヒドウ！　六合上覧《りくごうじょうらん》、楽しみにしてるぜ！」

「おう」

人の声の波を気怠《けだる》げに進んで、白昼の広場を抜ける。噴水の飛沫がヒドウの髪の端を濡らした。

黄都《こうと》第二十卿、鎹《かすがい》のヒドウ。帽子を斜めに被り、適度に着崩した貴族服を纏った姿は、名家の奔放な次男坊といった出《い》で立《た》ちである。彼の自認もそうだ。

だが世間の人々にはこうして、人族《じんぞく》世界の最高官僚の一人、黄都《こうと》二十九官として見られている。

（……くだらないな）

人目から十分に離れた公園の長椅子で、手元の包みを開く。昼食時には、ヒドウは常に同じ店のパンしか食べない。

（明日を気楽に過ごせればいい。黄都《こうと》も、六合上覧《りくごうじょうらん》も……星馳《ほしは》せアルスも。本当は、くだらないことばかりだ）

上がっていく地位に伴って、ヒドウには不要の心労ばかりが付《つ》き纏《まと》ってくる。本来は彼が考える必要などなかった、単位の大きな悩みばかりが。

どこで道を誤ったのだろうか。もはや彼は、家督を継ぐべき兄よりも政治上の地位は上だ。子供の頃に彼が思い描いていた人生では、そうなるはずではなかった。

社交的な気質の彼が一人での昼食を好むことにはそういった理由がある。せめて一日に一度は、身分から解放される時を必要としていた。

柔らかな白いパンは均一な焦げ目が施されていて、まだ十分に温かかった。

黄都《こうと》の中にあって然程《さほど》繁盛している店ではないが、店主の熱術《ねつじゅつ》の加減がうまい。パンの間に包まれたアヒル肉も、鮮やかな赤身から溶け出した脂が周囲の菜に照りを与えていて、素朴でありながら素晴らしい一品である。

——なので、長椅子の背向かいに現れた気配はヒドウを苛立たせた。

「……何の用だ。俺は昼休み中だぞ」

食事の手を僅かに止めた。二十九官の身の安全に関しては多くの兵士が十分に気を配っているはずだが、他の陣営からの刺客である可能性もあった。

後ろの長椅子から、くたびれた声が返る。

「貴様の場合、他の連中が居合わせない場は少ないだろう。鎹《かすがい》のヒドウ」

「……これ以上、問題は抱えたくないんだ。勘弁してくれ」

第六将、静寂《せいじゃく》なるハルゲントだ。この男がいつ黄都《こうと》に帰ってきていたのかもヒドウは把握していない。

生まれながらの才覚でここまで取り立てられたヒドウとは正反対に、どこか海辺の辺境の生まれから下積みを経て這《は》い上《あ》がった、旧時代の軍人である。その凋落《ちょうらく》ぶりは、二十九官におけるヒドウの経歴と正反対の位置にあった。

「悪いが……悪いが、私もこの点だけは、貴様に譲るわけにはいかん。私には冬《ふゆ》のルクノカがあり、貴様には星馳《ほしは》せアルスがいる。どちらも地上に最強の二文字を知られた無双の竜族《りゅうぞく》。ならば――」

「長い長い。話が長いんだよ。結局何が言いたいんだ？　俺とオッサンで戦うようにさせろってことか？　何なんだアンタ……本当に」

うんざりしながら、ヒドウはパンに口をつけた。

落ち目の老将との会話などより、彼にとってはそちらの方が遥かに重要だった。

「まあ、ジェルキなりロスクレイなりに掛け合って、そうさせてみろよ。できるもんならな。俺にそういう権限はない。話は終わりだ」

「頼む、わ、私は……！　私は、星馳《ほしは》せアルスと決着をつけなければならないのだ！　奴よりも大きなものを摑むと誓った！　それが生きる意味だ！　そ、そうでなければ、私のような男が、冬《ふゆ》のルクノカを連れてこられるものか！」

——知ったことではない。

この男にどのような感傷があり、どのような正義があるのか、ヒドウは一切興味がない。

ヒドウは別段、彼らのことを否定しているわけでもないのだ。与り知らぬところで勝手にやっていればいいとすら思う。にも関わらず、誰も彼もが、勝手な事情でヒドウに問題を持ち込んでくる。そうして、彼の取り組むべき仕事だけが膨れ上がっていく。

「あのなオッサン？　そのルクノカの話だけどな。……言わせてもらうよ。冬《ふゆ》のルクノカは、元々人族《じんぞく》に興味なんざ持ってなかった。奴が本気で人里を滅ぼそうとしたら、どうなるか分からなかったのか？　なんでわざわざ呼んできた？　俺はあんたと違って、そっちの問題も考えなきゃならないんだ。その上さらに俺に我儘《わがまま》を聞かせようってか？　あんたの中で、そいつはどういう了見になってるんだ？」

「……。間違ったことを、しているものか。地平で……この地平で最強の者を。勇者に比肩し得る英雄を探すという話だったはずだ……！」

「はぁ……その年なんだからさ……。いい加減、考えてくれよ。本当にどうしようもない奴連れてきてどうすんだ。本当は、こんなもん……文句が出ない程度に有名で、人族《じんぞく》に味方していて、ロスクレイが勝てる程度の連中だけで良かったんだよ。なのに、アホが勝手にクソ野郎どもをかき集めてきやがった。どいつもこいつも……権力が欲しいからって、自分が勇者を担ぎ出したいからって」

パンの包み紙を、片手で握り潰す。

どうして、どうせ自らの能力に持て余す権力などを求めるのか。先の展望もなしに成り上がったところで、何を得ようというのか。ヒドウには全く理解できない。

彼はただ——何も心配することなく、自由に暮らしていたかっただけだ。

広場で彼に声をかけていた市民達のように、何も知らずに日々を生きていければそれで良かった。

「……貴様らはいつもそうだな」

背後に座る将は、自らの膝に目を落としたまま、低く呟いた。積もった無念と、怒りが込められた声色だった。

暖かな日差しの降る白昼の市街とは全く乖離《かいり》した、凋落の世界に生きている。

「ああ？」

「いつも、そうだ。貴様らには、何もかもを決める権限がある。そうして作った決まり事に、私達を従わせようとする。だが、貴様らが最初に決めた事を、私達が貴様ら以上に上手くこなした時……貴様らは、いつでもそう言うのだ」

〝羽毟《はねむし》り〟のハルゲント。時代の趨勢《すうせい》を読み切ることができず、ただ惰性のような鳥竜《ワイバーン》狩りのみで功績を主張し続けてきた男。

時代遅れの官僚だ。これからの時代には一切必要とされることはないだろう。そしてそのようになる未来も、恐らくは既に決まりきっている。

「『本当はそうではなかったのだ』と。『少し考えれば分かったはずだ』と。『もう違うルールになったのだ』と。私達は、何も賞賛されることはない。何もかもを決める権限は、常に貴様らのような連中にあるからだ。〝本物の魔王〟が現れる前は、小鬼《ゴブリン》や鳥竜《ワイバーン》を狩れと言った。人里を襲い、開拓を脅かす、彼らこそが悪だと言った。だから私は、鳥竜《ワイバーン》を狩れば成り上がれると信じた。それだけをした」

「頭が湧いてるのか？　俺が言ったわけじゃない」

「――同じことだ。貴様らは誰だろうと、まったく同じだ……！　次は魔王を。次は勇者を。いつでも貴様らは賢く、『本当はそうではなかったのだ』と言う！　私は悪の定義すら変えた！　誰も見たことのない冬《ふゆ》のルクノカを、ここまで連れ出したのだ！」

ハルゲントが立ち上がったのが分かった。ヒドウは心底から、彼のことをくだらない人間だと感じている。自分自身の言葉で、自分自身の不遇と怒りを増幅させている、愚かな男だ。

ヒドウは目を細めて、目の前に広がる草むらを眺める。このまま全ての言葉を無視して、公園を横切って立ち去っていく自分を想像する。この無力な将ができることは、何もない。二十九官として、ハルゲントがこれからの決定に携わることはない。

「ふ、冬《ふゆ》の……冬《ふゆ》のルクノカだぞ!?　紛れもない、伝説の、地上最強を！　何故誰も私を賞賛しない!?　何故誰も驚かない!?　貴様らはどうすれば満足なのだ！　ただ一つ、アルスとの戦いすら、貴様らは正当な報酬ではないと言うのか！」

その主張はあまりにも支離滅裂で、八つ当たりにしか思えぬ論理だ。

常軌を逸して名誉と地位に執着するハルゲントは、詞術《しじゅつ》が通ずるにも関わらず、まるでヒドウと価値観が違う、別種の生命体であるかのようだ。

（……）

だが。理解できぬなりに、腹が立った。

彼もまた、片手の包み紙を叩きつけて長椅子を立った。

「……おい、オッサン。あんたに俺の何が分かるんだ？」

この六合上覧《りくごうじょうらん》において、一切の野心を持たぬ鎹《かすがい》のヒドウが、真っ先に星馳《ほしは》せアルスを擁立した真の理由を、誰が理解しているだろうか？

彼はこの王城試合の行く末を、真に憂慮している。心の内で刃を向けながらも、この世の誰よりも星馳《ほしは》せアルスの力を信じている。

誰よりも先に星馳《ほしは》せアルスを押さえていなかったなら――

他の誰かがアルスを擁立し、本当に勝ってしまうからだ。

どうして望まぬ役割ばかりを、ヒドウが引き受けざるを得ないのか。

この世界にハルゲントのような男が存在しているからだ。

誰も彼もが、この世は絶望的な無能ばかりだ。ヒドウは無能でいたかった。

「好き勝手言ってくれるよな。そんなに冬《ふゆ》のルクノカがご自慢かよ？　伝説を見つけたあんたはそんなにお偉いのか。そんなに、冬《ふゆ》のルクノカは強いか。なァ」

振り返り、帽子の下から睨《ね》めつけただけで、第六将ハルゲントはたじろいだ。

両の拳は震え、虚勢を張っていることがありありと分かった。

この場で泣かせることすらできただろう。そんな可能性を思い浮かべるくらいには、ヒドウは腹が立っていた。

「……」

「――いいよ。勝負してやる。静寂《せいじゃく》なるハルゲント」

どうしてそのような弱者に腹を立てているのかを、ヒドウは理解していない。

心からの憎悪を込めて彼は告げた。

「殺してやるよ」

十六　対戦

第八卿、文伝《あやつ》てシェイネクは、二つ目の名が示す通りの能力によって黄都《こうと》二十九官に名を連ねる。彼は教団文字と七家系の貴族文字、〝彼方《かなた》〟の二種類の文字に通ずる。ナガン迷宮都市にも留学し長く学んだ彼は、文字の解読と記述に関してならば、第三卿ジェルキすら上回る俊才であると名高い。

午前中に任された一連の作業を終えた彼は、黄都《こうと》の中枢議事堂の執務室へと入室した。そこでは一人はまだ仕事を続けている。

「グラス卿。議事録の方は、もう整理終わりましたよ。そちらはどうですか」

「少し待っていてくれ」

「……おっと、組み合わせですか？」

その能力故にシェイネクは、黄都《こうと》第一卿、基図《きず》のグラスの実質的な書記でもあった。六合上覧《りくごうじょうらん》の対戦組み合わせは公開当日まで最重要機密に値する情報だが、この二人はそれを見ることを許される立場にある。

「擁立者の二十九官からの合意はおおよそ取れた。恐らくはこれで決定になる」

「……しかし、これは」

「妙だよな？」

「はい」

一見して理解できるその違和感は、グラスも同様に感じているところである。

六合上覧《りくごうじょうらん》の参加者へと与えられた準備期間。各々が他の候補者を探って得た情報を基に……各々の擁立者の間で、調整や対立が数多くあったはずだ。グラスもシェイネクも、そうした陰謀や思惑の全てを熟知しているわけではない。だが。

「冬《ふゆ》のルクノカをこの位置に置いて、本当に良いのですか」

「……それを言うなら、通《とお》り禍《か》のクゼもだなぁ。容易に落とせる駒の使い所としては、分からん」

「第二十七将は上手くやりましたかね」

彼らの関心の中心にあるのは、無論、第二将ロスクレイである。

そもそもこの対戦表を決定する権力を持つことこそが、彼の力の根本だ。

ならば、この名簿の羅列が示している事実は——

「……ちょうどいい、シェイネク。北東文字で写しを作ってくれ。俺もまあできないことはないが、年で随分と文法を忘れちまってな。手間がかかって困る」

「そこはグラス卿のお仕事でしょ？　ぼくの仕事じゃない。無償とはいきませんね」

「フ。図々《ずうずう》しい奴だな。今度〝霞《かすみ》の鳳亭《おおとりてい》〟で奢ってやる」

「仕方ないなあ。いいでしょう」

彼は少し笑って、向かいの席に斜めに座った。

グラスは軽く一度欠伸をして、上から順に読み上げていく。

一つ一つが、候補者全ての命運を決定づける組み合わせとなる。

ただ一人の勇者を決める戦い——六合上覧《りくごうじょうらん》。

八試合の全てが、千年に一度とて機会のない、究極にして無上の王城試合。

「第一試合。無尽無流《むじんむりゅう》のサイアノプ及びおぞましきトロア」

粘獣《ウーズ》、対、山人《ドワーフ》。

無手にして無限と、全剣にして全技。

「第二試合。星馳《ほしは》せアルス及び冬《ふゆ》のルクノカ」

鳥竜《ワイバーン》、対、竜《ドラゴン》。

伝説殺しの英雄と、英雄殺しの伝説。

「第三試合。移《うつ》り気《ぎ》なオゾネズマ及び柳《やなぎ》の剣《つるぎ》のソウジロウ」

混獣《キメラ》、対、人間《ミニア》。

隠されし〝客人《まろうど》〟の手と、秘されし〝客人《まろうど》〟の剣。

「第四試合。絶対《ぜったい》なるロスクレイ及び灰境《かいきょう》ジヴラート」

人間《ミニア》、対、人間《ミニア》。

最強を装う最弱と、最弱を装う最強。


「第五試合。通《とお》り禍《か》のクゼ及び魔法《まほう》のツー」

人間《ミニア》、対、不明。

不可知の絶殺の矛と、不可侵の絶止の盾。


「第六試合。窮知《きゅうち》の箱《はこ》のメステルエクシル及び奈落《ならく》の巣網《すあみ》のゼルジルガ」

機魔《ゴーレム》、対、砂人《ズメウ》。

完全なる鉄の機構と、完全を崩す影の機構。


「第七試合。音斬《おとぎ》りシャルク及び地平咆《ちへいほう》メレ」

骸魔《スケルトン》、対、巨人《ギガント》。

回避を許さぬ速度と、回避を許さぬ射程。


「第八試合。千一匹目《せんいちひきめ》のジギタ・ゾギ及び不言《ふごん》のウハク」

小鬼《ゴブリン》、対、大鬼《オーガ》。

理を支配する戦術と、理を破壊する法則。

「……」

全員分を書き写した後で、シェイネクは僅かに思考した。

「……ロスクレイは、やはり第四試合を選びましたね」

「そこはさすがに上手くやってはいる。第四か、第八。まだ自分が試合で消耗していない段階で、第三試合までの自分の組の連中の戦いを確認して、仕込みに動くことができるわけだ。加えて次の組の四試合の間で、第二回戦に向けた準備ができるからな」

「第一回戦の相手にジヴラートを選ぶのも妥当。問題は……次」

シェイネクは、組み合わせ表を指でなぞる。そこで当たるのは、第三試合の勝者。移《うつ》り気《ぎ》なオゾネズマか、柳《やなぎ》の剣《つるぎ》のソウジロウ――と、いうことになる。

ここで問題となるのは、候補者ではなく擁立者だ。第二十七将は黄都《こうと》で最大の兵力を動かす権限を持つ、軍事部門の統括者である。

「弾火源《だんかげん》のハーディだな」

「ハーディ将はロスクレイ陣営最大の対抗馬でしょう。二十九官で堂々とロスクレイに立ち向かって許されるのは、彼くらいだ。全力でロスクレイを潰しに来ますよ」

「……ハーディの奴が上手く立ち回ってロスクレイをカタに嵌《は》めたか。あるいはロスクレイの方が、この機会に敵対派閥を全部ブッ潰すつもりでいるってことかな」

「不安要素は、序盤に片付けてしまった方が良いという考えですか」

「どうだかなァ」

グラスとシェイネクは、今回の六合上覧《りくごうじょうらん》において完全な中立陣営だ。

それは政争において不利を選んでいるということでもあるが、全てを余さず楽しもうとするグラスにとっては、俯瞰《ふかん》の位置こそが最も都合が良かった。故にこうして運営の中核に当たることもできる。

「移《うつ》り気《ぎ》なオゾネズマの方に仕込みをしている——という線は？」

ハーディが擁する柳《やなぎ》の剣《つるぎ》のソウジロウの相手は、移《うつ》り気《ぎ》なオゾネズマ。

そちらの擁立者は第十四将、光暈牢《こううんろう》のユカである。

「ユカは素朴な男だ。策謀でハーディの上は行かんだろ。奴は本当によくやってるが、この手の争いに野心は持ち込まんだろうな」

「本日はジェルキ卿の警護だったそうですね。あまり六合上覧《りくごうじょうらん》に身を入れてはいないのか、オゾネズマの黄都《こうと》入りも遅れているという話です」

「……そうなるとオゾネズマは、ますます勝ち上がりにくいわな」

オゾネズマに関しては正体も実力も一切不明の存在だが、適切な後ろ盾のない者が勝ち上がれるほど、甘い戦いではない。

これは真業《しんごう》の戦いだ。戦闘力以外の全てをも尽くして戦わねば、容易く出し抜かれ、実力で上回っていたところで、試合において敗北する。

「そして、第三回戦」

続いて指がなぞったのは、第二試合の組み合わせである。

集った十六名の候補の中で最強と目される二名。星馳《ほしは》せアルスと、冬《ふゆ》のルクノカ。

「……勝ち上がるのは、どちらかのはずです」

「俺もそう思う。ここも……まずいな」

「――竜《ドラゴン》に勝つことはできません」

絶対《ぜったい》なるロスクレイは竜《ドラゴン》殺しの英雄だ。世間では、そのようになっている。

だが、世間に知られぬ真実の手段を尽くしたところで、彼がアルスやルクノカに本当に打ち勝つことができるのか。

第二回戦で対決するサイアノプやトロアでは、到底この竜族《りゅうぞく》を止めることはできまい。

ましてやトロアなどは、一度アルスに敗れ光の魔剣を奪われてすらいる。あのロスクレイほどの男が、同様の予測に辿り着いていないはずもない。

「さあて。お前なら勝ち進めると思っていたがな、ロスクレイ」

――故に、この名簿の羅列が示している事実は明らかだ。

彼は自身の強みを、この決定の時点で発揮することができなかった。

どのような不測の事態が起こったかは分からぬ。

絶対《ぜったい》なるロスクレイは、失敗した。政治戦で負け、勝てぬ戦いを摑まされたのだと。
「ここで終わっちまうか？」

第一回戦。

無尽無流《むじんむりゅう》のサイアノプ、対、おぞましきトロア。
星馳《ほしは》せアルス、対、冬《ふゆ》のルクノカ。
移《うつ》り気《ぎ》なオゾネズマ、対、柳《やなぎ》の剣《つるぎ》のソウジロウ。
絶対《ぜったい》なるロスクレイ、対、灰境《かいきょう》ジヴラート。
通《とお》り禍《か》のクゼ、対、魔法《まほう》のツー。
窮知《きゅうち》の箱《はこ》のメステルエクシル、対、奈落《ならく》の巣網《すあみ》のゼルジルガ。
音斬《おとぎ》りシャルク、対、地平咆《ちへいほう》メレ。
千一匹目《せんいちひきめ》のジギタ・ゾギ、対、不言《ふごん》のウハク。

十七　第一試合

鉄貫羽影《てっかんうえい》のミジアルが何故黄都《こうと》二十二将に名を連ねるのか、その理由を説明できる者は、あるいは誰一人存在しないかもしれない。

年はわずか十六。彼は戦場において果敢であり、会議では常に忌憚《きたん》のない意見を述べるが、例えばヒドウのような、二十九官入りした最初から才覚を持っていた者ではなかった。最初に立場があり、その立場に牽引されて求められる能力を身につけただけだ。

黄都《こうと》二十九官という戦時体制が生まれた頃――彼はただ、その席にいた。何らかの政治的調整が三王国の間で為され、二十九官の結成直前に当主が死亡したある家系の名義上の代表として、幼いミジアルが座ることになった。

あり得ぬ話だが、狂気の革命によって最初に滅びた正統北方王国の王族の落胤《らくいん》ではないかという説も、当時にはあった。いずれにせよ、その時には強大な後ろ盾がミジアルの背後にいたのだ。

だが長引く〝本物の魔王〟との戦乱の中で、彼を支援する勢力は一人また一人と消えて、いつしか完全に失《う》せてしまった。

そうして、ミジアルのみが残った。黄都《こうと》二十九官にあって彼は鎹《かすがい》のヒドウや赤《あか》い紙箋《しせん》のエレアと比べてもなお群を抜いて若い、最年少の官僚である。

「夜分遅くに失礼しまーす！　ミロッフォ農具商会ですが」

「はいはいはーい！　ちょっと待っててねー！」

ミジアルは広大な自室の柔らかな椅子に身を沈めたまま、屋敷の外へと答えた。自分自身で動くつもりはない。じきに使用人が向かうであろう。

もう一人、暖炉の傍らに座り込んでいる男がそのやり取りを聞《き》き咎《とが》めた。

「畑でも持っているのか」

「別にー？　何か気になった？」

「深夜に農具屋だからな。あまり呼びつける時間ではないだろう」

その山人《ドワーフ》は全身が武器蔵と見紛う、怖気をふるうほどの剣呑な出で立ちである。自身の擁立者の邸宅内にあっても、剣の一本すらその身から離すつもりはないようであった。

生ける伝説――おぞましきトロアの名を名乗っている。

「あっ。トロアはさー。畑耕したことある？」

「日課だ。いつも朝早く、最初に菜園の世話をした」

「へえーっ。意外。何食べてた？　やっぱり悪い子供とかさらって、頭とかちぎって、丸《まる》呑《の》みしてたりした？」

トロアは、思わず苦笑した。あの小さな父が、どうやって人間《ミニア》の頭を呑み込むというのか。

彼の父が遺した伝説は、確かな恐怖となって人里に根付いている。しかし中にはそんな荒唐無稽な噂や、ともすれば笑ってしまうような逸話までもがある。

黄都《こうと》の市民達はそうした話で言う事を聞かない子供を脅かしたり、おぞましきトロアの冒険を捏《ねつ》造《ぞう》した詩歌を楽しんでもいた。

日常とはかけ離れたどこかの物語。魔剣という幻想に纏《まつ》わる怪物。どれも、ごく普通に日々を暮らしている民の生活には関わりのない話だった。

おぞましきトロアは結局のところ、〝本物の魔王〟の如き純粋な恐怖になることはできなかったのだろう。

けれどそうした話の数々も、トロアは存外嫌ではなかった。父が確かにこの世に生きていたことを――それが後悔と殺戮の道行きだったとしても、名も顔も知らぬ誰かが、そうして受け入れてくれているようにも思えた。

「黄都《こうと》とは比べられたもんじゃないが、ミジアルの想像よりは、いいものを食べてたよ。猪《いのしし》肉のスープが……俺は、好きでさ。月菜《つきな》と一緒に煮込んだやつだ。芋の取れる季節には、すり潰して山羊《やぎ》乳のチーズと混ぜるんだ。そいつを、芋の葉に包んで。そういうのも俺は、好きだったな……」

「ふーん。なんかつまんないね」

トロアは、少々面食らってミジアルを見た。

彼は、まだソファに寝そべりながら、気のない表情で天井を眺めている。

恐怖の伝説の象徴たるおぞましきトロアに対してすら、ミジアルは一度たりとも謙《へりくだ》ったことがなかった。

「おぞましきトロアならさ、そんな普通のもの食べてちゃだめだよ」

「駄目も何も、実際そうだったんだ。仕方ない」

「――いいじゃんそんなの。本当のことなんか、誰にも分かんないじゃん。海に潜って深獣《クラーケン》を噛《か》み殺《ころ》してたとかさー。血でギトギトに濡れた実が毎日生《な》る、肉の魔剣を持ってるとかさー」

「……根獣《マンドレイク》の毒を煮出して、酒代わりに毎日飲んでたとか？」

「そうそう、そういうの！　かっこいー！」

黄都《こうと》第二十二将は、愉快そうにケラケラと笑った。

「そういうのじゃなきゃ、だめだって。だって、おぞましきトロアなんだから……おぞましきトロアは、地獄からだって蘇るんでしょ？」

「…………。ああ」

トロアは、想像する。ワイテのどこかには恐ろしい化物がいて、それは毎日海まで下りて、深獣《クラーケン》を食べている。根獣《マンドレイク》を煮た毒の酒を、耳まで裂けた口で、ニタニタと飲み干している。

そんなおぞましい化物が夜を徘徊し、悪い子供をさらい、そして――一度死んでも蘇って、魔剣使いを殺すのだ。

「地獄はどうだったの？」

「地獄……。地獄は……そうだな。凄く寒くて、足元は全部刃だった。生きている時に……剣の罪を重ねた者が落とされる地獄だ」

そして、彼だけが思い浮かべているもう一つの光景がある。

彼の小さな父が、広大で果てしのない、遠くの世界の試練に挑んでいく様だ。

例えば……生きていた頃のように、ただ一本の魔剣を持っている。

「強大で邪悪な竜《ドラゴン》も、歴史に名前が残ってるような……恐ろしい魔王自称者達も、そこにいる。だからこの世に蘇るために、奴らを一人一人、全て斬っていくしかなかった」

「へへへ……！　トロアはさー、そんな連中に勝ったんだ？」

「勝てたさ」

自分より遥かに大きな敵を、おぞましきトロアが斬っていく。

魔剣は風のように走り、小さな体は剣の岩肌を跳んで、逆さまに駆け、地獄の悪鬼達をただ一人で打ち倒していく。

いつだってその一つの答えだけは、誰よりも確信している。

「おぞましきトロアは、最強だからだ」

彼らの心の奥底は同じだ。おぞましきトロアの物語が好きだった。

おぞましきトロアは、ミジアルが彼を擁立した理由を知っている。

◆

深夜。誰もが寝静まった時間に、一人乗りの馬車がミジアルの屋敷を出た。

ミジアルが注文した通り、その荷は馬車に積んだままにされている。

――彼が二十九官の座についた当初、周囲の誰もが名ばかりの立場であると見た。能力のみの話ではない。幼い彼では、政治の重責に耐えられるはずがなかった。

だが、そうではなかった。第二十二将は多くの意味で凡庸な子供ではあったが、ある一点において、誰よりも秀でた才能を持っていた。明らかにその才能が、権謀術数の中にあって彼の心を長らえ、戦場の中にあって身の丈以上の武功へと導いた。

「……さーて。誰もいないかな？」

彼が降り立ったのは、無人の旧市街広場だ。

おぞましきトロアと無尽無流《むじんむりゅう》のサイアノプが合意した対決の場である。

両者が各々全力を発揮できる近接の試合。黄都《こうと》は当初からこの広場を六合上覧《りくごうじょうらん》の試合場候補の一つとして定めており、興行を担う商店は周囲の住宅を観客席として借り上げている。

靴裏に感じる砂の状態を確かめながら、ミジアルは荷台に積み上がった布袋を下ろす。準備に使える時間は少ない。この夜の間に済ませてしまう必要があった。

「ふんふんふふーん、ふふんふーん」

とはいってもそれは、袋の中の白い粉を戦場の地面へと撒《ま》く程度のことだ。大掛かりな謀略などは性に合わず、他の誰かに実行の責任を押しつけることも面倒だった。ミジアル個人の力だけで可能な妨害工作を考えた結果である。

――人目を憚《はばか》る行いを自覚しながら、ミジアルには鼻歌交じりでそれができる。彼は多くの意味で凡庸な子供ではあったが、ある一点において、誰よりも秀でた才能を持っていた。

それは物怖《ものお》じをしない才能である。

二十九官の会議に出席する時、幼い彼を従わせようとする無言の圧力の只中で、彼は一度として、萎縮も遠慮も見せることがなかった。

無力や無駄を恐れることなく、興味が赴くままに必要な力を学び取ることができた。

魔王自称者との戦場においても、歯止めの外れたような単身突撃で敵陣奥深くまで斬り込み、将である彼自身が敵将を討つことができた。

その才能故に鉄貫《てつかん》羽影《うえい》のミジアルは、二十九官において最年少の、ある意味で最も特異な将であり続けている。

「……あっ」

ミジアルが発した声ではない。路地の闇から聞こえる、虫の囁きのようなかすかな声だ。

ミジアルは手を止めて、そちらへと目を凝らす。

「んー？　誰かいる？　おーい」

妨害工作の現場を目撃されてなお、彼には全くと言っていいほど緊張感がない。恐れ知らずの才能は自分自身に関する危惧すら、極めて薄く希釈する。

むしろ、影の中から現れた相手の方が怯えていた。

「あの、ミジアルくん、ですよね」

弱々しい囀《さえず》りのような、あるいは末期の病人のような、か細い声で言う。

「な、何やってるのかなーって……こんなとこで……よ、夜遅いですから……」

「あー。あーあー。クウェルちゃんじゃん。参ったな」

顔の半分が隠れそうな長い前髪と、その隙間から覗く大きな瞳が見える。黄都《こうと》第十将、蝋花《ろうか》のクウェルという。

ミジアルとは対照的にいつも怯えているような、弱々しい態度の女性である。明日のおぞましきトロアの対戦相手——無尽無流《むじんむりゅう》のサイアノプの擁立者であった。

「……それ。その袋。なんなんですか」

「石灰」

ミジアルは一切悪びれず答えた。いずれにせよ、ミロッフォ農具商会を辿《たど》れば分かることである。彼が戦場の砂へと混ぜ込むつもりでいたのは、土壌改良材の原料となる生石灰だ。

「前から気になっててさ。粘獣《ウーズ》って、石灰浴びるとどうなるんだろね？　やっぱり生きたままカラカラになるの？　火傷するのかな？　クウェルちゃん、気になんない？」

「えっ……？　えっ、でもそこ、サイアノプさんが戦うところじゃないですか……。あれ？　は、反則ですよね……？　ち、違いましたっけ……」

試合の場として、劇庭園ではなくこの旧市街の広場を合意した理由は、土壌の質にあった。生石灰の粉を混ぜ込んでも目立たぬ細かさの砂があったからだ。

たとえ敵が人体構造を持たぬ理外の武闘家であれ、その技の起点は、常に大地であるはずだ。吸湿によって発熱する生石灰は、そのどちらの作用も、粘獣《ウーズ》にとっては致命的であろう。

「別に市民をケガさせるわけじゃないし、いーじゃん。クウェルちゃんもやる？　絶対楽しいって」

彼の言葉に嘘はない。おぞましきトロアの勝利を疑っているわけではない。

純粋な好奇心だ。無敵の粘獣《ウーズ》ですらそうなるのかを見てみたかった。それだけの理由だ。

情緒の形成時期を隔たった年長者とともに過ごしたミジアルは、十六に達した今でも年齢以上に子供らしく、幼稚な言動が直ることもなかった。

「あのー、えっと、やめたほうがいいですよ……」

「なんで？　っていうか……クウェルちゃん、なんでここにいるのかな？」

二人の立場は違反者と目撃者であるはずだが、その態度はまるで正反対だ。少なくともミジアルは、彼女に目撃されたところで然程の痛手もないと考えている。

クウェルは一見して分かる通り、権力欲に執着する性質ではない。サイアノプの勝利に拘ることもないはずだった。

「えっ……？　あれ？　わ、罠とか不意打ちとか、ありって言ってましたよね。なにか、その……おかしいですか……？」

「……」

それらが誤算であったと分かった。

ゴン、という重音が響いた。

クウェルが武器を携えていたことをミジアルはようやく認識した。つまり最初からその可能性を踏まえて彼女はここに来ていた。

重装兵を馬ごと切断しかねぬ厚い刃が、石畳の上で光っている。尋常の女性の膂力では到底取り回せぬ巨大さを誇る、銀色の長柄戦斧《せんふ》である。

「ええっと、そ、それって。私が、やってもいいって意味ですよね……」

「……。クウェルちゃーん。やめようよー」

ミジアルは半分笑いながら、糸で吊り下げた分銅のような武器を取り出す。

両指で摘まんだそれは、ごく短い半径を描いて回転を始める。

「二十九官同士で……喧嘩しちゃだめだって」

彼には物怖じをせぬ才能があった。彼我の戦力差を十分に理解した上での発言だ。

ミジアルは黄都《こうと》二十九官の中で例外的な立ち位置にあるが、クウェルもまた、別種の意味において例外的であった。

風が吹き、クウェルの長い前髪が流れて、その一瞬だけ片目が覗く。

大きく丸い虹彩《こうさい》が、銀色に発光していることが分かった。

……彼女は、他の二十九官と同様の人間《ミニア》である。少なくとも、外見と戸籍の上ではそうだ。

「あ……ミ、ミジアルくん。えっと……もしかして……二十九官同士だからって、殺されないって思ってます？　困ったな……」

「は？　何……何言ってんの？」

クウェルの声色は今にもふらつきかねない頼りなさだったが、弱々しい声とともに両手に握る戦斧は鋭く軌道を描き、瞬時に上段の構えを取っている。

ミジアルは一歩後退した。彼女が敵に回った以上、妨害工作の成功確率は皆無に等しかった。

前髪の下で、彼女は照れたように笑う。

「……えへ……なーんちゃって。冗談ですよ」

第十将、蝋花《ろうか》のクウェル。

絶対《ぜったい》なるロスクレイを除いた黄都《こうと》二十九官の内、最強の個人戦力であるとされる。

「殺しはしませんから」

◆

六合上覧《りくごうじょうらん》の始まりを告げる第一試合は、正午と同時に執り行われた。

職人も商人も、いつもより早くその日の仕事を切り上げた。試合場となる旧市街には、試合前の早い昼食を取る観戦客のための屋台がひしめき、出店した店舗の全てが、黄都《こうと》へと収める多大な出店税を差し引いて余りある収益を上げた。

大道芸人は極彩色の紙ふぶきを散らし、王宮の管楽隊が市民の耳を楽しませた。

かつて黄都《こうと》で行われたどんな祭りよりも盛大な喧騒は、しかし、その時が近づくに従って、少しずつ……徐々に。どこか緊張に近しい静寂に凪いでいった。

——第一試合。おぞましきトロア、対、無尽無流《むじんむりゅう》のサイアノプ。

おぞましきトロアである。多くの者が子供の頃から怪談を聞かされ、遠い街の誰かがその殺戮の

痕跡を見たのだと言い、一本の剣に纏わる陰惨な殺人が引き起これば、その剣に魔剣の疑いがかかることすらあった。

本当に存在するのか。それは本物であるのか。いかなる姿をしているのか。

震えるような、動と静を併せ持った沈黙。恐怖を伴った好奇である。

開催初日より、民の耳目を一心に集める催事とする。黄都《こうと》の戦略は、おぞましきトロアを第一試合へと配置するところから綿密に計画されていた。

……そんな張り詰めた空気の只中で、誰かが言う。

「粘獣《ウーズ》だ……」

――おぞましきトロアが現れるべき側とは反対側の入場口である。

黄都《こうと》の衛兵に護られ群衆の中を歩む存在は、定形を持たぬ透き通った原形質――粘獣《ウーズ》に相違なかった。

誰もが目を疑った。これがおぞましきトロアの対手、無尽無流《むじんむりゅう》のサイアノプだというのか。

「……昨日、どこかで戦ったな」

戦場へと進む粘獣《ウーズ》は、背後に歩くクウェルへと問うた。

「えっ、あ、あれ」

黄都《こうと》第十将は、困惑して答えた。周囲の群衆とは極力視線を合わせぬように、厚い前髪に隠した瞳をさらに伏せ続けている。

「あの。どうして分かるんですか……」

「つい前日戦ったかどうか、挙動で分からぬほうがおかしい。戦は全身全霊の運動だ。傷や疲労のみが痕跡ではないだろう」

「こ、困ったな……。そうです。ミジアルくんと少し……昨日の、夜……」

この三日間、彼女が夜ごとに姿を消していた事実は、サイアノプとて知らぬところではなかった。相手はトロア側の陣営である第二十二将ミジアルだという。事前工作に関する何らかの応酬があったと見るのが妥当だ。

この小一ヶ月、サイアノプは所属不明の兵の襲撃を二度受けている。恐らくは、他の参加者も同じような状況であろう——それを仕掛けた側でない限りは。

「ならば、何かを仕込んだか。クウェル」

「……私は、何もしません」

「確かだな」

「り、六合上覧《りくごうじょうらん》は……細工の巧拙を決める場じゃ、ないですから」

クウェルは上ずった声で答える。

だが、どこか普段の彼女とは異なる、熱のこもった声色であった。

「私は、そういうことを考えられないですけど……と、止めることはできます。だから、ずっと見張ってました」

「策も一つの強さだ。戦わないことが勝利である場合もある」

「……けれど！　本当の強さって、そういうものじゃないでしょう！」

サイアノプは止まり、背後のクウェルを見た。

無数の戦いに使い込んだ長柄戦斧を、彼女は両腕で抱えるように震えていた。

「だからサイアノプさんは……！　じ、自分が有利な細工でも、やめて欲しいって思ってるんでしょう。本当に、極めた強さが誇りなら……そ、そんなの、えへへ……くだらない。純粋じゃ、ないから……」

「……」

「……何も仕掛けていません。信じてください」

サイアノプが彼女と出会ったことは偶然ではない。そのような者が必ずいると信じて出てきた。

華々しい栄光の過去も、種族や身分のような外面も取り払って……純粋な力を信奉する者が、長く続いた戦乱の時代には必ず生まれる。そのような者ならばきっとサイアノプを選ぶと、彼は自らの力を信じていた。

「構わん」

敵は生ける伝説。強いのだろう。誰もその強さを疑う者はいないのだろう。

この時代の真の伝説たる〝勇者〟に挑むサイアノプにとって、それは試金石である。

「僕が勝つ。そういう見立てだ」

◆

時刻はやや遡る。

「あーあ……。本当、かっこ悪いよねー。大失敗だ」

その朝に屋敷へと戻った第二十二将ミジアルは、両腕と右の爪先が凶暴に砕かれており、馬車を使うこともできぬ有様で、玄関を開けてすぐに倒れた。

粘獣《ウーズ》を打ち負かす計画の全容を初めて知らされたトロアはほとほと呆れたが、同時に、彼のような子供がその妙手を思いついたことに感心もしていた。

「ごめんねトロア。うまくいけば楽しかったんだけどなー。クウェルちゃんには勝てないなー、さすがに」

「謝罪は求めていない。元々、俺の知らん話だった」

「そうじゃなくて」

ミジアルは折れた両腕を完全に固定されているため、ベッドから自力で起き上がることもできない。声色が前夜と何も変わりないのは、生まれ持った図太さの故なのだろう。

「トロアはさ。星馳《ほしは》せアルスと戦いたくて、来てるわけじゃん。サイアノプなんかと戦ってる暇ないんでしょ？」

「……そうだな。それが俺の生きる意味だ。ヒレンジンゲンの光の魔剣を取り返すまで、俺は死ない」

「本当は一回戦で戦わせてやれれば良かったんだけど、ヒドウに邪魔されちゃってさ。そういうの苦手なんだよね……昔っから」

「…………そうだったか」

彼にとって都合の良すぎる対戦表だと思っていた。無尽無流《むじんむりゅう》のサイアノプを倒せば、次の二回戦で因縁の相手と当たることができる。

それはミジアルの働きかけがあってのことだった。おぞましきトロアのただ一つの目的のために。

彼は苦笑した。だからといって一回戦を飛ばしてしまおうと考えるなど、あまりにも子供すぎる。

「サイアノプは……ゴカシェ砂海に籠もって、たった一人で鍛錬を続けてきたらしいな」

「……大したことないよ」

「ある。俺も同じだからだ」

父と実際に剣を交えたことは何度あっただろうか。魔剣を用いてのこととなれば、一度もない。

魔剣を振るえば、敵は死ぬ。父も彼自身も、家族を斬ることを望みはしなかった。

戦う相手もなく、ただ一人で魔剣を振り続けた日々が、彼の心にはある。

少し右に傾いだ木。日が昇り、沈んでいく、ワイテの山々の稜線《りょうせん》。

汗に塗れ、その日の成果を思い、そして父とともに夕陽の家路を往く。

……そこにあるのは、求道の孤独だ。

正体が一匹の粘獣《ウーズ》であろうと、トロアがそのような武闘家を軽んじられるはずがなかった。

「試合を見ることはできるか？」

「んー……どうだろ。こんなボロボロだし、誰かに抱えられて見るのも、なんかかっこ悪いしな」

「だけど、おぞましきトロアの戦いだ」

「……そうだね。見よっかな」

トロアは剣を握る。彼が握る全ての剣は、振るえば敵を殺す魔剣だ。

恨みのない相手をそれで斬れるだろうか。

(――できる)

自分にそれができることは、あの微塵嵐《みじんあらし》の最中で既に確かめている。

(俺はおぞましきトロアだ)

◆

群衆は静まり返って、向かい合う両者を見ていた。どちらも沈黙を保ったままだが、目を離すことのできる光景ではない。片方を畏怖の目で、残る片方を奇異の目で眺めていた。

朗々とした声が、その静寂を割った。

「――真業《しんごう》の取り決めのもとに、合意を行う！」

両者の間に立つのは、四角い印象を与える厳《いかめ》しい女であった。

この試合の立会を担う、黄都《こうと》第二十六卿、囁《ささや》かれしミーカという。

「片方が、倒れ起き上がらぬこと。片方が、自らの口にて敗北を認めること。そのいずれかを以て決着とします。この二つに外れる事柄を、この囁《ささや》かれしミーカが黄都《こうと》二十九官として、厳正に判定します。各々、それでよろしいか！」

「佳《よ》し」

「異論なし」

至近の距離で向かい合った両者は、口々に答えた。

おぞましきトロアは抜剣をしていない。

ミーカは睨むように二者を眺め渡し、設えられた石段の上へと引き下がる。

しかし、真業《しんごう》の試合において……ましてやトロアとサイアノプのように白兵戦闘を得手とする者同士にあって、彼女のような裁定者はそもそも不要であろう。そのような戦いであれば、決着は誰の目にも明白なものとなる。

「楽隊の砲火とともに、はじめ」

誰もが、固唾を呑んでその様を見守った。

誰かが、心の内で数を数える。二つ。三つ――そして。

「半歩遠い」

「……」

サイアノプが、奇妙な呟きを漏らした。

おぞましきトロアは、まだ抜剣をしていない――

砲声。

両者が踏み込み、旋風の如き砂塵《さじん》が舞い上がった。

トロアは、サイアノプに届く遥か手前で魔剣を空振りしたかのように見えた。だが、サイアノプは剣の届かぬ距離で、それを躱した。その斬撃軌道の延長が見えているかのようだった。その運動速度のままに、潜り抜け、突いた。

肝臓を強《したた》かに打突され、トロアの大柄な体は人家二軒分ほども吹き飛んだ。空中で体を立て直し、地面に線を引きながら着地する。

「……今の動き」

それが不利をもたらすと分かっていても、驚愕を漏らさずにいられない。トロア以外の人族《じんぞく》に用いられた記録はなく、その能力を伝え聞く機会のない魔剣であるはずだった。

「知っているのか」

「構えの組み立てが半歩遠い。故にその剣の間合いは、半歩先だ」

——神剣ケテルクという。

実体の刃の外側へと不可視の斬撃軌道を延長する、近接戦闘の間合いを乱す魔剣であった。

その能力を知らぬまま見切ることは不可能である。

サイアノプは、躱した。

「〝刻《きざ》み突《づ》き〟」

魔剣を凌駕する速度で繰り出した最速の技の名を、残心の如く述べる。

武闘家が、最初に当てた。

◆

おぞましきトロアは、自分自身を強いと信じたことは一度もない。

――弱い、と信じている。

山で一心に剣を振るっていた頃、父を越えたと感じられたことは一度としてなかった。彼の想定する相手は常に想像上の魔剣士ただ一人であり、未熟な彼はいつでも自分自身の理想に負け続けていた。

彼は魔剣に使われる剣士だ。その自意識は、対手である無尽《むじん》無流《むりゅう》のサイアノプが孤独に最強を信じて積み上げた年月とは正反対であるかもしれない。

自身ではなく振るう魔剣が最強であり、かつて振るった魔剣士が最強である。

……故に敗北は許されない。惨めな敗北によって、彼らの最強を汚してはならない。そして彼は弱い自分自身であることを、今は捨てた男だ。

（……奴も、最善手ではないはずだ）

〝刻《きざ》み突《づ》き〟を受け、着地した直後。一呼吸をつくより前に、それを直感している。

（神剣ケテルクに交差を合わせて俺に当てるための、最速の突き。……深く打撃を当てられていたなら、それで終わっていた）

軽い牽制の一撃に見えるが、常人がまともに受ければそれだけで胴体が引き千切れる打突だったと分かる。トロアは威力を受け流して、吹き飛ぶことができた。

強く踏み込まなかったトロアは、最初の交錯で絶命せずに済んでいる。

神剣ケテルクは、実体の刃の外側に見えぬ斬撃延長を作り出す。当然のことながら、実体を持たぬ斬撃は踏み込みの重さを必要としない。届かぬ間合いを撫でるだけで済む。振るう者が幼子であろうと、全身鎧の騎士の中身を切断できる。

「……擁立者の不正の償いのつもりか？」

サイアノプは、またも意味を図りかねる呟きを漏らす。

おぞましきトロアに迷いはない。距離は五歩分。

この距離から離れようとするなら、インレーテの安息の鎌の間合い。中距離に踏み込んでくるならば、必殺となるネル・ツェウの炎の魔剣。あるいはバージギールの毒と霜の魔剣で仕留める。

「会話で隙を作ろうとしているのなら、無駄だ。間合いに踏み込めば斬る」

「間合い？　ふ」

（まだ、踏み込んでこない）

サイアノプが狙っているのは魔剣を振るった瞬間の隙だ。次にはトロアが後の先を取る。

（まだ……）

腰の鎖に吊る短剣が自動的に跳ねた。

「初めから」

捻り込むような粘獣《ウーズ》の打撃が、迎撃の剣を抜こうとした右鎖骨を穿った。

脇の下を潜り両肩を締め上げるようにして、半透明の仮足がトロアに巻きついている。

動けない。

「僕の間合いだ」

「…………！」

見えない。

トロアは、あらゆる動きの予兆を注視していたはずだ。

おぞましきトロアですら、攻撃を受けるまでその事実に気付くことができない。

サイアノプは、とうに動き出していたはずだった。

――〝彼方《かなた》〟でのそれを〝縮地術《しゅくちじゅつ》〟、あるいは〝無足《むそく》の法《ほう》〟と呼ぶ者もいる。

地面を蹴るのではなく、重心の移動を用いた加速。接地点を軸とした倒れ込みの速度を、踏み出しの初動へと運用する歩法であるとされる。動作の起こりを読ませぬ移動技術だ。

常に形を変え続ける粘獣《ウーズ》の肉体重心を看破できる者が、この世のどこに存在するというのか？

「む……う」

「何故、最初から剣を抜いていなかった。それで不正を埋め合わせたつもりか」

トロアはネル・ツェウの炎の魔剣を握っている。それを前方に斬り込もうとした姿勢のままで、首と、両肩が完全に固定されている。

この世に粘獣《ウーズ》の武闘家が存在するのならば――その無限の攻撃の選択肢において、もっとも恐れるべき技は、打撃ではない。遍く生物には構造がある。サイアノプのみが一方的にその構造を無視して、敵の肉体を破壊することができる。

「〝肩固《かたがた》め〟。この技はそういう名だ」

トロアは動くことができていない。肩が自らの頸動脈《けいどうみゃく》を閉塞しているのだ。それは砂の迷宮の書物に記述された技を基にしてはいるが、もはや完全に異なる、絶命を意味する技だ。

僅かに自由の効く左肘から先で、トロアはもがいた。炎の魔剣が力なく落ちた。

これだけ近いサイアノプを斬ることができずにいる。左腕さえ、サイアノプを切断する方向への可動が巧妙に封じ込まれ、抵抗の余地がない。

「……ッ！」

観客のざわめきが遠くなる。これで終わる。

（――そうではない）

抜剣していなかったのは、ミジアルの不正のためではない。それがトロアの全力の形だからだ。

サイアノプは、彼の積んできた鍛錬の形を知らぬ。彼は生命持つ武器庫だ。紐。鎖。蝶番《ちょうつがい》の仕掛け。体のどの箇所に括《くく》った魔剣であっても、トロアは常に一動作で抜剣できる。

魔剣の数だけ存在する戦闘分岐は、無限に等しい判断力を使い手に要求する。しかし次にどの剣を抜くべきかは、魔剣の声が教えてくれる――

「！」

サイアノプが瞬時に仮足を引いた。魔剣の銀閃《ぎんせん》がそこを通過していた。

「……〝換《かん》……羽《う》〟！」

トロアは、自身の肩ごと斬った。

動作直後の隙を逃すサイアノプではない。

粘獣《ウーズ》は全身の質量で打撃を踏み込む。だが。

「――ルァッ！」

トロアは叫び、光のような刺突の群れで迎撃した。まったく同時に発生する無数の突き。

刺突の手応えがあった。サイアノプを串刺しにする――

「それは」

突きを受け、サイアノプは吹き飛んだ。呟く。

「幻影の魔剣か？」

貫通できていない。確かに突き込めたが、一点に集中した応力を流されるかの如き、異様な手応えだった。サイアノプはただ突きの威力に弾き飛ばされただけで、無傷だ。

自らの腕一つを犠牲にしての奇襲としては、あまりに乏しい成果であると言えた。

だが、一方。

「……ハッ、くはっ」

拘束を脱したトロアの右肩からも、血の一滴すら流れてはいなかった。その部位を自ら斬った魔剣は、たった今反撃に転じた一動作で既に格納を終えている。

斬ったものを、斬られなかったかのようにできる。そのような奥義が実戦において使われる状況があるとすれば、拘束からの脱出。機械部品の一部めいた異形の魔剣――ギダイメルの分針。〝換《かん》羽《う》〟と呼ばれるこの奥義のみが、ギダイメルの分針の持つ因果遅延、因果否定の作用を現実と化す。

「……この間合いから」

一呼吸の間もなく、サイアノプが動き出す。トロアは次なる魔剣を抜いている。振り抜いた刃はやはり届かない距離だ。それは延長斬撃を繰り出す神剣ケテルクではなかったが。

「躱せるか、〝無尽無流《むじんむりゅう》〟！」

回避不能の暴風がサイアノプを襲った。ムスハインの風の魔剣。サイアノプはその場に踏みとどまらない。トロアは同時に足元の炎の魔剣を蹴り上げている。奥義を発動する。

「〝叢《むら》……雲《くも》〟！」

大気流に流し込まれた熱量が、恐るべき指向性の炎を生む。旧市街の建造物が爆圧のみで倒壊する。観客の悲鳴と喧騒。

（いない。サイアノプは、どこだ）

トロアは風の魔剣を真横へ切り返した。

その方向から針の如き蹴りが襲来し、柄の一点を叩いて弾いた。

風の魔剣を背に繋げていた鋼線が切断される。

「――動揺したな。自分の攻撃で」

サイアノプは最初の暴風の勢いで跳び、建物の壁面を蹴って空から強襲していた。文字通り弾丸の形状と化し、空気抵抗を突破して。

「市街を巻き込みたくないと、貴様は思っている」

「黙れ……！」

音鳴絶《おんめいぜつ》。水晶の剣身を持つ魔剣を抜く。剣身の振動が音波めいて発した不可視の衝撃を、しかしサイアノプは最小限の受け手で払い、距離を詰めている。胸部に強かな打撃。ねじり込むような破壊。元は商店と思しき建造物の扉を砕き、積まれた古い机に激突する。

「ぐぶっ！」

打撃命中の瞬間、音鳴絶《おんめいぜつ》の振動波で撹乱《かくらん》した。命に届く寸前で持ちこたえている。

サイアノプが言う。

「もう一度、幻影の突きを出す」

起き上がりざまに繰り出した無数の突きは、瞬雨の針による幻影。サイアノプはもはや幻影に欺瞞されることはない。潜り抜けて躱す。

動作。風切りの音。視線。銃弾を見切る以上に困難かつ正確な予測を、彼は常に見立てている。

寸前。多条の仮足が手刀を繰り出す。迎撃。

(毒と霜の……)

文字通り刃を形作った仮足は不定形の軌道を描き、完全に呼吸を合わせてトロアが繰り出した毒と霜の魔剣を避けた。頭部へ迫る斬撃を瞬雨の針で受ける。弾き飛ばされる。壁。瞬雨の針自体を砕かんばかりの、間髪を容れぬ重打。木壁を砕いて再び屋外へと転がる。

攻撃の最中、サイアノプは避けた。粘獣《ウーズ》の肉体であれば、攻撃と合わせた交差の一撃すら回避できるのか。それ以上に彼は……毒と霜の魔剣を明確に避けた。

音鳴絶《おんめいぜつ》の時もそうだ。見せてすらいない魔剣の性質を読んでいた。

「魔剣の作用は二種しかない」

爆《は》ぜた建物の壁からするりと這い出ながら、サイアノプは告げる。

「――上手く当てる機能か、当てて殺す機能。剣の機能など、所詮はその程度だ」

これが、知られざる〝最初の一行〟。

自身の肉体に可能な全てを用いて強くなると決めた者は、言葉による誘導と揺さぶりも修めている。それはトロアにはない技術であった。

「……最後まで……当たらずにいられるか」

右手に毒と霜の魔剣。左手に瞬雨の針。

「その身で試すといい」

「僕を侮るな。その刺突剣の幻影の能力は先程見た。幻惑に紛れての刺突で目測を晦《くら》まし、もう片手の魔剣による必殺を仕掛ける」

両側に高い建物が立ち並ぶ、直線の路地だ。言葉を告げながら、サイアノプは距離を詰めていく。

「重心を斜め後ろにやったな。遠隔斬撃の魔剣を取り出せば、僕のこの距離にまで届くだろう。だが軌道を読まれ懐に入られた場合、その剣で守りに入ることはできないな」

無慈悲に迫る。これが、人族《じんぞく》の誰もが顧みなかった粘獣《ウーズ》の発する圧力。

「受け手と攻め手を両立できる魔剣は、振動波の魔剣と幻影の魔剣の二種。だが僕は先程、幻影の刺突剣に二度の打撃を与えた。どれだけ上手く受けても、残り一撃で砕ける」

サイアノプの言葉に間違いはない。それは魔剣の使い手であるトロアが何よりも分かっている。これ以上、瞬雨の針で受けることはできない。だが水晶の刃で構成された音鳴絶《おんめいぜつ》も、サイアノプの打撃を一度受ければ破壊されるのは同じだ。

「そして、貴様の間合いまで残り二歩。この見立てで正しいか」

言葉が終わるよりも先に、サイアノプが駆けた。トロアは幻影の刺突剣を打ち込む。回避と同時に、サイアノプは路地脇の荷車に軽く触れた。

「――〝烏合《うごう》〟！」

「無駄だ！」

流れるように間合いの内側へと踏み込んでいる。トロアはその頭上から毒と霜の魔剣で斬りかかる。飛来した荷車がそれを遮る。トロアの剛力で、荷車がバラバラに吹き飛ぶ。

致死の刃はやはり届くことがない。

魔剣を防ぐ軌道までも計算して、大重量の荷車を空中に投げ上げていたというのか。サイアノプは、回避の最中に軽く触れただけだ。力の流れを全て支配下に置いているとしか思えぬ。

「僕の消耗を狙っているのなら――」

優勢の距離を保ちながら、サイアノプはさらに言葉を続けている。

打撃。それを逃れても関節を捉えようとする。二箇所同時の打撃を避けても、四撃六撃がそれに連続する。サイアノプの動きは一切読めず、恐るべき機動力で、常に先手を取られ続ける。

剣の距離で凌《しの》ぐ。後退する。

「それは貴様が焦っているためだろう。おぞましきトロア」

「……よく、喋る粘獣《ウーズ》だ……！」

先程サイアノプが仕掛けた〝肩固《かたが》め〟は、一瞬にして脱出された。

しかしそれはサイアノプが用いる限り、一撃必殺の技でもある。あと一呼吸でもその状態が続いていたのならば、トロアの両肩は完膚《かんぷ》なきまで破壊され、それどころか頭部血流遮断のために死に至っていただろう。

たとえ一瞬で抜け出たとて、その一瞬で開いた綻びが塞がることもない。

生まれつき、消耗や疲労などという言葉とは無縁だった。

だが無尽無流《むじんむりゅう》のサイアノプの打撃は、その威力精度ともに、比喩ではなく兵器を凌駕している。

地獄から蘇った怪物の生命力にも、いずれ限界が訪れる。

一手が致死。その一手を凌ぐごとに追い詰められていく。下がり続けている。

「再び炎の魔剣。柄で受ける」

（先手を、取られる）

炎の魔剣で薙ぐ。命中すれば必殺の魔剣の軌道は躱され、打撃がトロアを打つ。先程までより軽い打撃だ――だが、宙に吹き飛ばされている。

（空中では、受け身が――）

その眼前に粘獣《ウーズ》。〝縮地術《しゅくちじゅつ》〟。続けざまに突き刺さった乱打が突き刺さる。吐血。肋骨が折れて肉に食い込む。さらに打撃。

「この見立てで正しいか？　おぞましきトロア」

（せめて、せめて威力を殺し）

魔剣の柄で受けた。腕と正中線だけは守り通している。

サイアノプの言葉通りになった。全てを予測されている。トロアが動こうとする先の一歩に、既にサイアノプがいる。魔剣の技で対応し続けなければ、トロアの強靭な肉体でなければ、一撃で五体が爆散しかねぬ威力。

（強……すぎる！）

「――壁だ」

サイアノプの一言でそれを知る。

動揺を誘う言葉。だが、事実だ。もはやトロアは打撃の衝撃を逃がすことができぬ。

眼前に粘獣《ウーズ》。逃れることはできない。

死が。

「まだ……だッ！」

トロアの巨体は、前触れなく垂直に飛んだ。建造物の屋根へと飛ばしていた楔が、不可視の磁力で柄を握る彼自身を引き上げたのだ。

先の打撃は、魔剣の柄で受けた。それは柄しか存在しない剣に見えるかもしれない――柄から先の剣身を無数の楔状に分割し、磁力によって操作する魔剣の名を、凶剣セルフェスク。

サイアノプはその初動すら見せることなく、ありとあらゆる方向へ一瞬で機動する。だが、それでも格闘家である以上、死角となる位置は必ず存在する――

（俺の動きは）

怪談の魔剣士は、宙から市街を見下ろしている。

（俺の動きは読まれる。けれど奥義の全てが読まれているわけじゃない）

因果否定の〝換羽《かんう》〟。不可視の磁力を本体とする凶剣セルフェスク。あらゆる挙動に対して先手を取り続けるサイアノプにも、読み切れぬ魔剣の奥義はあった。

猶予は一瞬。

ならば、サイアノプを上回る魔剣の一手を。

（それを――複数同時ならばどうだ！）

魔剣を抜く。

「音鳴絶《おんめいぜつ》」

魔剣を抜く。

「凶剣セルフェスク」

魔剣を抜く。

「神剣ケテルク。ネル・ツェウの炎の魔剣！」

魔剣を抜く。

一つの腕ごとに二本。残る体力の全霊で必殺せねばならぬ。下方、無尽無流《むじんむりゅう》のサイアノプへと……同時に、四本。

「――四連！　〝群羽歌唱《ぐんばかしょう》〟ッ！」

水晶の剣身が震え、音鳴絶《おんめいぜつ》が振動衝撃を放つ。この距離からでは有効打にならぬ僅かな干渉だが、到達はサイアノプが次の一歩を踏み出すよりも速い。回避機動を抑止した一瞬で、凶剣セルフェスクから楔刃の雨が降り注ぐ。サイアノプは右手方向の楔を払う。さらに。

楔の雨に紛れて降り注いでいたのは、投擲されたネル・ツェウの炎の魔剣だ。直撃はしていない。しかし着弾点に大熱量を流し込み爆破する奥義の名を〝叢雲《むらくも》〟。絶命の威力だ。

加えて、天から地への遠隔刺突。神剣ケテルクの奥義の名は。

「〝啄《ついば》み〟！」

衝撃。封鎖。爆裂。そして。

全て……何もかも、トロアが宙へと跳び、再び落下するまでの刹那。

即ち、サイアノプも同じく刹那でその判断を下していた。

サイアノプは接近した。あり得ぬ瞬発力で壁を蹴り、上空のトロアの方向へと跳んだ。予測外の方向で刺突の狙いを外し、地上の爆炎も包囲する刃も届かぬ、唯一の。

全剣と無手が、天地で相対した。

「遠隔刺突の……奥義は」

そして、それは刹那だ。刹那の中での判断であった。

故にサイアノプはその時に知る。トロアの手に握られているのは神剣ケテルクではなかった。

「……欺瞞か！」

奥義を叫び、魔剣を構えたとして、それを用いるとは限らない。ファイマの護槍。今度こそはそれを使いこなせる。

ザバババ、と斬音が響いた。

振動する斬撃。すれ違うと同時に、それはサイアノプの肉体を寸刻みに破壊した。

「〝羽搏《はばた》〟」

大地に落着し、目を開く。

おぞましきトロアの呼吸は、深く、長い。

「ぐ……うっ」

サイアノプの軟体が裂けて、浸出液が広場の砂を濡らしている。

――如何なる奥義であったのか。

速度を持って接近するものに、ファイマの護槍は反応する。

対象物を追跡し続ける自動的な力を用いて幾度も左右に手首を返し、恐るべき速度の振り子のように、接近する敵を超速の振動で刻む奥義である。

「あと」

負傷したサイアノプが呟く。

あらゆる攻撃を先読みし回避し続けてきた極点の武闘家は、ついに魔剣の有効打を受けた。

「……あと、三本」

恐るべき敵だ。

死神の予告の如き呟きの意味はトロアにも分かった。敵の残弾を数えている。

バージギールの毒と霜の魔剣。天劫糾殺《てんごうきゅうさつ》。インレーテの安息の鎌。この試合で見せていない魔剣は三本。微塵嵐《みじんあらし》にすら、窮知《きゅうち》の箱《はこ》のメステルエクシルにすら、これほどの魔剣を見せたことはない。

「……。強い」

(違う。俺は弱い)

もはやこれ以上はない。彼の技は過去の魔剣士の模倣だ。全てを同時発動できることだけが、おぞましきトロア自身が積んだ研鑽の極限だった。

それでもなお、彼自身が持ち得た強さを全て注《つ》ぎ込《こ》んでも。

(まだ、奴の命には足りないのか)

合計五本もの魔剣奥義を同時に発動し、ただ一匹の粘獣《ウーズ》を斬ることができずにいる。もはやこれ以上はない。彼自身にはない。

「……諦める気か？」

サイアノプに対してではない。そんな独り言が漏れた。

全力を尽くして戦い、及ばずに終わる。一人の戦士なら、あるいはそのような結末に至っても良いのかもしれない。けれど彼が背負っているのは、おぞましきトロアの名だった。

諦めてはならない。

「まだだ……。まだ……俺が、残っている。まだ……」

あまりにも強い。恐らく、父よりも。想像の域を隔てた強者。

全てを魔剣に委ねなければ勝てないのか。これまで以上の全てを。

「俺を残すな。俺は……俺は、おぞましきトロアだ……！」

おぞましきトロアは、自分自身を強いと信じたことは一度もない。

――弱い、と信じている。

自身ではなく振るう魔剣が最強であり、かつて振るった魔剣士が最強である。

……故に敗北は許されない。惨めな敗北によって、彼らの最強を汚してはならない。そして彼は弱い自分自身であることを、今は捨てた男だ。

「無念無想か……」

サイアノプの声も遠くに聞こえるようになる。おぞましきトロアの呼吸は、深く、長い。

魔剣の歴史は殺戮の歴史だ。それらを誰かが作り、誰かが扱い、誰かを斬ってきた者がいた。疲労や傷跡のみが戦いを証明するものではないように、彼らの歴史は確かに魔剣の内へと刻み込まれている。人々が語り継ぐ、おぞましきトロアの怪談を思う。

化物だ。彼は、魔剣の化物になる。

そんな化物がもしもこの世にいるのならば、誰にも負けない。

サイアノプが動いた。脳の意識がその影を映すより早く動く。〝啄《ついば》み〟。神剣ケテルクの超遠隔刺突。サイアノプには当たらぬ。しかしその超遠隔刺突の延長のまま、神剣ケテルクを薙いだ場合。

「……！」

サイアノプの背後、民家の二階から上が切断された。斬撃延長の魔剣を手にしていながら、トロアは自ら距離を詰めている。サイアノプが致死の打撃を放つ。トロアは地面に炎の魔剣を突き立て、敵と自身を諸共に爆風で吹き飛ばす。

「何も思わなければ――」

そしてサイアノプが吹き飛んだ背後方向には、切断された民家の瓦礫が。

「読まれることはないと?」

一階層分もの大質量は、サイアノプに接触した瞬間に真横へと方向を変えて広場を抉った。石畳をまとめて引き剝がしながら、噴水へと激突して破砕した。観客の悲鳴が響く。

サイアノプの打撃はそのような威力だった。

「グゥルァアッ……」

トロアの喉奥からは、獣めいた咆哮が漏れている。

戦闘の前傾姿勢はさらに深くなり、ネル・ツェウの炎の魔剣と凶剣セルフェスクの柄を、四足めいて地面に突き立てている。

◆

――人を殺した事がある。

それが父の魔剣を簒奪《さんだつ》すべく押し寄せた野盗であったとしても、トロアならば殺さずに済ませることもできた相手を、惨たらしく殺した。

歴史上、多くの魔剣士が大量殺戮に手を染めた。戦場でそれを為した者は英雄として、平和な村でそれを為した者は恐るべき殺人者として。

トロアには彼らの想念が分かる。あらゆる魔剣は人を斬るためにあり、それを握る者にもそうさせようとする。それが剣という形態である限り——敵の命を救うために使われることは決してない。


両手で摑んだ魔剣を虫の脚の如く操り、地面を、壁面を跳ぶ。

迎撃するサイアノプの動きに右脚が自動的に反応して、脚に繫がる魔剣で薙ぎ払っている。

確かに命中した斬撃は、力を流されるかのようにサイアノプの表面を滑る。反撃が来る。トロアは炎の魔剣を空気へと叩きつけている。

またしても自分自身を巻き込んで爆発を引き起こす。

四足の姿勢で頭を上げ、敵を見る。敵。敵——群衆。魔剣を見る者達がこんなにもいる。おぞましきトロアを見た者が。トロアはいつもそうしてきただろう。

「グゥ、ルルルル……」

全員を殺してしまえ。魔剣の声がそのように叫ぶ。

それこそが彼の才能なのだ。魔剣の想念を余さず受け止めることが。痛みはなかった。彼自身を残して戦っていた時よりも、遥かに体が軽い。

「……僕はここだ」

敵であるはずのサイアノプが、何故か自分から居場所を知らせた。

群衆の咆哮へと散りつつあった魔剣の殺意が、再び一点に収束する。

体を捩り、音鳴絶《おんめいぜつ》を投擲する。銃弾以上の速度が出た。

「……！」

音波の衝撃が弾かれている。思考する必要はなかった。トロア自身が再び飛びかかっている。

まるで彼自身の肉体が魔剣と一体であるかのような感覚。ネル・ツェウの炎の魔剣。瞬雨の針。

バージギールの毒と霜の魔剣。瞬雨の針——

化物だ。彼は、魔剣の化物になる。

同時に繰り出された斬撃の群れが三つの建造物を貫いて破壊する。

恐るべき爆発が三度続いた。

瓦礫が、破片が舞った。敵の影すらも見えぬ破壊の渦の只中で、おぞましきトロアは嗤っている。

——俺はただ目撃しただけの者も殺している。罪のない民だ。

自分自身の暴走を別人のように眺めながら、そのことを考えている。彼の父は、最初から望んでそうしていたのか。

もしかしたら、父も同じだったのではないか。

最初に魔剣を握ってしまった時のその犠牲を、無意味にしたくなかったのだろうか。

ならば……おぞましきトロアである限り、同じように。

◆

（違う）

トロアは自覚している。自分自身の魔剣の技で、熱傷を負っている。

普段の彼ならばこのようにはならない。腕が自動的に次なる剣を抜いている。サイアノプがその機先を制するべく距離を詰める。その横合いから楔状の刃が虫の群れの如く襲来した。

凶剣セルフェスクの刃は、先程の攻撃で拡散している。それが嵐となって磁力の渦を巻く。破壊が市街を満たす。街路樹が切り倒され、円半径の内側をことごとく切り刻んでいく。

（これが、魔剣の戦い方なのか）

「浅いぞ。それは、浅い！　所詮、それは――」

サイアノプは苛立ったように呟きつつ、襲来する刃の一つ一つを叩き落としている。トロア自身も彼の言葉の意味は分かっている。破壊だけだ。それは、真に敵を倒すことのできる力ではない。

炎の魔剣がトロアを動かす。熱量を爆発させる〝叢雲《むらくも》〟の最大発動を――サイアノプへと。

試合を見る観客をも巻き込んで。

（駄目だ。所詮、それは）

直前、トロアは左腕で自らの右腕を殴りつけた。炎の魔剣を弾き飛ばす。空中で発動した炎の爆発は運河方向へと方向を変え、鉄柵を貫いて、川底が見えるほどに運河を蒸発させた。

「……おぞましきトロア。貴様」

「…………所詮、それは借り物の技だ」

「ふ」

「そう言いたかったのだろう。サイアノプ」

たった今の奥義の威力をサイアノプへと向けていたとしても、きっと勝つことはできなかっただろう。無為に被害を広げる破壊力しかない。

それでは、かつてワイテの山で野盗を斬った時と同じなのだ。

「強いな。これほどの使い手が、〝最初の一行〟以外にもいたのか」

「お前を越える」

トロア自身が極めた技も、魔剣に全てを委ねた暴走も、サイアノプを越えることはなかった。きっと自分自身であることに固執してはならない。だが同時に、自分以外の何かに制御を明け渡してもならない。

（ムスハインの風の魔剣。ネル・ツェウの炎の魔剣。二本失った。散った凶剣セルフェスクの楔を再集結させる時間もない。ならば、俺の持ち得る決着の手段は――一つ）

トロアが呼吸を整えた次の瞬間、サイアノプが迫っている。〝羽搏《はばた》〟によって深く負傷を刻まれてなお、彼は近接戦闘を一切躊躇うことがない。それが彼の強さなのだろう。

（毒と霜の魔剣）

自動迎撃するファイマの護槍は、鎖を握られて止まる。〝羽搏《はばた》〟はあの一瞬、完全な不意を打ったからこそ当てられた技だ。サイアノプの仮足が鎖を引き寄せる。トロアの体勢を崩す……その狙いを、魔剣士は読み切っている。既に鎖の根本を切り離していた。

（サイアノプ。お前は強い。攻め手の熾烈《しれつ》さだけではない。お前に読み勝てる者は……きっと、今のこの世にいない）

サイアノプは一切の容赦なく攻め立て続け、トロアがそれを捌く。

（俺がもしも、星馳《ほしは》せアルスなら）

ふとそんな思考がよぎった。壮絶な戦いの最中であるのに、何故かそんな余裕があった。

空を飛ぶ星馳《ほしは》せアルスならば、格闘の間合いに踏み込ませ続けることはなかっただろう――本当にそうだろうか。

彼は予期を許さぬ魔剣の技の全てを見切り、足場のない空中にまで駆け上がってみせた。星馳《ほしは》せアルスを討つためなら、トロアであってもそうしたに違いなかった。

斬撃は読まれる。吹き飛んだトロアの体が住宅の壁面を貫通する。

距離を取られ、あるいは潜られる。互いが紙一重の反応で即死を免れている。

……それでも、試合当初とは明確に異なる点があった。

（同時四点の突き。剣身を横から叩いて逸らす。肝臓を狙う）

トロアの思考だ。

「踏み込まない。右一歩分幻惑する」

おぞましきトロアの呼吸はやはり深く、長い。

右へと回り込んだサイアノプが肘関節を取ろうとする。それが分かる。

「接地面を最小にして、蹴りを――」

「僕の」

打撃を回避する。斬撃を無理に合わせずとも、致命傷を回避している。サイアノプの動作はやはり見えぬままだ。完全に見立てた通りではない。

「この僕の動きを、逆に読むつもりか！」

技も魔剣も、全ては父から受け継いだものだった。

おぞましきトロア自身の本当の強さはどこにあるのだろう。

（いいや。父さんは言っていた。最初から分かっていたはずだ）

優しすぎる気質が魔剣の想念を受けて、彼自身の技を邪魔しているのだという。

何一つ反応させぬままに懐に潜り込むサイアノプの敏捷性《びんしょうせい》に、トロアが追従しはじめていた。

あの微塵嵐《みじんあらし》の時と同じ感覚がある。未知なる兵器を無限に繰り出すメステルエクシルと戦ったあの時、トロアは、まるで彼の次の銃口の狙いまでをも知っていたかのように。

（分かるんだ。俺には）

恐るべき機魔《ゴーレム》が、母を思う子であることが分かった。

あるいは無慈悲な粘獣《ウーズ》が、自らの強さに誇りを抱いていることが分かった。

彼には天眼の如き超常の知覚はないのだろう。魔剣に蓄積された膨大な戦闘経験も、彼が戦うべき戦闘そのものの記憶ではない。けれど眼前の敵と対峙し、戦い続けるほどに。

おぞましきトロアは、想念を受けることができる。

相手の意志を、望みを。

（……そうだ。俺の想念は必要ない。だが俺はきっと、それが全てじゃない。俺がいることには意味がある。どこまでも無限の、魔剣の想念の集積から……真に選択肢を選ぶのは、俺なんだ）

サイアノプの拳が心臓まで迫る。横殴りの柄でそれを制し、毒と霜の魔剣の一撃を返す。仮足が変形して、密着の距離からトロアの手の甲を切り裂く。直感のまま振るった刃がサイアノプの異形なる回避を追って走る。壁を砕き、サイアノプが距離を取る。トロアが追撃に走る。神剣ケテルクの一閃。その延長上にある大倉庫が縦に切断される。サイアノプは再び間合いの内へと潜る。だが、さらに〝烏合《うごう》〟。捌かれる。躱される。切っ先を掴まれる寸前で引く。

空がある。市街を駆け、いくつもの障害を破壊して潜った先で、いつの間にか外に出ていた。

遠くに馬車が見えた。その中から試合を見守る者を知っている。

ミジアルが、おぞましきトロアの戦いを見ている。かつての自分自身がトロアの戦いを見ていたように、今は彼が見ている。

（追い）

右斜め前方。壁面を蹴って直線で間合いの内に。その予測通りに敵は動いた。

（ついた）

彼が見る想念は……最も異形なる格闘家へと、ついに完全に対応した。

もはや、これ以上はない。

彼自身には。

魔剣にすら。

ならば、サイアノプの想念すら乗せる。

（――読んでみろ。世界の全剣。史上の全技。俺一人ではない。かつて生きた、魔剣士の全てを！

読んでみろ！）

瞬雨の針を繰り出す。幾度も見せてきた幻影刺突の奥義、〝烏合《うごう》〟。サイアノプの迎撃に正面から当て、実体を砕き折らせている。そうすることが分かっていた。

剣身が生み出す幻像は突然に変化した軌道に乱れて、サイアノプの視界を埋め尽くして暴れた。

「！」

魔剣が破壊されたとしても、その能力が失われるわけではない。それは最初から折られることが目的の技だった。同様の技の繰り返しの中でこそ意表を突く、ただ一度の技――〝鳥没《ちょうぼつ》〟。

そして。

そしておぞましきトロアは、紐。鎖。蝶番の仕掛け。

ありとあらゆる仕込みで、全身に備えた魔剣を繰り出すことができた。

「〝落《らく》……巣《そう》〟！」

初めから瞬雨の針を捨てる覚悟で放った突きはその一動作の中途で、二股の刃を持つ魔剣へと切り替わっている。バージギールの毒と霜の魔剣。

それは無論、あらゆる攻撃を先読みするサイアノプの回避に届くことはない。

それでも、刃越しに浴びせた手の甲の血液は違った。

突き出した刀身を通過したトロアの血の一滴をサイアノプは浴びた。

〝鳥没《ちょうぼつ》〟でこじ開けた意識の間隙がなければ、それすら命中することは叶わなかったはずだ。それだけの技量がサイアノプにはあることも分かっていた。

分かっていた。故に、上回った。

「これ、は……！　うぐっ……！」

ぞばり、と原形質が膨れ上がった。

サイアノプの肉体が、透明な針の如き微細な結晶体へと変異していく。

剣身に接触した生体に感染し際限なく侵食する、結晶侵食の魔剣。血の一滴すら媒介となる。

「最後まで」

史上の魔剣使いが誰一人遭遇したことのない英雄に対して――おぞましきトロアは。

「当たらずに……いられると思ったか。〝無尽無流《むじんむりゅう》〟」

「まだ……だ！」

動作を許される最期の時間で、サイアノプは敵を射程に捉えるべく駆けた。

その選択も既に知っている。彼の最後の魔剣は、インレーテの安息の鎌。

「〝啼声《ていせい》〟！」

「〝角《つの》……手《で》〟……！」

一閃した。無尽無流《むじんむりゅう》のサイアノプは、縦の二つに両断される。

父の得意とした〝啼声《ていせい》〟は、長柄鎌の刃の根本を握って極近接の攻撃に対処するだけの技だ。奥義と呼ぶにはあまりに単純な技術だったかもしれない。

だが――幾度も繰り返し、瞬雨の針の〝烏合《うごう》〟をサイアノプの意識に刻み込んでいた。見える幻影を信じぬことを条件付けられた者に限っては、風も切らず音も立てぬインレーテの安息の鎌は、対処不可能の、真実の脅威となる。

「く……！　ふ」

トロアは両膝を折った。捨て身のサイアノプが通り抜けたその時に、鋭い貫手によって両膝を打ち抜かれていたことを知った。〝角手《つので》〟。最後の最後まで、恐るべき速さ。

全ての魔剣を駆使して、この戦いに勝った。

立つことは……

「――立つことはできない」

背後で声が告げた。トロアは折れそうになる膝をこらえて耐えた。何故。

深刻な危機を告げる汗が、背に噴き出した。

「手首の返しで、武器を瞬時に切り替えることができる。腕のその動作と合わせる必要上、貴様の用いる魔剣の技は……実際のところは両腕ではなく、体重移動の起点となる足捌きこそが真髄だ。この見立てで正しいか」

振り返ろうとする。視界の左では、切断されたサイアノプの半身が溶けている。

毒と霜の魔剣に冒された側の半身が。

（……あの一瞬で）

相手は粘獣《ウーズ》だ。そうだとしてもあの一瞬で、その判断を下したのか？

致死の毒に蝕まれた半身を切り離して、中心となる細胞核のみを避けるほどの精妙な見切りで、両断する剣の軌道を避けたというのか。

無尽無流《むじんむりゅう》のサイアノプにはそれができたというのか。

否。できたはずがない。トロアに予測できるはずがない。

如何に単純な構造の粘獣《ウーズ》であっても、体積の半分を失い、生きていられるはずがない。

「【サイアノプの鼓動へ《popoperopa》。停止する波紋《parpepy》。連なり結べ《pecp porppe》。満ちる大月《por pupeon》。巡れ《perpipeor》】」

生きていられるはずがない。尋常の粘獣《ウーズ》ならば。

トロアは、相対するサイアノプの思考を写し取ることができた。

「サイ……アノプ……！」

「貴様が地獄からも蘇るというのなら……おぞましきトロア」

だが。自分ではない誰かの想念を受け継いでいた者は、トロアだけではなく――

「これが、彼岸《ひがん》のネフトの術だ」

サイアノプという戦士が用いる全ての手段を知っている者は、誰もいなかった。

「俺は。俺は、おぞましきトロアだ」

「……言い忘れていたが、試合の最初に肝臓を打ち抜いている。その痛みを自覚していないだろう。貴様は自分が思う以上に、呼吸の詰まった状態で戦い続けていた。貴様が幻影で僕を誘導していたように、打撃を上半身に集中させ、決定的な瞬間に下半身を守れないようにした」

「まだ……だ！　まだ、トロアは……！」

「貴様は攻撃を試みる。振り返り、踏み込み、それで終わりだ」

上半身の瞬発を用いるその技は、僅かに半歩の踏み込みで終わる。この距離からでも。

不可視の延長斬撃を一点に絞ることで遠隔を穿つ、その技の名を。

「……〝啄《ついば》み〟！」

「僕の見立ては」

踏み込んだ足が地を滑った。

そして崩れた。僅か半歩で、おぞましきトロアの視界は地面に沈んだ。

必殺の技を放つはずであった神剣ケテルクは、手から滑り落ちた。

まるで両脚を切断されたかのように、起き上がることができなかった。

「絶対だ」

◆

「……勝ちましたね」

勝者には似つかわしくない、人垣から隠れる路地の陰だった。蝋花《ろうか》のクウェルは常のように目を伏せつつ、自らの勇者候補を迎えた。

サイアノプとしても、民や他の出場者の目から隠れているほうが都合が良かった。

「その見立てだと言っただろう」

「えへ……そ、そうでしたね……でも、あの……最後の、あの生術《せいじゅつ》……」

「僕を誰だと思っている。〝最初の一行〟の彼岸《ひがん》のネフトの技を学んでここに立っている。半身を千切られようが、僕は不死身だ」

事実――ごく単純な原形質で構成される粘獣《ウーズ》以上に、細胞再生の生術《せいじゅつ》への適合性が高い生命体は存在しない。体内核さえ残っているのならば、残る肉体をほぼ完全な機能で再生できる。彼は彼岸《ひがん》のネフトほどに生術《せいじゅつ》を極めてはいないが、相対的な再生の効力に限れば、ネフトとほぼ同様の不死性を有している。

おぞましきトロアは、それを予期できずにいた。無尽無流《むじんむりゅう》のサイアノプ以前に、そのような技を極めた粘獣《ウーズ》は存在していない。

「……やっぱり。勝てます……！　あ、あのおぞましきトロアにも勝てたんですから……！　サイアノプさんなら、きっと一番強く……！」

「五年を使うと言われている」

「……え」

「今回も予《あらかじ》め、この体に再生の生術《せいじゅつ》を施して臨んだ。残りの全試合でそうするつもりだ。一度の全再生で、僕は五年の細胞寿命を失う」

その価値がある戦いだと信じている。

彼岸《ひがん》のネフトとの戦いと同じく、あるいはそれ以上に。

「あの、で、でも、粘獣《ウーズ》の寿命……って」

「ふ」

サイアノプは笑った。

砂の迷宮で、二十一年の年月を費やした。決勝までには四つの試合があり、そしてネフトとの戦闘では一度の全再生を用いている。

粘獣《ウーズ》の命は、長いものでも五十年であるとされている。

「……奴は、本当に強かったな。最後が一撃必殺の剣だったならば、僕が死んでいた。真業《しんごう》の取り決めなど、所詮は貴様ら黄都《こうと》の都合かもしれないが……」

最後のインレーテの安息の鎌は、上手く当てる機能の魔剣だった。

当てて殺す機能の毒と霜の魔剣を繰り出した直後であったからこそ、残している二本に同種の一撃必殺はないと読んだ――そのように願うしかなかった。どちらにせよあの状況では、死線を越える強攻だけを選ばされた。

そうせざるを得ない状況に持ち込む力が、おぞましきトロアにはあった。

それは勝者の驕りであるかもしれぬ。

しかし、戦士としての全霊の決着を望んだ者として、心からそう思う。

「奴を殺さずにいられて良かった」

第一試合。勝者は、無尽無流《むじんむりゅう》のサイアノプ。

十八 ◇ 中央診療所

第一試合を終えた夜である。

おぞましきトロアは、治療のために市街中央の診療所へと搬送された。黄都《こうと》の外からの来訪者であるトロアには、かかりつけの生術医《せいじゅつ》もいない。深刻に破壊された両膝は、完治する傷であるかどうかも不明であった。

「あーあ。がっかりだな」

寝台の横にいる少年は、ともすればトロア以上の重傷者にすら見える。

彼を勇者候補として擁立し、そしてトロアとともに敗北した、鉄貫羽影《てっかんうえい》のミジアルであった。

「最強じゃなかったじゃん、トロア」

口調とは裏腹に、ミジアルは笑った。

「……すまなかったな。最強になれなくて。お前を勝たせてもやれなかった」

「僕は面白ければいーの。痛っ」

ミジアルは大きく伸びをしたせいで、傷口が開いたようだった。後先を考えずにそのようなことをする子供だ。あらゆる深刻さを意に介さぬ彼の気ままさに、トロアは感謝していた。

「だが……恐らく、これからは俺に近づかないほうがいいと思う」

「なんで？」

「俺は負けた。それを黄都《こうと》の全員が知っている。前に遭った〝日の大樹〟の連中のような輩が、これから魔剣を奪いに来る」

あるいはそれすらも、おぞましきトロアの試合が六合上覧《りくごうじょうらん》の初戦に配置された理由であったのかもしれない。仮にトロアが初戦で敗北すれば、魔剣を奪う算段を立てている者が大きな優位に立つ。

もはや彼は、戦闘を禁止された勇者候補ではないのだから。

「……あんな程度の連中、トロアなら手足が全部折れてたって勝てるじゃん」

「来るのは奴らだけじゃあない。俺の強さの程度を知っていて、手を出さなかった奴もいるだろう。本当に危険なのはそういう連中だ」

ミジアルの前でそれを口に出すことはないが、恐らくトロアは殺されるだろう。

彼が知る限りの強者に絞ったとしても、例えばアルスやメステルエクシルが今ここで襲撃を仕掛けてきたのなら、今のトロアでは為す術がない。

そしてこの戦いの裏には、トロアには到達不可能な深度の陰謀を巡らせている者も必ずいる。

ふと、トギエ市で出会った〝灰髪の子供〟のことを思い出す。野盗のエリジテを差し向け、そして恐らくは、トロアを微塵嵐《みじんあらし》の渦中へと送り込んだ黒幕の顔を。

(奴なら……そうした裏の陰謀も知っているんだろうか)

〝灰髪の子供〟は、トロアに欠けている力を補えると豪語していた。確かに今の状況で助けを求められる相手は、あの少年しかいないのかもしれない。

（この状況まで読んで俺に接触していたなら、途轍《とてつ》もないな）

寝台の横でミジアルは珍しく沈黙を保っていたが、やがて顔を上げた。

「じゃあ、黄都《こうと》の外に搬送するよ。二十九官の権限ならできる。それなら……」

「手続きに何日かかる？　それに相手が本気なら、黄都《こうと》の外までだって追ってくるさ。余計な気は回さなくていい。お前はもう俺の擁立者でもないだろう」

トロアは諦めているわけではない。むしろ最後まで戦うためにミジアルを遠ざけなければならなかった。あるいは今すぐにでも、この病室に襲撃者が現れるかもしれないのだ。

「嫌だね。僕は来たい時に来るから」

「……話を聞け。お前にそんな義理はないと言ってるんだ」

「友達だろ」

「……」

ずっと父と二人で暮らしていた。それ以外の者と深く関わったことはなかった。

一人で生活できる年頃になった時には人里に降りるよう父から勧められたが、彼には、父を一人にすることができなかった。

これほど長く関わり、話した相手はミジアルが初めてだったのだ。

友達と言っていいのかもしれなかった。

「……魔剣を」

不意に、全く別の声が病室に響いた。

「奪われるのが不安なのか？　魔剣を奪う側の怪物が」

「……！」

トロアは戦闘を覚悟したが、戸口に立つ男の顔を見て剣を下ろした。

子供よりもなお低い背丈を覆う焦茶色のコート。鳥打帽の陰から除く昏《くら》く青い瞳。

ミジアルが呆気《あっけ》に取られたように呟く。

「戒心《かいしん》のクウロ」

「グマナ交易点の作戦以来だな、鉄貫羽影《てっかんうえい》のミジアル。だが、用があるのは――」

「ね。久しぶりだね、トロア。また会ったね」

クウロの話も待たず、青い小鳥のような生き物がトロアの周りをひらひらと飛んだ。

大きさも翼も小鳥そのものだが、それ以外は人間《ミニア》の尺度を異常に小さくしたかのような少女だ。彷《まよ》いのキュネーという。やはりトロアとは顔見知りであった。

「……そこの、おぞましきトロアだ」

「俺に……何の用がある。魔剣の怪物を見舞いに来たか？」

顔を見た瞬間はつい気を緩めてしまったが、楽観すべきではないと改めて認識する。

クウロは微塵嵐《みじんあらし》防衛に当たり、黄都《こうと》の作戦に従事していた観測手だ。黄都《こうと》側に命じられてトロアの魔剣を奪いに来た可能性もある。仮にそうだとするなら、戦わなければならない。

「まだお前には借りを返していなかったな。あの日、命を救ってもらった借りを。俺としては、すぐ黄都《こうと》を離れようと思っていたところだったが……」

「あ、あの。私も！　私もだよ！　トロアにありがとうって思ってるの」

戒心《かいしん》のクウロ。彼は六合上覧《りくごうじょうらん》の参戦者でこそないが、あらゆる企《たくら》みを看破し、決して不意を打たれることのない究極の感知異能、天眼の使い手である。

「トロアの脚が完治するまでは、この俺が護衛させてもらう。不満か？」

「まさか！」

トロアの代わりに、ミジアルが答えた。

「やっぱり、凄いなトロア！　あの天眼が助けてくれるって、だいぶ凄いよ！　あはははは！　たくさん友達いるんじゃーん！」

「い……いや、勝手に話を進めるな……」

「勝手だろうと、生きてもらわなければな」

クウロは、嬉しそうに飛ぶキュネーを眺めた。

「お前。まだ星馳《ほしは》せアルスと戦うつもりなんだろう」

「……そうだ。六合上覧《りくごうじょうらん》は俺にとっては手段に過ぎない。全てが終わり、奴が生きていれば、当然倒す。もしも光の魔剣が他の誰かの手に渡ったのなら、その誰かを。多分、恨みとか……執着とかじゃなく……そうしなければならないんだ。俺は、俺自身の人生のために」

遍く物質を切断する最強の魔剣、ヒレンジンゲンの光の魔剣。

それはトロアにとって、愛する父の死の象徴でもある。

光の魔剣をその手に掴む時まで彼は、父の死すら手に入れられないままなのかもしれない。

——彼は敗北してもなお、おぞましきトロアのままだ。

「アルスは負けるかもしれない」

クウロは、あくまで冷静に告げた。

「初戦の相手は冬《ふゆ》のルクノカだ。この試合に集まった十六名の中で本当に最強の奴がいるとしたら、冬《ふゆ》のルクノカだろう。奴も……よりによって、一番悪い相手を最初に引いたな」

「……お前はそう思うのか？」

おぞましきトロアはいつでも彼にとっての最強だった。地上のどの魔剣士の技も上回り、自らの存在が伝説を越えた怪談となるまで、刃を血に濡らして戦い続けた。

「最強。伝説。英雄。無敵。もしもそんな言葉が当てはまる奴がこの世界にいるとしたら……お前も知っているだろう。クウロ」

ならば、その最強の者を殺した仇に——星馳《ほしは》せアルスの戦いに、トロアは何を望んでいるのか。

勝利なのか。敗北なのか。

トロア自身も、それが分からずにいる。

「星馳《ほしは》せアルスは、そういう奴らにこそ勝ち続けてきた」

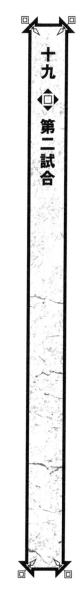

十九 第二試合

萎《しお》れた黄色い葉の、病んだ植物しか生えていない。

巨大なガス田であるマリ地孔の周辺、マリ荒野《こうや》に確認できる自然の生物は、その一種だけだ。

稲妻のような深い亀裂が所々に走り、乾き切った岩盤で覆われた不毛の大地。生命の活気に満ちる黄都《こうと》の光は、この死の世界に支えられている。

そしてこの六合上覧《りくごうじょうらん》の開催に際し、人間《ミニア》の尺度を遥かに越えた怪物による対戦が起こり得るのであれば、マリ荒野の他に試合場の候補はないと判断されてもいた。

ガスの採掘施設は遥か先にあり、見渡す限りに人族《じんぞく》の生活圏はない。もはや一つの災害じみたこの戦いの観戦を望む酔狂者が存在したとして――無論、その観戦料は議会の税収となるが――一切の障害物のないこの地形であれば、比較的安全を保った遠方から試合の趨勢を眺めることもできた。


第一試合と第二試合の間には、特別に二日間の猶予が設けられている。観客を満載したキャラバンがこのマリ荒野へと至るまで、一日近くの時を要するためだ。

第一試合とは打って変わり、彼らはキャラバンの配給だけで前日の夜とその日の昼の食事をとり、まるで神話を見守るかのような厳粛とした畏怖に静まり返っていた。

そして、市民が双眼鏡や単眼鏡を覗いたならば……向かい合う二つの卓状台地の一方、まるで冷たい金属の如く日光を照り返す白い影を認めることができるだろう。

それはおぞましきトロアと同様に、彼らの内の誰も見たことのない存在ではあったが、それでも、その実在を認める他ない存在感を放っていた。

この六合上覧《りくごうじょうらん》において最強の存在。竜《ドラゴン》。真なる伝説。冬《ふゆ》のルクノカという。

その傍らに取るに足らぬ男の姿があることを、誰も気付きすらしない。

「……ずっと、逡巡《しゅんじゅん》していた」

黄都《こうと》第六将、静寂《せいじゃく》なるハルゲントは分厚い毛布に全身を包んで、暗黒の亀裂にひび割れた大地を見下ろしていた。

冬《ふゆ》のルクノカは恐るべき竜《ドラゴン》であれ、この世界の条理に生きる一個の生命だ。彼女自身が冷気を発し続けているわけではない。だが、それでも底冷えする記憶の錯覚と、未来に訪れる凛然《りんぜん》たる風景への予感が、彼の体を震わせていた。

「もしも私が教えてしまえば、貴様とアルスは……対等の条件ではなくなるかもしれない。そのようにして勝つことに、意味があるのか……と。しかし、こうも考えられないだろうか。アルスは冬《ふゆ》のルクノカの伝説を知ってはいても、ずっとイガニアにいた貴様は、アルスの伝説を知らない……」

「ハルゲント」

体躯に見合わぬ澄んだ声で、竜《ドラゴン》は穏やかに遮る。

「貴方《あなた》は、とてもお話が長いのねえ」

「ぐ……！　な、長くは……ない！　どうしてグラスやエヌではなく、いつも私ばかりが……！　私の話はそんなに要領を得ないか!?　こ、このままでは、貴様が不利だと言っているのだ！」

ルクノカは、長い翼の片方を折り曲げて口元に当てた。

人間《ミニア》が笑いをこらえるかのような仕草であった。

さしもの黄都《こうと》圏内にも、彼女が留まれるような場所は存在しない。よってルクノカがイガニアから黄都《こうと》入りしたのもつい前日のことだ。

まるで新しい遊び場を見つけた少女のように、白い竜《ドラゴン》は浮ついている。

「ウッフフフ！　不利！　構いませんよ？　私は」

「……死者《ししゃ》の巨盾《きょじゅん》という魔具がある」

ハルゲントは、苦々しく呟いた。

星馳《ほしは》せアルスの戦い方の一端を、彼はその目で知っている。その思考や性格についてならば、恐らくこの世の他の誰よりも。

「条件は不明だが、奴はそれで息《ブレス》を避けることができた。ヴィケオンの黒煙の息《ブレス》を、そうして防いだのだ。だから、貴様の必滅の息《ブレス》は奴には通じん。考えて戦わねば、魔具による反撃を受け、負けるということだ」

「通じますよ」

「な、何を……」

「私の息《ブレス》は防げないということです」

「……しかし」

揺るがぬ自信に満ちた彼女の態度を見て、ハルゲントの内心には裏腹に不安がよぎる。

――冬《ふゆ》のルクノカの竜の息《ドラゴンブレス》。

それは万物を凍結させ、風景ごとを滅殺する、恐らくは地上最大の破壊力を誇る詞術《しじゅつ》であろう。

それでも彼女はハルゲントと同様に、まだ星馳《ほしは》せアルスの武器の全貌を一切理解していない。

尋常の作用とは正反対に熱量を奪掠《だつりゃく》する結果をもたらすとはいえ、ルクノカの息《ブレス》もまた、あくまで熱術《ねつじゅつ》の一種であるはずである。燻《ふす》べのヴィケオンほどの存在を一方的に屠った星馳《ほしは》せアルスに対して、その慢心が通ずるというのか？

（……負ければ、私はおしまいだ。野望も栄光も、そこで尽きて終わる。だから決して負けることのない存在を連れてきた。冬《ふゆ》のルクノカを。それは……何も間違っていないはずだ。だが……だが）

膝の上で固く組んだ両手が震えている。それは冷気の予感の震えでもあるが、別の理由を孕んでもいる。

この戦いで、一つの決着がついてしまう。ハルゲントの人生の決着が。

（アルスは強い。最強だ）

この世の誰よりもそれを信じている。だからこそ、彼と戦うことを決めたのだ。

二つの大地のちょうど中央に屹立《きつりつ》した、背の高い土柱を見る。陽の高さに合わせて、地面に伸びる影は縮まることになる。始まりの合図はそれだ。これほどの規模の戦いに、立会人を置くことはできない。

影が完全に隠れたその時、地上究極の竜種《りゅうしゅ》二名の戦闘が始まる――

◆

黄都《こうと》第二十卿、鎹《かすがい》のヒドウは、純粋に黄都《こうと》のためだけにこの戦いに臨んでいる。

それは人格の善良さのためでも、女王セフィトや黄都《こうと》議会に対する忠誠心のためでもない。むしろ、ヒドウはこれまでの人生で他者のことなど一度たりとて本気で慮ったことはないし、自分自身を悪党の類であるとすら自認している。

単純に、野心がなかった。だから黄都《こうと》の問題をとりあえず解決しているだけのことに過ぎない。

そんな彼が、誰よりも強い野心を持つ鳥竜《ワイバーン》――星馳《ほしは》せアルスと組むことになったのも、やはり運命の皮肉の一つであろうか。

「なあ、アルス」

足のすぐ下には奈落がある。ルクノカとは逆側にあたる卓状台地の縁に、彼は腰掛けていた。

アルスの返答はいつも遅いので、彼らが会話する場合、最初のうちはこうしてヒドウが一方的に語るだけになる。

「こいつはただの見せ物だ」

「…………」

「とっくに分かってるだろ。バカな人族《じんぞく》どもが、お前らの戦いを見て楽しむだけの祭りなんだよ。勇者だなんだってのは、おまけだ。バカらしくならないか？」

「…………なんで？」

ヒドウの地点からさらに切り立った崖上からは、細い影が見下ろしている。

——これは、単純な疑問だ。アルスの気分を害してはいない。声色だけでもそれが分かるようになる程度には、彼は時間をかけてこの鳥竜《ワイバーン》を観察していた。

別の方角へと目をやる。群れる市民。荒野の風景の中、吹き溜まりのゴミのように固まっている。自分達を百度滅ぼして余りある災厄を、物見遊山気分で見物に来ている。彼らの行動や人生の全ては、ヒドウには唾棄すべき愚劣さに見えた。

「あの連中は、自分が命を張るわけでもない。自分の問題を自分で解決することもできない。……それどころか、自分の問題が本当は何なのかってことすら分かっていない。そんなバカどもの国が欲しいか？　俺は……俺なら、いやだね」

「……別に、同じだよ」

鳥竜《ワイバーン》は、淡々と答えた。何の感慨も乗っていない声だ。

「人族《じんぞく》も……鳥竜《ワイバーン》も……みんな、同じじゃないか」

「お前や俺も、奴らと同じじゃか？」

「……。おれは、おれの好きな奴と、そうじゃない奴がいるだけだよ……バカとか賢いとか、おれには……細かすぎて、分からないな……」

「少なくとも人間《ミニア》は、そういいもんじゃないぞ」

「……なんで？」

「分かってないんなら、いい。……それより、帰るならこれが最後のチャンスだぞ。罰則だなんだって取り決めも一応あるが、黄都《こうと》の軍だって飛んでるお前を捕まえたりはできねえよ。くだらないと思ったら……俺のことは気にしないで、帰れ」

ヒドウは、提案が無駄だと承知している。

アルスは自分のやりたいことをやる。それが損得で測れる物事でなくとも。

そうでなければ、地平の全てを暴いた伝説になどなれはしない。

「くだらなくなんてない」

「……そうかよ」

「…………ハルゲントとの勝負なんだ……」

それはいつもと変わらぬ、憂鬱そうな呟きだ。しかしそこには喜悦の感情がある。

自らが認めた最大の好敵手。誰にも認められていない、無能な第六将と戦うことの喜び。

彼が見据えているのは冬《ふゆ》のルクノカであって、冬《ふゆ》のルクノカではない。

「――分からねえんだよ、本当」

ヒドウは空を見上げる。太陽は天頂に近かった。その時が迫っていた。

ただそれだけの理由で、神話の戦いが始まりつつある。

ヒドウ以外の世界は、それだけの理由で動いている。

「お前らは……全員、全然分からねえ」


土柱の影が隠れて、頭上で翼が風を撃った。竜が翔《と》んだ。

六合上覧《りくごうじょうらん》の第二試合が始まりを告げる。とても静かだった。


全試合の内で最大規模の戦闘となったその試合は、同じく最強である者のどちらが勝者となったかを除いては、見る者の予想を何一つ覆すことはなかった。

即ちその戦いは日没すら待たぬ内に、この地を永遠に壊滅させるものであった。

最強という二文字の恐ろしさを、誰もが知る結末となる。


星馳《ほしは》せアルス、対、冬《ふゆ》のルクノカ。

◆

前方より飛来する影の勢いは、まるで爆発する火の粉のようであった。

イガニア氷湖《ひょうこ》と黄都《こうと》との間を一日足らずで行き来できるルクノカにとってすら、そのように見える速度だ。

「素晴らしい」

速さに対する驚嘆ではない。恐れず向かい来る闘志に対する感激である。

過ぎたる強さに隔絶したルクノカは、もはや対手の強弱の程を読むこともできない。かつて弱きと見た者は弱く、強きと信じた者も、ことごとく弱かった。

故に彼女はいつしか……彼女の前に立つ者が持っていた、一番確かなものだけを信じるようになった。絶対の強者へと挑む勇気と、無謀を。

その心が何よりも美しいものだと、冬《ふゆ》のルクノカは強く信じている。

「……さあ、アルス。貴方は何を見せてくれるかしら？」

ルクノカの飛行進路に対して一直線の正面反航で迫っていた鳥竜《ワイバーン》はしかし、不意に軌道を変えた。上方に弧を描くように、南へ急旋回する。

注視していた者ほど、目で追わずにはいられない。

そこには白昼の太陽がある。視線を誘導したのだ。ルクノカは翼を畳んで、急激に失速した。

逆光にアルスの影を見失った一瞬、閃いた光も見えなかった。歩兵銃《マスケット》の限界の射程から銃弾が飛んで、ルクノカの頰を打った。

「ウッフフフフフ！」

銃撃の感触を受けて、ルクノカは笑った。

太陽の中から飛び出し、今度は低く地割れの中へと潜っていく影の軌跡を認める。太陽を直視させて開かせた瞳孔を、暗闇で再び閉ざそうとしている。

ルクノカは、銃撃を受けた頰を這う感触を自覚している。それは銃弾から生え、肉体に食い込んで侵食しつつある、枝分かれした植物の根だ。

拷樹《ごうじゅ》の種《たね》という。歩兵銃《マスケット》の火薬熱で発芽したそれは、生命を必殺する樹《き》の魔弾であったが。

……ルクノカは、根の張りつつある頬を爪で軽く撫でた。

「――面白い矢ねえ」

必殺の魔弾はただそれだけで竜鱗ごと剝がれ落ちて、無意味となる。

竜《ドラゴン》の鱗が無敵であるとされる理由は、ただ硬度の高さのみではない。その遮断性にある。

先のアルスの射撃は、間違いなくルクノカの眼球を狙っていた。竜鱗に覆われていない目を。

しかし竜《ドラゴン》に挑む英雄のことごとくがそれを狙うことを、冬《ふゆ》のルクノカは知っている。先の急失速による回避も彼女にとっては考えを巡らせる必要すら持たぬ、予定調和のやり取りに過ぎない。

奈落の底からは再び銃弾が飛来した。爪が遮り、それを弾く。

冬《ふゆ》のルクノカは銃という兵器の存在を認識していないが、銃弾を遥かに凌駕する反射神経と身体能力がある限り、いずれにせよ無意味な知識であるのかもしれない。

これも命中すれば死をもたらす魔弾のいずれかであることは間違いなかったが、高度に結晶化した竜《ドラゴン》の爪の表層は、病毒に冒されることも、根が食い込むこともあり得ない。

「ウッフフフフフフ！」

アルスが身を潜める、大地に走る深淵《しんえん》を見下ろしている。もしもここに息《ブレス》を吐きかければ、それでこの戦いは終わるのだろう。

けれどそれでは楽しくはない。

この小さく疾い英雄は、これからどんな戦い方をするのだろう？

最強の竜《ドラゴン》を前に、どんな策略を考えているのだろう？

この地上で最強の星馳《ほしは》せアルスは、彼女に何をしてくれるのだろう？

（……ああ、違うわね）

好奇と興奮に輝いていた目が、僅かに細まる。

地割れに身を潜めれば、息《ブレス》から逃れる手段はない。それは誰よりも、星馳《ほしは》せアルス自身が分かっているはずのことだ。ならば——既に、違う。

「もらった……」

声が聞こえた時には既に、ルクノカの背後で鞭《むち》が放たれた後であった。それは鞭にあるまじき鋭角的な折れ線を空に描いて、古竜の右翼の付け根を捕らえた。

「——キヲの手」

締めつけられた部分が奇妙に歪んでいき、カチカチと音を立てはじめる。

自由自在に動く魔鞭であるキヲの手にはもう一つの機能がある。巻きついた対象を強度に関わらず捻り、切断する。

超常の魔具を用いる限り、強度を無視して竜鱗を突破する手段はこの世界に皆無ではない。

「ウッフフフ！　ウッフフフフフフフ！　ああ……楽しい！　貴方は速いのねえ、アルス！　年を取ったからかしら、全然目で追えなかったわ！」

「……そう……。あんたは、弱いね」

キヲの手すらも、次の動作への足がかりに過ぎない。アルスは三つの腕の一つで鞭を引いたままで、もう一つの手で新たな武器を取り出す。最強の魔剣を。

澄んだ声は、その時に響いた。

「【コウトの風へ《cochwelne》】」

詞術《しじゅつ》の心得のある者ならば、それが無意味な足掻《あが》きであると分かる。

熱術《ねつじゅつ》を破壊に用いるためには、指向性を与える必要がある。自分自身を巻き込む方向へと攻撃することはできない。アルスはルクノカの後方にいて、首をそちらに巡らせることができぬように右翼を捉えている。

いつかの迷宮都市で〝客人《まろうど》〟がそうしたように、術者の背後に位置している者に対しては、熱の余波すら届かない。

それでも竜《ドラゴン》の息《ブレス》の攻撃動作は、ただの一呼吸で足りる。

「【果ての光に枯れ落ちよ《cyulcascarz》――】」

ルクノカの視界の先には、なだらかな谷があった。水辺があった。

赤い荒野の地平線があって、それと対照をなす青い空には、まばらな雲があった。

それは何百年と続いた、マリ荒野の風景であった。

全てが消えた。

あらゆる生命の五感が止まるようだった。

無音。

暗闇。

世界の激変を、遥か彼方から見ていた観客もすぐさま感じた。あらゆる存在が白に眩《くら》んだ。

音なきルクノカの息《ブレス》は、前方の風景を停止させた。

——否。停止してはいなかった。それは風も、衝撃の威力も伴わぬ熱術《ねつじゅつ》であるのに、ひび割れた地形は、荒れ狂う静寂の中で確かに流動した。

空気分子の凍結によって世界が白く染まったその変化すら、一瞬のことだった。世界の底が抜けてしまったかのように、それよりも冷えた。岩の大地は黒く歪み果てて、まるで大海のように波紋を広げた。極限に冷やされたそれは、固体ではなかったのかもしれない。

恐るべき勢いで凝縮する大地の構造が、一つの分子のように流れていた。

「——ああ、ハルゲント。私の息《ブレス》は通じないと言いましたね」

真なる静寂の世界の主は、ただ一人で呟く。

「あなたの世界では、それは正しいことなのでしょう。けれど」

ひどく静かだった。

だが。それですら、結果ではなかった。

二呼吸の後にそれが起こった。

天地の鳴動する稲妻の如き爆発。

果てのない轟音が、静寂の世界を壊滅させた。

空気が激流を打ってルクノカの正面の世界へと雪崩込み、魔鞭で自らを係留していた星馳《ほしは》せアルスすらも、その怒涛《どとう》に押し流された。

ありとあらゆる物体が、ルクノカの前方へと落ちていった。

体勢を完全に崩した鳥竜《ワイバーン》と、それを待ち受ける竜《ドラゴン》の目は、一瞬だけ交錯した。

「……！」

「私の息《ブレス》は通じます」

超絶たる爪の打ち下ろしで、アルスは一直線に死の大地へと落ちた。

軽量の鳥竜《ワイバーン》が、叩き落された速度だけで岩盤の大地を破砕した。

英雄殺しの伝説は右翼に絡む千切れた魔鞭を、藻屑《もくず》を除《の》けるように払って捨てた。

無傷である。


竜《ドラゴン》に挑む英雄のことごとくが、それを試みた。

冬へと閉ざすルクノカの息《ブレス》を、戦士ならぬ子供ですら童歌で知る。

低温を防ぐべく防備を張り巡らせた者がいた。あらゆる破壊を遮る魔具を携えた者がいた。あるいはこのアルスのように機動力と戦術を以て、その範囲より逃れようとした者がいた。

歴史上、その全員が死んだ。

――絶対極限の凍術の息《とうじゅつのブレス》。射程圏内に存在する空気分子は、全てが固体と化す。ならば破壊はそれで終わりではない。続くのは、喪失した世界の穴を埋めるべく流れ込む、激動たる暴風の爆発だ。時代に現れた例外たる星馳せ《ほしは》アルスですらも、その現実に抗《あらが》うことはできなかった。

……しかし。

「ウッフフフフフ！　ウッフフフフフ！」

しかしルクノカは笑った。それが意味するところは一つしかない。

「ああ、おもしろい……！」

彼女は、まだ何も見ていない。

彼にどんな戦い方が残っているのだろう？

最強の竜《ドラゴン》を前に戦うための、どんな策が残っているのだろう？

この地上で最強の星馳せ《ほしは》アルスは、彼女に何をしてくれるのだろう？

「……。ふざけてるね……あんた……」

それは常と同じく、陰鬱で細い、小さな声であった。

それでも彼をよく知る者が聞けば、僅かな怒りの混じった……一つの強烈な感情を察することができただろう。

『鬱陶しい』という感情を。

「死者《ししゃ》の巨盾《きょじゅん》」

燻《ふす》べのヴィケオンの息《ブレス》を防いだそれは、代償を支払う限り地上最強の竜爪の一撃すらをも防ぎ切ることのできる、究極の防御手段の一つである。

「……自慢することにしてるんだ。これから……殺す奴にも」

星馳《ほしは》せアルスは次なる武器を構えている。地を蹴り、飛び立つ。

——できなかった。

世界が冷え切っている。空気が重い。それまで岩盤であったはずの大地は、物理的な作用による奇妙な紋様へと捻くれた、黒い結晶のような何かだ。

「ウッフフフフ！　そんな所に立っていてはいけないわよ？」

ルクノカは遥か頭上より見下ろしている。これまでのアルスが、ありとあらゆる伝説に対してそうであったように。

アルスはもう一度飛び立とうとした。喀血《かっけつ》する。肺の細胞が内側から蝕まれている。体温が急激に奪われていく。息《ブレス》が過ぎ去った後の風景は、空気も、大地も、何もかもが、氷などより遥かに……彼の知る何よりも冷たかった。

「……後ろの足が、貼りついてしまうかもしれないものね？」

地上最強の種。その中にあって、最強の存在。

冬《ふゆ》のルクノカの息《ブレス》から逃れることはできない。

「【コウトの風へ。《cochwelne》果ての光に枯れ落ちよ——】《cyulcascarz》」

◆

「じょ、冗談……だろ……！」

遠く離れた台地の上で、ヒドウは色を失って喘いだ。

冬《ふゆ》のルクノカが放った竜の息《ドラゴンブレス》を目の当たりにした。それはありとあらゆる想像を絶する、終焉そのものの具現であった。

遥か彼方の光景であるはずだったが、決して遠くはなかった。仮にその影響範囲が西方に逸れていたなら。仮にアルスとルクノカが衝突したあの地点が、それより半分も近かったとしたら。

寒い。これまで訪れたどんな雪原よりも肌を刺す極寒の風が、ヒドウを恐怖させていた。氷の息《ブレス》が薙ぎ払った地点は、あれほど離れている。ここはまだ、元のマリ荒野であるはずだ。しかし気候が、もはやそうではないのだ。

恐らくは……これから先も、ずっと。

(奴は――ハルゲントはこのことを知っていたのか？)

そうであるはずがない。仮にイガニア氷湖でこの一撃を目撃していたのならば、黄都《こうと》に生きて帰還できるはずがなかった。いくら羽毟《はねむし》りのハルゲントといえども、それを知って冬《ふゆ》のルクノカをここに出すほど愚かな男だとは思いたくない。

すぐさま最低限の荷を背負い、後ろに控える兵へと叫ぶ。

「車だ！」

「はっ……!?」

「聞こえなかったか？　蒸気は沸いてるよな。車を出せ。キャラバンに向かうぞ」

ヒドウは、別の方角に見えるキャラバンを見やった。虫の群れじみた市民。

きっと驚くべき光景に、今の時代を生きる者が初めて見る強大な存在に、熱狂しているのだろう。度し難い無能どもだ。

「しかし、キャラバンの方角ですか？」

「他に何がある。〝冬《ふゆ》〟の息《ブレス》がこっちに向いたら、それだけで全員死ぬぞ！　俺もあの連中も、奴の気まぐれ次第だ！　全員逃がすしかないだろうが！　さっさとしろ！」

「離れれば、試合結果の証人が第六将だけになりますよ!?　それではヒドウ様が」

「──さっさと。しろ」

兵の胸ぐらを摑んで、ヒドウは威圧した。

頭の巡りが悪い。危機感がない。誰も彼もがそうだ。それが許せない。

歯軋《はぎし》りをしながら、第二十卿は背後の戦場を見た。

(なんで、俺がこんなことを考えなきゃならない)

ヒドウは、ハルゲントのような男とは違う。自らの選択に伴う、結果と利益を考えることができた。その一時はそうだったのだとしても……断じて、ただの意地や憎悪のみでルクノカとの戦闘を了承したわけではない。

伝説殺しの英雄であるアルスと、英雄殺しの伝説であるルクノカ。この六合上覧《りくごうじょうらん》の参加者の中で、彼らを打ち倒す可能性が僅かでもあった者は、それぞれの互いしかいなかった。

どちらも人の手では届かぬ、勝ち目のない存在なのだ。人間《ミニア》が二つの邪竜を討伐するためには、両者を殺し合わせ、生き残った者を疲弊させる必要があった。

故にヒドウは、一回戦において本来行う予定であったアルスへの妨害策を完全に温存して臨むことができた。今の〝星馳《ほしは》せ〟は、所有する全ての装備を扱うことができる。飛行に制約を課す試合場ではなく、事前に毒を盛られてもいない。

最強の竜《ドラゴン》と対峙するためには、全力でなければならないからだ。

それはヒドウの意地などとは一切関係のない、合理的な判断に過ぎない。

（……やっぱり、奴しか勝てないってことじゃねえか）

冬《ふゆ》のルクノカの力は、人族《じんぞく》が想像可能な範疇《はんちゅう》を超えている。

（ここでは勝てよ、アルス）

蒸気自動車の座席へと身を滑り込ませ、備えつけのラヂオに向かって声を発する。

女性の連絡員が出た。彼らの作戦についても知っている相手だ。

「鎹《かすがい》のヒドウだ。ロスクレイにかわれ！」

〈ロスクレイ様ですか？　今しばらくお待ちいただくことになりますが――〉

「ならいい。伝言だ。お前が伝えろ。『ルクノカは想定以上に強い。ルクノカが勝ち抜いた場合、〝例の流れ〟は使えない』。いいか？　俺が通信できるのはこれで最後かもしれないからな」

〈えっ……ではヒドウ様は？　その……〉

「無駄口は叩くな。伝言は理解したよな？　しっかり言えよ。ロスクレイなら考えてくれる」

地平線に、白い巨竜の影が動いている。

まるで水槽を通して見るかのように、その光景は屈折している。

――気温差だ。それをヒドウは理解できる。あまりに急激な冷気の勾配で、光すらもが速度を変えてしまっている。

異世界なのだろう。そこは人が生きて立ち入ることのできぬ、彼岸の彼方だ。冷え切った地獄の光景が物語の中から切り抜かれて、その一帯へと現出したかのような。

「……死ねるかよ……！」

誰に言うでもなく、そのように言い聞かせる。

観客を全員避難させる。この災厄への今後の策を考える。六合上覧《りくごうじょうらん》を無事に終わらせる。まだ仕事は山積みにある。そんなくだらない仕事に埋もれて、このまま死にたくはない。

「まだ、死ねるか……！」

蒸気とともに、車が発つ。

◆

第六将、静寂《せいじゃく》なるハルゲントも、毛布の中で膝を抱えて、同じ光景を見ていた。

晴れ渡った白昼の荒野は、今や冬に閉ざされていた。

〝彼方《かなた》〟にあるという、世界が死に絶える時。そして四季なきこの地平に、春が訪れることもない。

〝冬《ふゆ》〟が一度訪れたのならば、世界は永遠に死んだままだ。

この地点にまで伝播《でんぱ》する冷気には、抗いようのない終わりの気配がある。

あのイガニア氷湖で感じたような、絶望と諦観の温度。

……それでもハルゲントは、瞬きをせずその彼方を見ている。

目は血走り、毛布の内で爛々と光っていた。彼一人だけが、それを信じていた。

「まだだ」

冬《ふゆ》のルクノカは、真に最強の伝説であった。

戦いの機会すら失うほどの。油断と慢心に満ちて、なお有り余るほどの。

「……まだ、やっていない……！　まだだ……！　まだだ！」

ガチガチと歯を震わせながら、聞く者のいない言葉を呟き続けていた。

逃げようなどという考えが脳裏に浮かぶことすらなかった。

それは勇気のためではない。初めから、その選択肢を持っていなかった。

星馳《ほしは》せアルスが、その全霊を懸けて戦っているのだ。ハルゲントの手の内には僅かに残るばかりの誇りと未来を全て注ぎ込んだ、ただ一度きりの勝負。

ロスクレイのような紛《まが》い物《もの》とは違う。この地平でただ一羽の、真実の、竜《ドラゴン》殺しの英雄。この第一回戦でアルスを打ち倒しさえすれば、もはや冬《ふゆ》のルクノカに勝てる者はいない。

「アルス」

白き竜《ドラゴン》は、再び地上へと無慈悲な息《ブレス》を浴びせた。

下方へと向けたその攻撃は、先の一撃のように広域を壊滅させることはなかった。

ただ――大地の数十m半径が泥のように崩れて、深く陥没しただけだった。

冬《ふゆ》のルクノカの竜《ドラゴン》の息《ブレス》は、物理的な衝撃力を一切持たない。

ただ極限の冷却だけで、そのような現象が起こるのだろう。

遥か数㎞の地下までに至る分子の隙間のことごとくが一瞬の冷却によって失われたのだとすれば、まるで隕石《いんせき》の衝突痕の如き地形変動として現れ得るだろうか。

〝彼方《かなた》〟において知られる限り、究極の低温の下で物質は体積を持たない。凝縮し、粉砕し、ありとあらゆる構造が変わり果てる。現実の、巨視の世界でその現象が起こったその時にどのような現実が現れるのか――〝彼方《かなた》〟の世界の住人すら、誰もその目で見たことはない。

「……アルス！」

破滅の渦中には、アルスがいたはずだった。

血が出るほどに唇を噛んで、ハルゲントは震えている。

それがどのような感情から来ているものなのか、彼自身理解できていないのかもしれない。

ただ、その言葉を繰り返していた。

「ま、まだだ……まだだ……！」

◆

――背後の世界が崩れ去るのが見えた。

どのような現象が起こっているのか、アルスははっきりと理解しているわけではない。死者《ししゃ》の巨《きょ》盾《じゅん》で防御できる範疇を、遥かに越えていることだけは分かった。

「……ヒツェド・イリスの火筒《ほづつ》が……」

その破壊を見た後ですら、星馳《ほしは》せアルスは……凍りついて千切れた右の趾《あしゆび》の一本よりも、失われた魔具を惜しんだ。

燻《ふす》べのヴィケオンを討ち果たした際、アルスは彼の脇腹を長槍で貫いていたが、竜《ドラゴン》の肉体を貫通せしめた魔具が何であったか。それは静寂《せいじゃく》なるハルゲントすら知らなかったことだ。

ヒツェド・イリスの火筒《ほづつ》は火薬すら装填されていないただの鉄筒であるが、砲身に触れた対象を尋常ならぬ威力で射出する。竜鱗の剝がれた間隙を狙う限りは、竜《ドラゴン》すらも仕留め得る魔砲だ。

この魔具を、攻撃ではなく緊急脱出に用いる他ない窮地であった。超低温の地面に貼りつけられたアルスを、右の趾を犠牲に死滅の圏外へと射出したのだ。

「…………」

小さな壺《つぼ》の中で、魔具の炎――地走《じば》しりを灯し、肺を凍らせる空気を入れ替える。

ルクノカがアルスの存在を見つけ出さぬ間に、愛用の銃の動作を確認する。長き冒険の日々で取り替え続けた量産品の中から見出した、奇跡じみた精度を持つ歩兵銃《マスケット》だ。中枢機構をそのままに銃把を鳥竜《ワイバーン》専用に改造したそれは、伝説の魔具以上に彼が信頼を置く武器であったが。

「……火薬が、だめか」

雷管の火薬が冷え切っている。引き金を引いたとして、不発になるだろう。樹の魔弾、毒の魔弾、雷轟の魔弾が、少なくともこの戦いの間は、これで使用不可能になった。

ヴィケオンの腕をも捩《ね》じ切《き》ったキヲの手が切断され、腹を穿ち抜いたヒツェド・イリスの火筒《ほづつ》が逸失した。世界の終局の冬は、命持たぬ道具までをも殺す。

彼はその重量を捨て置くべきかを迷い、逡巡の後に荷袋の内へと戻した。

「……冬《ふゆ》のルクノカ……どんな宝を……持ってるかな……」

三種の武器がこうして失われた以上、彼が狙うべき手段はむしろ明白となった。

竜鱗の防御を貫き一撃で命に達する、唯一の攻撃手段。

ヒレンジンゲンの光の魔剣を用いる他ない。

傷ついた脚で地を蹴り、鳥竜《ワイバーン》は再び飛び立つ。

ルクノカの息《ブレス》に凍りついていない空ならば、まだ飛ぶことができる。飛行している限り、右の跛《は》足《そく》も不利にはならない。

明白な事実がある。近づかねば負ける。

見える全世界を薙ぎ払う最強の息《ブレス》は、離れていれば離れているほど、逃れることはできない。

仮に死者《ししゃ》の巨盾《きょじゅん》で息《ブレス》そのものの威力を防げたとしても、その後に残る超低温の世界は生命体の活動を許さない。先のように真空の巻き込みによって致命的な一撃を受けることになるのだとしても、全ての力を尽くして死角を取り続けるしかない。

冬《ふゆ》のルクノカが前方に見える。

接近に呼応するかのように、飛び立つ様子が見えた。澄んだ声が聞こえる。

「これで終わりではないでしょう？」

一直線に距離を詰めるアルスは、まるで流星の速度だ。

白竜は顔を向けてはいないが、南東方向より迫る対戦相手の存在には気付いている。

「ねえ、星馳《ほしは》せアルス？　――ああ、嬉しいわ。とても、とても、とても。貴方の全てが、嬉しくてたまらない……！」

凍術《とうじゅつ》の息《ブレス》が来る。アルスの翼が空中を撃った。寸前、鋭角の軌道で鳥竜《ワイバーン》は曲がった。

命を燃やす最大の速度でなければならなかった。ルクノカの目が追うよりも速く。

だが。

「【コウトの風へ《co chwelne》】」

――だが、ルクノカはそれを正面に捉えている。

先の応酬で、アルスはこれまで戦ったあらゆる伝説の上位にルクノカを位置づけていた。息《ブレス》の破壊規模のみが理由ではない。単純な身体性能においても……彼女は他との比較がおこがましい程に、圧倒的にすぎた。

何故、自らの息《ブレス》によって生んだ極寒の地獄の中で活動を続けられていられるのか。

真空へと流れ込む烈風の渦を正面に迎えて、身動《みじろ》ぎ一つしないのか。

彼女の体はそれに耐えられるからだ。

自らが放った竜の息《ドラゴンブレス》の影響余波を生存できる生命体は、竜《ドラゴン》しかあり得ない。

ただ一人、例外たる森人《エルフ》の少女を除いては——詞神《ししん》は決して、術者の身に過ぎたる詞術《しじゅつ》を与えはしない。

地上最強の身体性能は、視界を高速で過ぎる影をも追うことができた。

「【果ての光に枯れ落ちよ《cyulcascarz》——】」

終焉が走る。

光景は白く壊滅する。

その一息で終わってしまうのだとしても、ルクノカはそうする。

ただ一度、何も遠慮のない全力で戦えるのならば、彼女はそれで良かった。

それが如何に脆弱な鳥竜《ワイバーン》であろうと——そこに一切の容赦を加えずに戦うことができたという時点で、星馳《ほしは》せアルスは、彼女にとってかけがえのない存在であった。

大地が再び裂けた。雲すら霧消した。

風にのみ作用しているはずの彼女の詞術《しじゅつ》は、大気冷却の余波だけで地殻の大深度を永劫の凍土へと変えた。人間《ミニア》が火花を起こす熱術《ねつじゅつ》よりも短い、ただ一呼吸の詠唱で。

冷気を浴びた影は、他のありとあらゆる英雄と同様に、呆気なく消えた。

「ウッフフフフ……！　ウッフフフフ！　ああ……こんな戦いは、百年ぶり。もっと前だったかしら――しばらくはこんな楽しみも、ないのでしょうね」

またいずれ、彼女に手加減をさせない英雄が現れるのだろう。

ルクノカはその出会いだけを期待して、あの氷湖で再び孤独に待つのだろう。

息《ブレス》の余波で生まれた真空が、周囲の大気を津波のように呑み込んでいく。

全ては一瞬の出来事だ。

――そして、それを知っている者ならば。

「…………」

一度その身に受けて知る者ならば、激流の加速に合わせることができた。

横合いの死角から。

腐土太陽《ふどたいよう》、という魔具が存在する。

それは土塊で形作られた球体であり、無限に湧く泥にて形成された、刃や弾丸を射出することができた。例えばその泥は……翼を畳んで滑空する鳥竜《ワイバーン》に、形状を近づけることもできた。

極限の高速機動の只中、彼は飛行慣性で身代わりを後方に置き去りにして、自らを追う最強の竜《ドラゴン》の視線を追尾の途中で停止せしめた。その身代わりへと息《ブレス》を繰り出させた。

いかなる動体視力を持とうと、いかなる反応速度を持とうと、星馳《ほしは》せアルスの限界の速度を追う中、刹那のうちに小さな影の真贋《しんがん》を判別することは、どのような伝説にも不可能であった。

「ヒレンジンゲンの」

細く、小さく、彼は呟き終わっている。必ず自慢することにしている。

それは刹那の一撃で終わり、竜鱗の防御すら無意味となる唯一の攻撃手段。

真空の速度と、彼自身の速度を乗算したそれは――

「光の魔」

巨大な何かが衝突した。

グジュリと音を立てて、アルスの世界は溶けた。

「……ああ！」

冬《ふゆ》のルクノカは、遅れて気付く。

むしろ絶望で叫んだ。

「そんな……！　まだ、生きていたなんて！　ああ、なんてこと……！」

光の刃が深く食い込んで、ルクノカの長大な尾の先端は骨までを切断されていた。

だが、それはたった今、アルスを質量で叩き落としていた。

「……私、本当に気付いていなかったわ！　ひどい失敗……！　せっかく、貴方が生きていてくれたのに！　知っていたならもっと、たくさん楽しめていたのに！」

――それは攻撃ではなかった。

ただ単に、最強の竜《ドラゴン》が空中で方向を変えただけのことだった。

姿勢の変化で振り回された尾が、不運にもアルスの突撃軌道と一致していただけのことだった。

歴史上の遍く英雄の試みを上回った必殺の特攻は、ただの不運で潰えた。

彼女は最強すぎた。ただ身動ぎするだけで、生命を殺戮するには過剰すぎた。

楽しもうと思わなければ、楽しめなかった。

「ごめんなさい、星馳《ほしは》せアルス！　ごめんなさい……！　もっと遊びましょう！　ねえ、星馳《ほしは》せアルス……！」

戦いすらをも許されぬ、それは一つの荒涼の光景である。

◆

——鮮明な記憶がある。どれだけ昔だっただろう。

前夜から続いた雨は少しずつその速さを落として、今はまばらに降り注いでいる。

岸壁に打ち捨てられたままの、崩れかけた小屋の壁板の隙間から、彼は一日中、波が引いては寄せる様子だけを眺めていた。

「おい」

腐った壁板の割れ目を持ち上げて、あの顔が現れた。

名前。そういえば人間《ミニア》には皆、名前がある。鳥竜《ワイバーン》では、強くて賢い、群れの上から数えた半分ほどしか持たない名前が。

なんと言っていたか。

「ハルゲント」

「他所でその名前を出すんじゃないぞ」

少年は後ろを忙《せわ》しなく見回す。この小屋に村の誰かが近寄らないかどうか、鳥竜《ワイバーン》の彼よりも不安でいるようだった。

「鳥竜《ワイバーン》なんか隠してるって知られたら、叩き殺されても文句言えないんだからな」

「……。そうなんだ……じゃあ、気を……つけるよ」

「気をつけるって意味分かってんのか？　お前の責任だぞ。なんで翼なんか折ったんだ」

ハルゲントは、添え木の当てられた左の翼を見る。

竜族《りゅうぞく》である鳥竜《ワイバーン》は、根本的に生命力が強い。骨折の治りも人族《じんぞく》よりは早いはずだが、それでも完全に繋がるまでには、まだまだ時がかかりそうに見えた。

「……？　ぶつかったから……」

「だから、なんでぶつかったんだよ。普通の鳥竜《ワイバーン》はそんなことないだろ」

「おれは……普通じゃないから……？」

少年は頭を掻く。その時は上手く答えられなかったが、最初に会った時にハルゲントがどのように理由を説明していたのかは、朧気《おぼろげ》にではあるが理解していた。

他の鳥竜《ワイバーン》とは違って、余計な器官があるのだ。体幹の左に一本。右に二本。その鳥竜《ワイバーン》には、これまで確認されたどの個体とも違って、三本の腕がある。

それが飛翔の安定を崩した。普通はぶつからないはずの岸壁に衝突して、翼を折った。恐らくはそういうことだった。

「上手く飛べないなら、治ったって同じことになるだけだろ」

「…………。そうかも……」

「そうかもじゃないんだよ。本当、何考えてんのか、訳分かんねえ」

ハルゲントは常に不機嫌そうだったが、その時の彼はそれを理解してもいなかった。鳥竜《ワイバーン》を見る人間《ミニア》は、大抵どれも怒っていて、どれも殺気立っている。

「もうちょっとなぁ……このままじゃダメだって、危機感を持てよ。原因を考えて、そいつに対策すんだよ」

「でも……できないから……それは、できないんじゃないの……？　仕方ないよ」

「できるようになれっての！　お前、卵から出てきたその日から飛べたのか？　詞術《しじゅつ》だって、今みたいにベラベラ喋れたか？」

彼は、ハルゲントの意図を測りかねている。

鳥竜《ワイバーン》である彼のことを思っての言葉なのだろうか。そうではないだろう。人間《ミニア》がそのようなことをする意味が分からない。最初にこの小屋の中に匿《かくま》われた時から、ずっと分からなかった。

ハルゲントは座り込んで、持ち込んだ間食を齧《かじ》っていた。乾燥した木の実か何かで、鳥竜《ワイバーン》の食事とそう変わらないような粗末さだった。彼の衣服は所々にほつれがあって、片側の靴は底が剝がれかけている。

「誰だって、できないことができるようになる日が来るってことだ。成長だよ。そうだ、成長。な。

お前も成長しろ」

「……それで……どうするの？」

「え」

「何か……できるようになって……どうする……？」

「そりゃ、おい……飛べるようになれば、色んなもんが手に入るだろ。美味《うま》い餌だって取れるし、メスだって飛ぶのが上手い奴のほうがいいんじゃないのか。分かんねえけど……それに、群れで偉くもなれるだろ……！」

「ふーん……ハルゲントは……そういうの、欲しいんだね……」

「あ、当たり前だ！」

ハルゲントはますます険しい顔で、近くの壁板を蹴った。

大きな音に彼は驚いたが、激しい感情を表すのは生まれつき不得手だ。その驚きもハルゲントには伝わらなかったかもしれない。

「できない奴だと思われて、見下されて、悔しいと思ったことはないか!? 貴族の連中は俺達下働きを、使えない馬の仔かなんかみたいに足蹴にしやがるッ！ 父さんも母さんも……気持ち悪く笑って、ヘコヘコしてばかりだ！ 俺は違う。絶対に偉くなってやる……成長して、偉そうな奴らは全部見返してやる……！」

「それって……」

彼は首を傾げた。人間《ミニア》の論理は不思議だ。

「それって、ハルゲントのことじゃないか……おれのことじゃないし……」

「同じだ！　全部同じだ……！　生きてるんだろ！　じゃあお前も欲しがれよ！　お前だって飛べるって見せてやれよ！」

群れから落伍《らくご》した鳥竜《ワイバーン》と自らを重ねているのだと、その時の彼が理解できたかどうか。

たとえそれが理解できていなくとも、自分とは正反対の、初めて目の当たりにした激しい感情に、彼が純粋な興味を抱いたのも事実だった。

――自分にはない情熱を、彼は持っているのだ。

「…………分かった。そうしてみる……どうすれば、成長できる？」

「……できることから、やるしかないだろ……。手で何か摑んだことあるか？　指を別々に動かしたり。翼を怪我《けが》してる今だってそれくらいできるだろ。少しずつ、できることを増やしていくんだ」

「……じゃあハルゲントは？　偉くなるには……どうすればいいの……」

「俺か？」

その問いに、ハルゲントは初めて笑った。

「俺は、へへ……！　俺は同い年の奴らの中で、一番最初に鳥竜《ワイバーン》を落としたんだ……！　だから、俺には弓の才能があるんだよ。このままどんどんお前の仲間を狩って、偉くなってやるからな。……今は鳥竜《ワイバーン》だけだ。だけど、いつか鳥竜《ワイバーン》だけじゃねえ、どんどん大物を倒せるようになってやる。そうしたら俺は王国の将軍だ。金にだって一生困らないし、皆が俺を褒める」

せいぜいが、傷ついた鳥竜《ワイバーン》に吐露するしかない内心であったのだろう。それは到底、他の村人の前では口にできぬ野望であった。そうなることがどれだけ困難で、かけ離れた未来であるのか。人間《ミニア》の社会で、それは恥だった。弱者が分不相応な夢を語ってはいけなかった。

少年は小さな弓を持っている。大人の弓と比べて、威力も遥かに弱い。

それでも——彼の技量となんら関係のない幸運の成果だったのだとしても、それは彼が最初に鳥竜《ワイバーン》を撃ち落とした自慢の弓だった。

「将軍になったら、英雄にもなりてえ！　歴史に名前を刻むんだよ……！　竜《ドラゴン》が相手だってな——この屠竜弩砲《ドラゴンスレイヤー》で撃ち落としてやる！」

「ふーん……凄いな……」

彼の相槌《あいづち》はまるで生返事のようだったが、心の底からそう思った。

だからその時に、彼も少年の真似をしてみようと思った。

それがきっと、生きるということなのだろうから。

「……ハルゲントは、凄い奴だ……」

◆

キリキリという音が鳴り続けている。

失敗するとは思っていなかったが、あるいはこのような結末になることも、どこかで予感していたのかもしれない。

誰よりも強敵に挑み続けてきた。幸運も不運も、自身の身の丈を遥か越える強者と対峙した場合に起こる、無数の可能性をその身に味わってきた。

そうでなければ、チックロラックの永久機械を起動してはいなかったはずだ。

金属の摩擦音がキリキリと鳴る。それはアルスの体内から響いている。不快な感触だった。

アルスは朦朧《もうろう》とした視界で、まずは右の趾を見た。凍えて失われていたはずのその部位は、既に歯車とクランクが組み合わさった、奇異な金属機械へと置き換わっている。

チックロラックの永久機械。それは人間《ミニア》の小指の先にも満たぬ、組成不明の微小な歯車に過ぎないが、あの燻《ふす》べのヴィケオンが最も価値を置いた財宝であった。

体内を歯車が回転する。その感触は、粉砕された背骨の内にも存在する。左大腿《だいたい》、肋骨。そして左翼。それらは体内で増殖し、生体を模倣し、無理矢理に駆動させる。

――なんで翼なんか折ったんだ。

「仕方ないだろ……」

入り交じる過去の残影に向けて、ぼんやりと返す。

偶然の結果とはいえ、手痛すぎる反撃を受けてしまった。

死者《ししゃ》の巨盾《きょじゅん》の防御も間に合わなかった。それは敵の攻撃に対応して発動すべきもので、使用のたびに侵食と激痛を伴う以上、飛翔の姿勢制御とは両立不可能の盾でもある。

真空の爆発に押し流されている最中であったことも、いけなかった。

常時のアルスであれば、豪速で迫る竜尾の一撃すら、その寸前で回避し得たかもしれない。しかし自分自身が押し流されている最中では、軌道を自ら変更することは不可能だった。

他ならぬ敵の攻撃に、逆転の一打を委ねた。それが敗因だ。

「…………原因を考えて、対策する。原因を考えて、対策する……原因を考えて、対策する……原因を考えて、対策する――」

星馳《ほしは》せアルスは、今でもそうすることができる。

最初から全てができたわけではなかった。いつでも、できることを増やしてきた。

まずは、自身の群れの中で最強だった鳥竜《ワイバーン》を。

森林に現れた恐ろしい大鬼《オーガ》を。砂漠の生態系の頂点の蛇竜《ワーム》を。討伐隊の強大な戦士を。そして英雄を。伝説を。ついには竜《ドラゴン》を。

アルスはルクノカの一撃に叩き落とされたが、それでもヒレンジンゲンの光の魔剣を取り落としてはいなかった。死線の際までも宝を手離すことのない強欲が、最後の手段を彼に残していた。

(……ハルゲント。おれは、ハルゲントに勝つよ……)

全ての手段を尽くす。どんな宝を投げ打ってでも勝ってみせる。

それがただ一人の友との約束だからだ。

「……ああ、ああ……星馳《ほしは》せアルス……生きているでしょう? 私の爪をも耐えたのだもの。この程度で、壊れてしまうはずがないわ。だから、もっと……」

先程とは違い、冬《ふゆ》のルクノカは嘆いていた。

「まだ、戦いたかったの。本当よ……」

素晴らしい英雄が、星馳《ほしは》せアルスが死んだ。ひどくつまらないことで、死んでしまった。幾多の戦士に、彼女は失望させられてきた。

故に意表を突かれた。

「……！」

長い笛のような音。

風を切り甲高く鳴き続ける刃が、ルクノカの周囲を飛んで暴れていた。慄《おのの》き鳥《どり》という名の魔剣の一つであったが、無論それは攻撃手段ではない。

「【アルスよりヒレンジンゲンの剣へ《kylsekokyakowak》。雹は天地に《kestek kogbakyau》――】」

魔剣の音に意識が逸れた瞬間に、彼女の真下から一直線に迫る影があった。彼女は腐土太陽《ふどたいよう》の能力を知らぬ。視界の端のそれを、当然に星馳《ほしは》せアルスであると認識した。

特段に攻撃を意識しないまま、爪が瞬時に影を撃墜した。

彼女は歓喜の声を上げた。

「ああ！」

――生きていたのね、と言おうとした。

それをまたも自らが撃墜したことに気づき、大地の染みと化したそれを見た。その方向から飛来していた物がもう一つあった。

腐土太陽《ふどたいよう》が射出した弾丸は、アルスに似せた擬態の一射のみではなかった。アルスはその体積に隠して、もう一つの小さな泥塊を飛ばしていた。

溢れた光に、ルクノカの目は眩んだ。

泥塊の中から現れた物がある——ヒレンジンゲンの光の魔剣だ。

囮《おとり》の泥塊を撃ち落とした爪が射線を守っている。だが、光の刃は難なく貫通した。

防ぐ手段の存在しない、最強の魔剣。

白竜は首を逸らして飛来する斬撃を回避した。二重三重の欺瞞が意味をなさない。冬《ふゆ》のルクノカには、その後から動くことのできる反応速度がある。

だが。

「【軸は右眼。移ろいの輪。回れ《kaameksa koikaksyaskakko kemnokairokraino》】——慄《おのの》き鳥《どり》。腐土太陽《ふどたいよう》。ヒレンジンゲンの光の魔剣」

光の魔剣は、空中で追尾した。

アルスの力術《りきじゅつ》の作用を受けた光の魔剣はルクノカの首の左から項《うなじ》までを走って、無敵の竜鱗を焼き尽くした。

「すごい……ああ！　アルス！」

あと少しだけ回避が浅ければ、頸部《けいぶ》に致命傷を走らせていたであろう。長い歴史の内で一度たりとも受けたことがない、最大の負傷であった。

——それで終わりではなかった。

尾を切り裂き、爪を奪い、そして真に直下からの攻撃であれば、息《ブレス》を浴びせることすらできない。

それは自分自身の巨体を攻撃半径に含むからだ。

「私が、戦えるなんて——」

ルクノカがそう発した時には、鳥竜《ワイバーン》の英雄は爪の間合いの内側にいた。息も、竜爪も、尾も……その圏内には、もはや届かない。

アルスの右の趾には、魔弾が。

神経から先に弾ける、摩天樹塔《まてんじゅとう》の毒の魔弾。それを直《じか》に掴んでいたとしても、鉄に置換した肉体は侵食される神経を持たない。地平のどの弾丸よりも速い、今は彼自体が魔弾である。

竜鱗の剝がれた首へと、最強の竜《ドラゴン》の反応速度を越え。

「――」

――越えることはなかった。

アルスの胴体の体積は、縦の半分に引き裂かれた。

左の翼ごと、喪失していた。


……ルクノカは呆然と呟いた。

「……ああ。困ったわ」

そしてたった今食い千切った、英雄の半身を吐き出した。

「まさか、私。……こんな、はしたないことを」

鳥竜《ワイバーン》の英雄は、尾を封じ、爪を潜り、息《ブレス》すらも制して竜《ドラゴン》に挑んだ。

足りなかった。その先には牙があった。

悠久の歴史で初めて本物の死に瀕した竜《ドラゴン》の顎《あぎと》の脊髄反射の速度は――最強の鳥竜《ワイバーン》の直線速度を、

僅かに上回った。

それは冬《ふゆ》のルクノカ自身すら思いもよらなかった反射速度である。

星馳《ほしは》せアルスが積み重ねてきたような、極限の状況下における成長ですらない。

それは単なる野生の本能である。絶滅の息《ブレス》と同じように、最強の生命体に最初から備わっていた潜在能力の一つに過ぎなかった。

「私、こんなに速かったのね」

ただ単に、誰も全力を見たことがなかったのだ。

冬《ふゆ》のルクノカ自身すら、自分自身の限界を理解していなかった。

彼女をそこまで追い詰めた者など――この広大な世界のどこにも、一つたりとて存在しなかったのだから。

「……」

遍く地平を攻略した冒険者《ローグ》が、落ちる。

慄《おのの》き鳥《どり》が。腐土太陽《ふどたいよう》が。ヒレンジンゲンの光の魔剣が。

財宝とともに、きらめく世界の輝きとともに、裂けた大地の奈落へと落ちていく。

――もしも冬《ふゆ》のルクノカの尾撃が、彼を偶然に捉えることがなかったなら。

その一撃の負傷がなかったなら。冷気に筋肉が凍えていなければ。銃を捨て、僅かに荷袋が軽かったとしたら。……彼に、三本の腕がなかったとしたら。

ただ一羽、彼こそがルクノカの命に最も迫った英雄であった。

（……やっぱり）

落ちゆく意識の最後に、それを思う。

（…………ハルゲントは、凄い奴だ……）

◆

「ま、まだだ……」

ハルゲントは立ち上がって、よろよろと進んだ。

星馳《ほしは》せアルスが落ちていった。あの暗闇の淵《ふち》へ。冷えた大地の奥底へ。

まるで死そのもののような峭寒《しょうかん》であったが、もはや毛布を纏う余裕すらなかった。縋《すが》りつくものすらなく、ハルゲントは涙と鼻水に塗れて叫んだ。

「まだだ！」

まだ、きっと立ち上がってくる。まだアルスは負けてはいない。まだハルゲントは勝ってはいない。星馳《ほしは》せアルスは英雄だからだ。

どんな困難にも屈することなく全てを掴んだ、彼にとっての星だった。

それが冬《ふゆ》のルクノカであろうとも、きっと。

「……そうだろう、アルス……！　まだだ、まだなんだ……！　ああああ……」

静寂のまま変わらぬ地平を前に、膝が折れた。

そこに残っているのは、絶望と諦観の温度だけだった。

アルスがいる。あそこに彼の最大の敵がいるのだ。ハルゲントは叫んだ。

「誰か！」

老いた第六将は、まるで子供のように喚《わめ》いていた。

「誰かアルスを引き上げてくれ！　誰か……！　アルスなんだ！　お、俺の……俺の友達なんだ！　誰か！　誰か……！　誰か……！」

その声は誰にも届くことはない。

鎹《かすがい》のヒドウも、あれだけいた観客も、いつしか消えて失せていた。

無人の氷原が、この荒涼の光景こそが。他ならぬ頂点の景色であった。

「誰か、誰か……！　うっ、うぐ……ぐううう……！」


「——ああ。とても、とても楽しかったわ。ねえ、ハルゲント」

蹲《うずくま》るハルゲントの背後に、冬《ふゆ》のルクノカが降り立っている。

何物にも侵されぬ純白の美しさを誇った竜《ドラゴン》は……首が焼け爛れ、左の爪は切断され、尾からはおびただしく出血する、無残な有様であったが。

「ねえ……！　まだ、こんなもので終わりではないのでしょう？　これくらい、ほんの一回戦のはじまりなのだもの！　次はきっと……ねえ！　もっと、もっと強い英雄が、素晴らしい戦いが待っているのでしょう⁉」
これほどの喜びを、数百年の命で一度も味わったことがなかった。
孤高の景色が輝いて見えた。まだ、この世界を愛することができると思った。
その傷こそ、戦いすら許されなかった彼女が何よりも望んだことだった。
「もっと、もっと、もっと……ああ、本当に楽しみ。次の戦いが！　次の英雄が！」
第二試合。勝者は、冬《ふゆ》のルクノカ。

電撃の新文芸

異修羅《いしゅら》Ⅲ
絶息無声禍《ぜっそくむせいか》

著者／珪素《けいそ》
イラスト／クレタ

2020年 8 月12日　初版発行
2023年12月10日　３版発行

発行者／山下直久
発行／株式会社ＫＡＤＯＫＡＷＡ
〒102-8177　東京都千代田区富士見2-13-3
0570-002-301（ナビダイヤル）
印刷／図書印刷株式会社
製本／図書印刷株式会社

【初出】……………………………………………………………………………………………
本書は、カクヨム(https://kakuyomu.jp/)に掲載された『異修羅』を加筆、修正したものです。

ISBN978-4-04-913205-2　C0093　Printed in Japan

ファンレターあて先
〒102-8177
東京都千代田区富士見2-13-3
電撃文庫編集部

「珪素先生」係
「クレタ先生」係

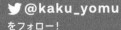